btb

»Du trägst keine Schuld, und du trägst sie doch.
Ich schätze, das heißt es zu leben.«

Ali Najjar stammt aus Teheran und glaubt, seine Vergangenheit weit hinter sich gelassen zu haben. Als Kindersoldat hat er das Grauen des Iran-Irak-Kriegs erlebt, aber seine Haut retten können. Später klettert er als Produktdesigner mit seiner Haltung »Ich war an der Front, ich kenne keine Angst« die Karriereleiter hoch. Der Iran, Teheran, seine Familie sind für ihn inzwischen eine fremde Welt. Dann erreicht ihn die Nachricht eines Unbekannten. Ein Freund seiner verstorbenen Mutter aus Teheran bittet ihn um ein Treffen auf neutralem Grund. Ali Najjar schickt seinen Kollegen Sina, Halbiraner und in einer beruflichen Sinn- und privaten Ehekrise, an seiner Statt an den Persischen Golf. Er selbst scheut die Begegnung. Aus gutem Grund.

Nava Ebrahimi, 1978 in Teheran geboren, zählt zu den faszinierendsten Stimmen der deutschsprachigen Literatur. Sie erhielt 2021 den Ingeborg-Bachmann-Preis. Für »Sechzehn Wörter« wurde sie mit dem Österreichischen Buchpreis, Kategorie Debüt, sowie dem Morgenstern-Preis ausgezeichnet. Nava Ebrahimi studierte Journalismus und Volkswirtschaftslehre in Köln und arbeitete als Redakteurin bei der *Financial Times Deutschland* sowie der *Kölner Stadtrevue*. Sie war Finalistin des Open Mike und Teilnehmerin an der Bayerischen Akademie des Schreibens. Nava Ebrahimi lebt mit ihrer Familie in Graz.

Nava Ebrahimi

Das Paradies meines Nachbarn

Roman

btb

MIX
Papier | Fördert
gute Waldnutzung
FSC® C014496

Penguin Random House Verlagsgruppe FSC® N001967

1. Auflage
Genehmigte Taschenbuchausgabe März 2023
btb Verlag in der Penguin Random House Verlagsgruppe GmbH,
Neumarkter Str. 28, 81673 München

Dieses Werk wurde vermittelt durch die
Literarische Agentur Michael Gaeb.
Umschlaggestaltung: semper smile, München
Umschlagmotiv: © Nicola Bealing / Bridgeman Images
Druck und Einband: GGP Media GmbH, Pößneck
KLÜ · Herstellung: sc

Printed in Germany
ISBN 978-3-442-77295-7

www.btb-verlag.de
www.facebook.com/btbverlag

Für Matthias

*»Ich bin derjenige,
der keinen Stellvertreter finden kann.«*

Emmanuel Levinas

Ali-Reza schaltete den Fernseher aus und las die Nachricht noch einmal. *Es tut mir sehr leid, Ihnen das mitteilen zu müssen, aber Ihre Mutter ist vor vier Wochen, am 5. November, in einer Klinik in Täbris verstorben. Sie wurde auch in Täbris beigesetzt. Die Organisation, die die Klinik betreibt, übernahm die Kosten für das Begräbnis.* Eine neue Nachricht ploppte auf. *Mein Beileid.* Und noch eine. *Gott sei ihr gnädig.*

Wieso schrieb sein – wie waren sie eigentlich verwandt? – Großcousin das, weshalb verwendete er ausgerechnet diese Floskel, woher wusste er, dass seine Mutter Gottes Gnade besonders bedurfte? Ali-Reza legte die Hände auf die Räder seines Rollstuhls, saß ganz still da und atmete tief ein. Seine Bauchdecke hob und senkte sich. Er mochte das Gefühl beim Einatmen, eine warme Kugel im Bauch zu haben. Die Anspannung fiel ab und er fragte sich, was er empfand, jetzt da er wusste, dass seine Mutter nicht mehr lebte. Er begann, jeden Winkel seines Seelenlebens abzutasten. Er fand keine auffällige Stelle, keinen Spalt, keinen aufgerauten Fleck. Da waren Narben, ja, aber die stammten von lange verheilten Verletzungen. Neu war diese Traurigkeit, die ganz langsam wie ein dunkles Tuch auf sein Gemüt herabsank und alles bedeckte. Sie galt weniger seinem eigenen Schicksal als vielmehr dem seiner Mutter, dem Lauf der Geschichte, der eine unbedarfte Frau, die weder lesen noch schreiben gelernt hatte und mit vierzehn Jahren verheiratet worden war, in ein gieriges Monster verwandelt hatte.

Er hegte keinen Groll mehr. Er hatte sich von ihr gelöst.

Er war einst mit einer fürsorglichen Mutter aufgewachsen – in seiner Erinnerung sah er sie immer etwas glattstreichen, Wachstücher, Teig, Haar –, aber spätestens seit seinem vierzehnten Lebensjahr hatte sie aufgehört zu existieren. So wie er.

Kamran, sein Physiotherapeut, hatte ihm kürzlich erklärt, dass sich der menschliche Körper wegen der Zellerneuerung alle sieben Jahre komplett wandelt, also war niemand mehr derjenige, der er sieben Jahre zuvor gewesen war. Kamran hatte ihm die wissenschaftliche Erklärung dafür geliefert, was Ali-Reza nun empfand: Vier Wochen zuvor war in Täbris eine für ihn fremde Person gestorben. Ihre Hand war schon sehr lange nicht mehr die gewesen, die seine Wange kurz vor dem Einschlafen gestreichelt hatte. Und seine Wange war schon sehr lange nicht mehr die gewesen, die die Zärtlichkeit empfangen hatte.

In der Schnitzelhütte, beim Mittagessen mit einem Kollegen, hörte Sina den Namen das erste Mal. Nein, das stimmte nicht, er hatte ihn schon vorher aufgeschnappt, aber nie Lust verspürt, sich nach dem Menschen zu erkundigen.

»Wie, du kennst Ali Najjar nicht?«, rief Frank aus. Die Mutter am Nachbartisch begann, ihren Kinderwagen mechanisch zu schaukeln, ohne von ihrem Smartphone aufzublicken.

»Interessiert mich nicht«, sagte Sina.

»Sollte es aber.«

Frank tat sich gerne wichtig, und oft mit Erfolg.

Für Sina ging in diesem Moment ein Scheinwerferlicht an, gerichtet auf einen Mann mit noch unscharfen Konturen. Wobei es ihm später, rückblickend, vorkommen sollte, als wäre Ali Najjar mehr als Ereignis denn als Mensch in sein Leben getreten.

Diesem Ereignis war ein anderes Ereignis vorausgegangen, das, so sinnlos wie zufällig, alles in Gang gesetzt hatte: Sinas Chef Thies war beim Marathonlauf in New York an Herzversagen gestorben. Sein Tod kam für alle überraschend, natürlich, in diesem Fall aber besonders überraschend für Sina und seine Kollegen. Die jüngeren Designer waren geschockt, beinah traumatisiert von der Erkenntnis, dass der Tod selbst vor ihrer Berufsgruppe nicht Halt machte. Dass auch ein gutaussehender, erfolgreicher Kreativchef Mitte vierzig, der stets die angesagtesten Sneaker trug und neuerdings auch

Milchbreiflecken auf der rechten Schulter hatte, einfach so wegsterben konnte. Zwischen den Sichtbetonwänden und Apple-Bildschirmen hatten sie vergessen oder tatsächlich nie realisiert, dass sie sich in einem Körper aus Knochen, Fleisch und Blut durch Raum und Zeit bewegten. Ihnen schien nicht bewusst zu sein, dass, wenn jemand ihnen die Bauchdecke aufschlitzte, Gedärme samt Inhalt sowie andere Innereien herausquellen würden. Mit ihrer cleanen skandinavischen Mode, so glaubten sie, seien sie unverwundbar.

Sina war achtunddreißig Jahre alt und hatte immerhin eine Leisten-OP hinter sich.

Er verspürte leichte Schadenfreude darüber, dass der Tod wie ein Meteorit in die Mittzwanzigerwelt seiner Kollegen eingeschlagen war. Dass ihnen endlich etwas den Parkettboden ihrer Kindheit unter den Füßen weggezogen hatte. Sie nervten ihn gehörig, wie sie so frisch und jung – immer jünger! – von der Uni kamen, so voller Hoffnung, aber ohne einen Anflug von Demut. Statt demütig wirkten sie verängstigt, wenn sie einem am ersten Tag die Hand schüttelten, und schon das ging Sina gewaltig auf den Keks. Denn erfahrungsgemäß schlug ihre Ängstlichkeit bald in Überheblichkeit um. Es brauchte nicht viel, hie und da ein Lob, dort ein zufriedener Kunde, und schnell glaubten die Trophy Kids, unersetzlich zu sein. Sina machte den Wendepunkt daran fest, dass sie ihre Kaffeetassen nicht mehr in die Spülmaschine stellten, sondern auf der Anrichte stehen ließen.

Als einer der wenigen war er lange genug dabei, um zu wissen, dass auch Designer sterblich waren. Die allermeisten zumindest. Dass sein Chef jetzt tot war, stimmte ihn noch nicht einmal sehr traurig. Er wahrte Vorgesetzten gegenüber grundsätzlich Distanz. Er hielt nicht viel von den

Freundschaften, die in seinem Metier üblich waren und die sich darin manifestierten, dass man sich duzte, viel Zeit miteinander verbrachte, während der Mahlzeiten Dinge aus seinem Leben preisgab, die man auch auf Instagram mit dreitausend Leuten teilte, und gelegentlich bei Projekten und regelmäßig beim Tischfußball ein Team bildete.

Zudem, dachte Sina, war Thies objektiv betrachtet eines schönen Todes gestorben. In den Schluchten von Manhattan, bejubelt von den Massen, mit einer Startnummer auf der Brust, als er sich einen langgehegten Traum erfüllte. Dafür musste man in Kauf nehmen, keine hundert zu werden. Lediglich für die Tochter seines Chefs, die noch ein Baby war, tat es ihm leid. Sie würde ohne leiblichen Vater, sogar ohne jegliche Erinnerungen an ihn groß werden. Sina wusste, was das bedeutete. Er besaß immerhin ein paar Erinnerungen an seinen eigenen Vater, nicht viele, dafür aber bleibende, und diese konnte er alle drei bis vier Jahre auffrischen, wenn dieser in Deutschland war und er ihn auf einen Kaffee traf.

Thies war gestorben, und nach einer dreiwöchigen Phase des Betretenseins, in der man bekundete, wie sehr er fehle, seine Kompetenz, aber natürlich auch er, als Mensch, erzählten Sina zwei Kollegen unabhängig voneinander, dass ein neuer Kreativchef angeheuert habe. Er hatte noch darüber nachgedacht, ob er sich als Nachfolger in Stellung bringen sollte. Sein Alter und seine Berufserfahrung legten es nahe, aber er verspürte keine Lust auf mehr Verantwortung. Dass der Job nun bereits vergeben war, versetzte ihm zwar einen leichten Stich – ganz klammheimlich hatte er gehofft, der Vorstand würde ihm die Stelle anbieten. Die Erleichterung darüber, dass er sich nicht weiter mit der Frage auseinandersetzen musste, wo er beruflich eigentlich hinwollte, überwog jedoch. Und Katharina schien nicht einmal realisiert zu haben, dass Sina eine Aufstiegschance verpasst hatte. Sie arbeitete viel, klappte oft nach zwanzig Uhr noch den Laptop auf, und wenn sie vorher beim Abendbrot zusammensaßen, erzählte Anahita Geschichten aus der Schule. Ohne Punkt und Komma, er musste sie oft sogar daran erinnern zu essen. Ihr Mitteilungsbedürfnis war gerade enorm.

»Im Ernst, du kennst Ali Najjar nicht?«, wiederholte Frank, noch immer ungläubig. Er stoppte die Gabel mit dem Stück Rindsschnitzel auf dem halben Weg vom Teller zum Mund. »›Scheiß auf Talent, Designer müssen bereit sein, für ihre Sache zu kämpfen.‹ Nie den Spruch gehört?«

Sina zog die Augenbrauen zusammen, kaute unnötig lange auf seinem Bissen Schnitzel herum, tat, als müsse er überlegen.

»Es gibt niemanden, der das letztes Jahr nicht retweetet hätte.« Frank legte mit einem Seufzer die Gabel ab und klopfte Sina an die Stirn: »Komm mal wieder raus aus deinem Schneckenhaus.«

»Der, ja, jetzt weiß ich, wen du meinst. So Typen tauchen alle naselang auf und mischen« – mit Messer und Gabel setzte er Gänsefüßchen in die Luft – »die Szene auf. Und nach wenigen Jahren liegen sie dann mit Bauchansatz in ihrem Loungechair und kommen vor lauter Selbstgerechtigkeit nicht mehr hoch. Keinen Bock auf so einen Typen.«

»Der ist anders. Und er wird unser Chef. Googel ihn mal.«

Sina googelte »Ali Najjar« direkt nach dem Mittagessen. Er sah die ersten Fotos. Er las »geboren in Teheran« auf

Wikipedia und spürte sogleich das Schnitzel in der Magengegend, vielleicht auch etwas anderes, auf jeden Fall hatte es Gewicht. Er hatte ihn für einen Araber gehalten, weil ihr Reiseführer im Libanon genauso geheißen hatte. Und in seiner Branche war er noch nie auf einen Perser gestoßen. Sina rückte näher an den Monitor heran.

Ali Najjar, Typ Yul Brynner, blickte ihm herausfordernd entgegen, einmal mit Zigarette zwischen den Fingern, einmal mit Füßen auf dem Tisch. Selbst im Eames-Chair »relaxend«, wie es in der Bildunterschrift eines Lifestyle-Blogs hieß, stierte er den Betrachter offensiv an. Sina scannte die Liste der Suchergebnisse. »Von der Front in den Design-Olymp« lautete die Überschrift eines Artikels in einer großen Zeitschrift. Er klickte weiter zu einem Interview in einem Architekturmagazin und las:

Sie haben nach drei Monaten die Leitung der wichtigen Arbeitsgruppe Design & Vision im Verband Deutscher Industrie Designer abgegeben. Weshalb?

Ali Najjar: *Weil ich keine Angst habe. Das mögen die Deutschen nicht. Aber wenn man im Krieg war, wenn man gesehen hat, wie es den besten Freund in tausend Stücke reißt, wovor soll man dann noch Angst haben?*

Reflexhaft schloss Sina die Seite. Er fürchtete sich jetzt schon.

»Wie auf einer Kuhwiese fühle ich mich, wenn ich euch so ansehe. Jede Menge große Augen und Gehirne, die nichts als wiederkäuen. Dabei dachte ich, ich hätte ein Date mit dem Inhouse Design eines internationalen Toplabels. Moment, bin ich hier überhaupt richtig, lasst mich mal nachsehen … Ja, doch, stimmt, elf Uhr dreißig in der Big Bubble. Also die Topdesigner, das müsst wohl ihr sein.

Aber meine simple Frage scheint euch ja echt schon herauszufordern.

Im Ernst: Was denkt ihr denn so angestrengt nach? Oder nein, ihr denkt nicht, ihr grübelt. ›Grübeln‹ ist genau das richtige Wort für das, was ihr tut. Klingt wie ›krümeln‹. Ihr krümelt euch jetzt alle so einen Scheiß zusammen. ›Was hat mich das letzte Mal begeistert? Ja, was? Ähm. Hm. Puh. Dass ich mein Tagesticket fürs Freibad zweimal verwenden konnte?‹

Ihr seid so ängstlich angestrengt. Eure Angst macht euch so eindimensional. So lesbar. Ihr müsstet euch mal sehen. Bücher für Erstleser sind eure Gesichter! Wovor habt ihr eigentlich Angst?

Okay, braucht ihr mir nicht zu verraten.

Also. Was hat euch das letzte Mal so richtig begeistert?

Dann seid doch wenigstens ehrlich. Dann kommt vielleicht etwas Interessantes dabei heraus. Oder wenigstens ein Lacher. Ich wette, ihr seid mit den Gedanken schon auf der dritten Metaebene. Ihr habt jede Antwort schon mehrmals wiedergekäut.

›Der Film mit Matt Damon in der Hauptrolle war cool, aber Film ist zu naheliegend, ich brauche etwas, das nur mich begeistert haben kann, weil nur ich diesen einzigartig genialen Blick auf die Dinge habe. Die Anordnung der Topfpflanzen auf der Blumenampel im Treppenhaus? Das hätte etwas Nerdiges. Noch besser wäre aber etwas Anti-Intellektuelles. Hm, krümel, krümel.‹

Ihr macht ein Gesicht wie eure Eltern im Italienurlaub, im Restaurant, krümelnd über der Speisekarte hockend.

›Nehme ich die Pizza Hawaii oder das Schnitzel?‹

Ihr werdet euer Leben lang weiter krümeln, wenn ihr nicht mal langsam in die Gänge kommt. Ihr speichelt eure Krümel ein und macht daraus faden Brei. Das ist eure Masche. Immer mehr Brei, alles pappt ihr irgendwie zusammen. Mir wird ganz schlecht bei dem Gedanken an den ganzen Brei, den ihr in eurem breiigen Leben schon produziert habt. Gut, dass jetzt die Tür aufgeht, sonst ersticke ich gleich, und so spontan wie ihr seid, würdet ihr mir dabei zusehen, wie ich erst nach Luft ringe, und darüber nachkrümeln, was jetzt eine coole Reaktion wäre.

Ah, endlich die Liste mit allen Kreativen, danke. ›Kreativen‹, ha! Benjamin B. Benecke, Industrial Design. Johanna Ehrmann, Market Research. Joelle Schummer, CMF-Design. Joelle. Noemi Puder. Hahaha! Du warst auf der Waldorfschule, hundertpro.

Kurzen Moment.

Hallo? Jetzt passt es gerade gar nicht, ich bin in einem Meeting. Oder besser Meat-Ding, ich sitze lauter Fleischklumpen gegenüber.«

…

»Ganz schlechte Idee, glauben Sie mir.«

…

»Sie sind Pädagogin, lassen Sie sich was einfallen. Ich traue Ihnen zu, dass Sie es mit einem Fünfjährigen aufnehmen. Tschö.«

…

»Ne, bringt nichts, meine Ex geht nicht ran, wenn sie Ihre Nummer sieht. Tschö.

Leute, ihr schaut ja immer noch so bekloppt drein. Ihr schaut so abgefuckt aus wie Vorstadtrapper bei ihren ersten Sozialstunden im Behindertenwohnheim. Aber Vorstadtrapper haben Spirit. Die haben eine Message. Davon könnt ihr nur träumen.

Also, was hat euch zuletzt einen Kick gegeben? Wenigstens einen kleinen?

Okay, die Frage ist euch zu langweilig, verstehe. Dann eine andere: Wer von euch hat gerade eine Affäre? Bitte die Hand heben! Wie, niemand? Statistisch gesehen müssten jetzt mindestens zwei Hände oben sein. Wirklich niemand? Leute, wie sollen wir denn zusammenarbeiten, wenn ihr so unehrlich seid?

Wollt ihr ehrlich sein, wollt ihr Designer sein und etwas wagen oder wollt ihr nur Behübscher sein? Bekrümler?«

Das ist reinste Zeitverschwendung hier. Am liebsten würde ich die gleich alle vor die Tür setzen. Fast alle. Die beiden da, die beiden Busenfreundinnen, die können ganz sicher einpacken. Blutarme Blondinnen mit bewegter Vergangenheit auf dem Ponyhof haben mich selten überrascht. Rapunzel hier vorne, die kriegt eine Chance, aber nur, wenn sie nicht Noemi heißt. Ich fürchte nur, sie heißt Noemi, dann geht natürlich nix. Und bei dem Dunkelhaarigen hinten rechts bin ich mir noch nicht ganz sicher, ob er ein Loser ist. Der Dunkelhaarige scheint mehr draufzuhaben als die anderen Pappnasen hier. Möglich, dass das nur an seinen Falten liegt. Wo ist die Liste … Sina Khoshbin, Senior Industriedesigner. Schau an. Wieso guckt der denn so genervt an die Decke? Er sollte sich lieber mal seine Locken stutzen.

»Also, dann versuchen wir es noch einmal mit der ersten Frage: Was hat euch das letzte Mal begeistert? Ihr werdet es mir nicht glauben, aber das ist eine Spitzenfrage, wenn man eine Crew kennenlernen will.

Was führt ihr für traurige Leben? Keine Affären, keine Begeisterung?

Jetzt aber, ich habe nicht ewig Zeit. Schaltet eure Gedanken mal in den Schleudergang. Was hat euch begeistert? Die schwebenden Sideboards von Piffpaff? Veganes Physalis-Softeis auf dem Streetfood Market? Der Bildband über siamesische … Ah, na endlich, ja, du dahinten, du mit den Locken, ich höre?«

…

Was kichern die denn so dumm.

»Na also, wieso nicht gleich.

Danke, auch ich freue mich auf die Zusammenarbeit.

Und jetzt geht mir aus den Augen.«

›Dass du unser neuer Kreativchef wirst‹. Der Arsch mit seiner persischen Hakennase.

Ali Najjar entließ am nächsten Tag alle, die er sofort entlassen konnte. Praktikanten und Angestellte in der Probezeit. Dafür kamen zwei Designer aus seinem alten Büro. Zumindest äußerlich und nach einigen Minuten Smalltalk an der Kaffeemaschine wirkten diese nicht progressiver, nicht einmal mutiger oder wenigstens selbstbewusster, wie die Kollegen einhellig in der WhatsApp-Gruppe befanden. Sina ausgenommen, er stand nicht auf diese Art der Selbstvergewisserung. Stattdessen starrte er die folgenden zwei Tage auf den Bildschirm und schraubte gelegentlich an dem Entwurf eines Smoothie-Makers herum, damit nicht allzu sehr auffiel, dass er nichts zustande brachte. Zwischendurch tat er so, als würde er sich intensiv mit dem Briefing auseinandersetzen. Dabei kannte er die Anforderungen auswendig: Smoothie-Maker für ernährungsbewusste Konsumenten, vornehmlich Frauen, die ihn sich zusätzlich zu einem gewöhnlichen Standmixer anschaffen sollten, daher sollte er deutlich von einem solchen zu unterscheiden sein und Assoziationen an eine schlanke Frauenfigur wecken. Doch alles, was Sina modellierte, hatte etwas Phallusartiges.

Einmal blieb Ali Najjar mit einer Butterbrezel hinter ihm stehen und blickte auf seinen Bildschirm. Sinas Puls schoss in die Höhe. Ali Najjar stand so nah, er konnte ihn kauen hören. Um irgendetwas zu tun, drehte Sina sich auf dem Bürostuhl um. Er schaute zu seinem Chef hinauf, bereute sogleich, sich umgedreht zu haben, und bemühte sich, diese Position möglichst souverän auszuhalten. Ali Najjar biss von der Brezel ab, kaute, betrachtete das Modell des Smoothie-Makers. Zog die Augenbrauen zusammen. Biss ab, kaute. Schluckte. Seine Lippen glänzten von der Butter.

»Geil«, sagte er, »einfach nur geil.« Er deutete auf die angebissene Butterbrezel in seiner Hand. »Kenne ich aus Berlin gar nicht.«

Ali Najjar ging weiter. Sinas Puls normalisierte sich. Er arbeitete seit fünfzehn Jahren in diesem Beruf und verfügte über eine gewisse Autorität. Hatte zumindest darüber verfügt. Er kannte seine Stärken, er lieferte zuverlässig durchdachte Entwürfe ab und verlieh den Designs anderer den letzten, entscheidenden Schliff. Und ja, er kannte auch seine Schwächen, er war nicht der Typ für den großen Wurf. Aber so oft war der ja auch nicht gefragt. Wieso ließ er sich bloß dermaßen einschüchtern von diesem Kerl?

Dabei empfand er ihn nicht einmal als Großkotz, wie die eine Hälfte seiner Kollegen in der WhatsApp-Gruppe. Aber noch weniger gehörte er zur anderen Hälfte, die sich darauf freute, dass ihnen endlich jemand etwas abverlangte.

Am dritten Tag setzte Sina sich mittags in der Schnitzelhütte zu Ali Najjar an den Tisch.

Er hatte es nicht abwenden können. Er war in den holzvertäfelten Gastraum mit der dunkelgrünen Auslegeware getreten, in dem sich seit dreißig Jahren nicht viel verändert hatte und der ihn jedes Mal in die Zeit der Alleinerziehenden-Kuren mit seiner Mutter im Allgäu zurückversetzte. Bis er den ersten Kellner erblickte, den mit Vollbart und Ankerherz-Tattoo auf dem Unterarm. Da wusste er wieder, er befand sich in München, im Jahr 2016. Er ging durch den ersten in den zweiten Raum, um sich an seinen Stammplatz an der Ecke zu setzen. Ali Najjar hatte den Tisch bereits belegt. Er telefonierte.

Sina blieb abrupt stehen. In Ali Najjars Aura konnte er offenbar nicht eintreten, ohne kurz innezuhalten. Ali Najjar deutete mit dem Zeigefinger auf den freien Stuhl an seinem Tisch.

»Hören Sie, mir fehlt die Zeit dazu. Und die Geduld sowieso.« Ali Najjar schaute Sina an und verdrehte demonstrativ die Augen.

...

»Mir fehlt die Zeit, ein Buch zu schreiben. Mir fehlt sogar die Zeit, jemandem ein Buch zu diktieren.«

...

»Hören Sie, fliegen Sie in den Iran, dort laufen ganz viele ehemalige Kindersoldaten herum, und viele haben noch Krasseres erlebt. Schreiben Sie doch über die ein Buch. Die freuen sich.«

...

»Mit Integration kenne ich mich nicht aus. Oder wirke ich etwa gut integriert?« Er lachte laut auf. Ein Backenzahn im Unterkiefer fehlte ihm. Seine Gesprächspartnerin lachte ebenfalls, Sina konnte es hören.

...

»Machen Sie sich keine Hoffnungen. Sie sind schon die Dritte, der ich absage. Aber danke, fühle mich geehrt. Wiedersehen.«

Ali Najjar fixierte Sina, während er das Handy in der Hosentasche verschwinden ließ. »Sina ist dein Name, richtig, Sina Khoshbin?«

Sina nickte.

»Und Khoshbin – trifft das auf dich zu?«

»Wenn es um uns selbst geht, sind wir doch alle unverbesserliche Optimisten«, sagte Sina.

»Wie meinst du das?«

»Wer bitte schätzt sein Scheidungs- oder Krebsrisiko realistisch ein?« Sina fühlte sich unwohl in der Rolle des weisen Mannes, aber er brauchte sie als Deckung.

Ali Najjar nahm einen Schluck aus seinem Bierglas. »Und wenn es um andere geht, was bist du dann? Khoshbin oder Badbin?«

Badbin. Sina hatte ein neues persisches Wort gelernt. »Pessimist natürlich.« Mit Mühe brachte er ein ironisches Lächeln zustande. »Zumindest, wenn ich so wie letzte Nacht schlecht geschlafen habe.«

Der Kellner stellte einen Teller vor Ali Najjar ab, der unter dem Schnitzel fast verschwand, und ein Metallschälchen mit Salat.

Sina bestellte das Gleiche.

»So, dann siehst du für mich heute eher schwarz?«

Nein, das tat er nicht. Er konnte sich nicht vorstellen, dass irgendetwas auf dieser Welt gegen den Willen dieses Mannes geschah.

Ali Najjar teilte das Schnitzel in vier Stücke, stapelte drei aufeinander, und begann, das vierte in mundgerechte Happen zu zerlegen. Dann nahm er die Gabel in die andere Hand und fing an zu essen.

Sina schwieg und beobachtete ihn. Ali Najjars Hände waren in genau dem richtigen Maß knöchern. Seine Finger langgezogen, die Nägel gepflegt. Die Hände hatten offenbar bis vor kurzem noch Sonne abbekommen und dort, wo der gebräunte, olivfarbene Hautton des Handrückens überging in den rosafarbenen Hautton der Handfläche, dort sah Sina länger hin.

»Mein Vater ist Perser«, sagte er nach einer Weile.

»Und, guter Typ?« Ali Najjar kaute energisch, aber nur wenige Male, bevor er die Bissen hinunterschluckte.

Guter Typ? Was war das für eine Frage? Sina ärgerte sich. Die erste Runde hatte er gerade so überstanden, schon stand er wieder in der Ecke.

»Ja oder nein? Darauf kommt es nämlich an, ob Perser oder nicht, ist total schnuppe.«

»Sagen wir: cooler Typ.«

Ali Najjar hielt inne, senkte den Kopf, kniff die Augen zusammen. »Also ein Arschloch.«

»Nein, das nicht. Er ist …« Sina schaute aus dem Fenster, einem von zwei großen Stichbogenfenstern an der gegenüberliegenden Wand. Eine alte Dame ging draußen vorbei, sie hatte dieselbe Haarfarbe wie der Yorkshireterrier, den sie auf dem Arm hielt. »Meine Mutter und er, das war eine Schnapsidee.«

»Keine Ahnung, wie viele von uns das Ergebnis reiflicher Überlegung sind.« Ali Najjar machte sich daran, das nächste Viertel Schnitzel zu zerkleinern und wechselte anschließend wieder die Hand, die die Gabel hielt.

Wie Vater und Kind in einem, dachte Sina. Der fürsorgliche Daddy schneidet klein, der brave Sohnemann isst auf.

»Und, sprichst du Persisch?«, fragte Ali Najjar kauend.

»Ja, ein wenig«, antwortete Sina. Er hatte mehrmals in seinem Leben angefangen, Persisch zu lernen, weil alle immer enttäuscht waren, wenn er die Frage »Sprichst du Persisch?« verneinte. Er war aber nie weit gekommen. Er hatte gerade so viel gelernt, dass er »Ja, ein wenig« antworten konnte. Meist lenkte er das Gespräch dann schnell auf ein anderes Thema.

»Was ist mit deinem Vater?«, fragte er.

»Lebt nicht mehr.« Ali Najjar hielt die Gabel in die Luft wie einen Zeigefinger. »Dass wir aus niederen Gründen, auf Grund von Missverständnissen und Fehleinschätzungen auf der Welt sind, damit müssen wir wohl leben, Khoshbin.«

Sina lächelte, dieses Mal ehrlich, mit einem Anflug von Dankbarkeit.

Auch er bekam sein Schnitzel. Wie immer, wenn er die ersten Stücke des riesigen Schnitzels auf der einen Seite abschnitt, rutschte es auf der anderen Seite vom Tellerrand. Heute berührte es sogar die Tischdecke und hinterließ einen leichten Fettfleck. Ali Najjar nahm das mit einem Seitenblick zur Kenntnis, was Sina wiederum zur Kenntnis nahm.

»Ärgerlich, oder?«, sagte er und zeigte auf den Teller. »Darauf kann man kein Schnitzel essen.«

Ali Najjar nickte kauend und legte das Besteck ab. Das letzte Viertel Schnitzel ließ er übrig, ebenso die Tomaten in der Salatschüssel.

»Ich muss. Lass es dir schmecken.« Er stand auf, tastete nach seinem Handy in der Hosentasche und klopfte Sina auf die Schulter. »Ach, und komm Freitag mal bei mir vorbei. Kurz bevor du nach Hause gehst.«

Später am Nachmittag begegneten sie sich erneut in einer Telefonkonferenz mit einem Kunden, der High-End-Soundsysteme produzierte und einen wertvollen Markennamen trug. Er zählte zu den wenigen Kunden, die das Büro behalten durfte, nachdem sie sechs Jahre zuvor von einem Konzern gekauft und einverleibt worden war. Sina hatte noch davor in dem Büro angefangen, sogar noch bevor die Gründer zu Shootingstars geworden waren, kurz bevor ihre Porträts ganze Magazinseiten gefüllt hatten. Meistens einer sitzend, einer stehend, beide stets in Grau, Dunkelblau oder Schwarz, und immer leicht aneinander oder an der Kamera vorbeiblickend. Nach knapp einem Jahr der Euphorie und des Größenwahns zerstritten sich die beiden. Sie verkauften das Büro, und somit auf gewisse Weise auch Sina, an den erstbesten Interessenten, den Küchengerätehersteller, und machten sich aus dem Staub. Vom Älteren wusste niemand, wo er abgeblieben war. Der Jüngere, ein Österreicher, war in seine Heimatstadt zurückgekehrt. Er hatte dort auf dem Marktplatz eine Weinbar eröffnet und veranstaltete regelmäßig Ukulele-Abende. Wo genau, hatte Sina vergessen, es war jedenfalls nicht Wien gewesen.

Das Büro blieb ein Fremdkörper in dem Konzern. So etwas wie ein Affengehege in einem Firmengebäude, und sie waren die Affen, an denen sich die grauen Männer belustigen konnten. Manche Mitarbeiter aus den anderen Abteilungen nutzten jeden Vorwand, um zu ihnen hinaufzukommen. Sie erledigten Dinge, die sie am Telefon oder per Mail hätten erledigen können, persönlich, blieben länger als nötig und sahen Sina und seinen Kollegen beim Tischfußball zu. Oder zogen das Gespräch in der Lounge unnötig in die Länge, während sie das Treiben im Büro beobachteten. Die Designer waren auch die Einzigen mit eigener Küche. Sie kochten zwar nur selten, und wenn, dann wurden ihnen die Zutaten alle fertig abgewogen und einzeln verpackt, teilweise schon vorgegart, angeliefert. Damit sie nicht zwischen Sekretärinnen und Technikern bei schlecht gelaunten Kantinenköchen anstehen und nicht Salat aus kleinen Schälchen essen mussten. Eine der wesentlichen Leistungen Sinas und seiner Kollegen bestand darin, sich fast jeden Tag aufs Neue ein Mittagessen von woanders her zu organisieren. An manchen Tagen schien Sinas kreatives Potenzial damit bereits erschöpft.

Thies hatte den Soundsysteme-Kunden gerne allein bedient. Er hatte den Kunden richtiggehend abgeschirmt und nur gelegentlich Sina mit in Besprechungen genommen oder nach seiner Meinung gefragt. Sina war es ganz recht gewesen so, dachte er, als er am Konferenztisch Platz nahm.

Ali Najjar führte das Gespräch. Neben Sina saßen noch Benjamin und zwei Researcher am Tisch. Der Manager auf der anderen Seite in der Leitung begrüßte Ali Najjar und erklärte ihm noch einmal das Produkt. Thies' Tod war abgehakt, jetzt schien er nur noch genervt davon zu sein, wieder von vorn anfangen zu müssen.

Er verwendete dieselben Wörter wie beim letzten Mal. »Spektakulär«, »einzigartige *user experience*«, »ikonisch«, »mehr *architecture* als *product*«. Er wirkte nur halb anwesend. Sina hätte schwören können, dass er währenddessen Mails las oder Weihnachtsgeschenke bestellte. Anscheinend hegte er keine große Hoffnung, dass sie ihm etwas Brauchbares lieferten. Anscheinend hatte er keine Ahnung, mit wem er da telefonierte. Ali Najjar hörte ebenfalls nur halb zu. Er blätterte in den Ergebnissen der Marktforscher, die diese in einer zwanzigseitigen Mappe versammelt hatten. Ziemlich weit hinten stoppte er und strich etwas an.

»Hm, ja, verstehe. Wir müssen mit dem Licht arbeiten«, unterbrach er den Manager. »Das Licht ist der Schlüssel.«

»Durchaus ein Ansatz. Haben wir intern auch schon diskutiert.«

Sina fiel ein, dass er ebenfalls an einem Detail aus den Befragungen der Marktforscher hängengeblieben war. Aber nicht, an welchem.

»Das Licht bewegt sich über den Tag durch den Raum. Mood und Atmosphäre verändern sich gleichermaßen. So wie der Schall aus den Boxen, der sich an der Zielperson – oh, kein schönes Wort –, an der *listening position* orientiert.« Ali Najjar zeichnete mit Zeige- und Mittelfinger Wellen in den Raum.

Sina war ganz nah dran. Dennoch, er konnte den Gedanken nicht fassen.

»Wir arbeiten gerade an neuen Entwürfen, die das Thema Licht aufgreifen«, fuhr Ali Najjar fort, »an Multi-Facetten-Entwürfen, triangulierten Körpern, bei denen die Facetten fließend ineinander übergehen, wie das Licht, das den Tag über wandert. Oder treffender, bitte fürs Wording schon einmal notieren: Das Licht tanzt. Zwar ist es der Sound, der sich durch den Raum bewegt, aber wir lassen den Eindruck entstehen, dass sich der Lautsprecher selbst bewegt. Meshige Oberflächenstruktur, schlankes, anmutiges Design, kurvige, dynamische Silhouette.«

»Das klingt vielversprechend«, sagte der Manager, jetzt voll da.

»Das wird richtig geil«, sagte Ali Najjar und lehnte sich in Rapperpose mit Peacezeichen zurück.

»Na dann.« Der Manager lachte professionell ausgelassen.

Die anderen, die um den ovalen Konferenztisch herumsaßen, tauschten Blicke. Sina meinte, körperlich zu spüren, wie die Furcht, dieser Aufgabe nicht gewachsen zu sein, allmählich den Respekt ablöste. Sina sträubte sich, doch es riss ihn mit.

Ein Ploppen signalisierte das Ende des Gesprächs. Ali Najjar erhob sich, knallte die aufgeschlagene Präsentation in die Mitte des Tischs und hämmerte mit seinem Zeigefinger auf eine Stelle im Text, die er eingekreist hatte.

»Das sind die einzigen brauchbaren Sätze. Für diese paar Sätze machen wir diesen ganzen Research-Blödsinn«, sagte er und ging.

Sie beugten sich über die Mappe wie die Hirten über das Jesuskind in der Krippe und lasen:

»In der Eingangshalle eines Fünf-Sterne-Hotels in Lissabon, das ein restauriertes Schloss war, stand einmal ein großer Kerzenleuchter. Ich residierte mehrere Wochen dort und erfreute mich mehrmals täglich daran, wie anders dieser Kerzenleuchter jedes Mal anmutete, abhängig von Tageszeit und Tageslicht. Ich konnte mich daran nicht sattsehen. Ida, 84.«

Jetzt fiel es Sina wieder ein. Am Moodboard hing das Foto eines Kerzenständers, er hatte es ausgedruckt und dort hingehängt. Er hatte sogleich eine unscharfe Vision von einem Lautsprecher vor Augen. Und er hatte sogleich vor Augen, wie weit sein Entwurf von dieser Vision entfernt sein würde. Seit Jahren steckte er in sich fest, in immer denselben Gedankengängen. Wenn er einen Entwurf begann, bog er in immer dieselbe Einbahnstraße ab, goss immer nur sein enges, begrenztes Ich in die Gestalt eines Toasters oder Smoothie-Makers. Was am Ende dabei herauskam, verdeutlichte ihm, wie gefangen er war, dass er auf alles immer denselben Blick warf. Er kannte sich und seinen Blick zur Genüge, er war beider überdrüssig. Wie gerne würde er sich mal rebooten, alles Bekannte über Bord werfen, Tabula rasa machen. Sich auf einen Weg begeben, von dem er nicht wusste, wohin er führte. Dass am Anfang jedes Entwurfes im Grunde feststand, was am Ende des Prozesses herauskommen würde, nahm Sina jede Lust.

Er machte an diesem Tag schon um siebzehn Uhr Schluss und ging nach Hause, ohne sich von jemandem zu verabschieden.

Neununddreissig Stunden hatten Ali-Reza von einem anderen Leben getrennt. Neununddreißig Stunden hätte er zu Fuß von Täbris nach Esendere gebraucht. Heute selbstverständlich nicht mehr, aber einst, als er jung war, noch gehen und richtig atmen konnte. Als er von zu Hause, vor seiner Mutter weggelaufen war. Ali-Reza vergrößerte die Ansicht. Die Route zog sich über den Bildschirm seines Laptops wie eine blaue Perlenkette, die jemand achtlos hingeworfen hatte. Er hätte einfach nur Richtung Westen gehen, den Urmiasee überqueren müssen, und schon hätte er sie erreicht gehabt, die türkische Grenze. Irgendwie hätte er sich dann bis nach Ankara durchgeschlagen, und dort in der Botschaft eines europäischen Landes hätte er Asyl beantragen können.

Hätte er können. Ali-Reza lachte bitter auf. Nur hatte er damals nichts gewusst von Grenzen, Botschaften und Asyl. Er war gerade dreizehn Jahre alt geworden und hatte die ersten zwölf Lebensjahre als Bauernjunge zwar beschwerlich, aber sorglos in einem Dorf nahe der aserbaidschanischen Grenze gelebt. Seine Welt hatte aus ihrem Haus mit den zwei Zimmern, dem Schafstall, dem Bach und einer Höhle unter einem Felsvorsprung bestanden. Und aus der Schule, seinem Lieblingsort, obwohl sie nicht mehr als ein karger Klassenraum war. Das klang nach Verklärung, aber das war es nicht. Er war jeden Morgen frohen Mutes aufgewacht, aufgesprungen und in den Tag hinausgerannt. Ihm hatte es nichts ausgemacht, dass sie auf dem Weg zur Schule bei Regen mit den Schuhen fast im Schlamm stecken geblieben waren. Dass er in seinem Leben nur ein einziges Mal einen richtigen Arzt zu Gesicht bekommen hatte. Dass er abends im Schein des Kerzenlichts seine ersten Buchstaben geschrieben hatte. Er hatte es nicht anders gekannt. Auch von den riesigen Erdölvorkommen des Iran, von dem großen Reichtum seines Landes, hatte er nichts gewusst.

Er hatte überhaupt nichts gewusst, damals. Er hätte nicht fliehen können. Er hatte bleiben und die Opferrolle annehmen müssen. Das kann doch nicht sein, dachte er, dass so viele Menschen Opfer waren. Wer blieb dann überhaupt noch für die Täterrolle übrig? War es möglich, dass eine Handvoll Menschen das Leben zig Millionen anderer Menschen ruinierte, in eine Hölle auf Erden verwandelte? Machte er es sich zu leicht? Hatte es einen Zeitpunkt in seinem Leben gegeben, an dem er die Opferrolle hätte ablehnen können? Er ging im Geiste die entscheidenden Momente in den Wochen, Monaten, Jahren durch, bevor er seine Uniform erhalten hatte, deren Hosenbeine und Ärmel er zweimal umschlagen musste.

Er klappte den Laptop zu. Nein, einen solchen Zeitpunkt hatte es nicht gegeben. Er hätte vielleicht nicht in Maryams Auto steigen können. Er hätte ihre Kababspieße nicht essen, sondern wegrennen können, als sie ihn hinter der Mülltonne entdeckt hatte. Er hätte trotz Hunger und Kälte weiter durch die Straßen der Stadt irren können.

Wenn es ihm schlecht ging, dachte er, dass das besser gewesen wäre, sein Leben hätte womöglich irgendeine unerwartete Wendung genommen und er hätte nicht in den Krieg gemusst. Seine Fantasie reichte zwar nicht dafür aus, sich vorzustellen, wie diese Wendung hätte aussehen können.

Aber sie reichte bei niemandem aus, wenn sie das eigene Schicksal betraf. Wenn es ihm schlecht ging, wusste er nicht, wohin mit der Wut, wohin mit sich. Er rollte durch das Zimmer, das höchstens zwölf Quadratmeter maß. Nach links, nach rechts, zum Fenster, zur Tür, zum Bett, zurück zum Fenster, immer schneller, bis er immer häufiger irgendwo anstieß und alles um ihn herum sich zu verdoppeln und zu verschwimmen begann.

Ging es ihm gut, dachte Ali-Reza, dass es richtig gewesen war, mit Maryam mitzufahren. Er erinnerte sich daran, wie sie vor ihm gestanden, ihn mitfühlend angeblickt und ihm Essen hingehalten hatte. In diesem Moment hatte er nicht anders handeln können. Der Hunger hatte ihn übermannt. Der Hunger und ihr Blick hatten sein Schicksal besiegelt, er hatte sich gebeugt. Nach einer Woche auf der Straße hatte er nicht mehr weitergewusst. In den Nächten sank die Temperatur unter null Grad. Viele wollten ihm helfen und fragten ihn nach seinen Eltern. Er rannte jedes Mal davon. Er konnte sich nichts Schlimmeres vorstellen, als zurück zu seiner Mutter zu müssen. Vor lauter Verzweiflung hatte er bereits einmal vor einer Kaserne gestanden, kurz davor, sich freiwillig zu melden.

Er hatte keine Chance gehabt, dem Inferno zu entkommen. Es war richtig gewesen, in Maryams Auto einzusteigen. Er hatte noch ein paar schöne Monate mit ihr verbracht, sie hatte ihm jeden Abend vor dem Einschlafen warme Milch mit Honig gemacht, und er hatte sogar in die Schule gehen dürfen. Und auf den Minenfeldern hatte er zwar nicht »Mâmân« schreien können, aber in gewissen Momenten, in den seltenen Momenten, in denen die Hoffnung auf Überleben, Rückkehr und Alltag seine Gedanken ordnete, wenn er nachts wach lag, während andere beteten oder vor Schmerzen stöhnten, und er in den Sternenhimmel über der Wüste blickte, hatte er an Maryam gedacht. Er konnte sich zwar nicht sicher sein, aber aus irgendeinem Grund hatte er geahnt, dass sie ihn abermals retten würde. Dass sie abermals mit einer warmen Mahlzeit, mit Bettwäsche und Pyjama auf ihn warten würde, wenn er diesen Wahnsinn überlebte.

Der Gedanke an Bettwäsche setzte eine der vielen Kettenreaktionen in Gang, eine Kette bestehend aus Assoziationen, die viele Anfänge, aber nur ein Ende kannte. Sie konnte bei Knoblauch, Handtuch oder Wagenheber beginnen, bei rostig, spitz oder flauschig, bei rot, grün oder lila, endete aber immer auf kürzestem Weg an der Front. Ein Begriff folgte auf den nächsten, Bettwäsche, Matratze, über eine Matratze gehen, etwas Nachgebendes unter den Füßen, etwas Nachgebendes unter den Stiefelsohlen, tote Körper unter den Stiefelsohlen, das erste Mal über tote Körper gehen, nachgebendes Fleisch unter der Stiefelsohle, Ekel, Scham, Trauer, Wut, im letzten Moment einem Schädel ausweichen, bekannt oder nicht bekannt, ja, nein, vielleicht, die Augen geöffnet, der Mund geöffnet, die Zähne so weiß, alles andere sandig und blutig, und wieder Schüsse, wieder Explosionen, der Geruch nach verbranntem Fleisch und weiße Zähne, Übelkeit steigt auf, aber der Magen ist leer, verkrampft sich nur, ich ringe nach Luft, aber atme Pulver, o Gott, wie komme ich hier nur raus, weiter, weitergehen, noch ein Schritt, schau nicht hin, was war das, etwas Rundes, wie ein dicker Ast, aber weicher, nicht hinsehen, weitergehen, o Gott, wo gehe ich hin, ich muss hier raus, wie komme ich nur hier raus, etwas Hartes rammt mir die Schulter. »Nicht stehen bleiben, weiterlaufen« brüllt jemand, ich falle um, stütze mich auf etwas auf, ich weiß nicht, was es ist, und dann renne ich einfach, renne über alles hinweg, ob hart oder weich, ich zertrete alles mit meinen Stiefelsohlen, ich will weinen, will meine Kameraden betrauern, während ich über ihre Leichname hinwegtrample und alles zu Brei mache, aber ich kann nicht, ich habe keine Tränen mehr, meine Augen können nur noch brennen vor lauter Sand und Entsetzen.

Auch jetzt brannten sie wieder. So fing es immer an: Die Augen brannten, und Gegenstände rückten leicht hin und her, bis sie ihm zweifach erschienen. Er schloss die Augen. Das Kaninchen, er musste an das Kaninchen denken, das hatte die letzten Male geholfen. Als Acht-, Neunjähriger hatte er es aus einer Schlinge befreit und zu Hause wochenlang gepflegt, bis die Verletzung an den Hinterläufen verheilt war. Er hatte es in Zeitungspapier gewickelt und außer Sichtweite des Dorfes auf einer Wiese neben einem Kaninchenbau freigelassen. Tränen rollten wie über einen Wall aus Ali-Rezas Augen, strömten über seine Wangen. Er erinnerte sich daran, wie er das Kaninchen noch einmal gestreichelt, wie sich sein Fell angefühlt hatte und wie es davongehoppelt war. Natürlich ohne noch einmal stehen zu bleiben und sich umzudrehen, das taten Tiere nur in Filmen. *Von dem, was war, werd dir das Aug' nicht nass,* das Kaninchen hatte das beherrscht. Er würde das niemals beherrschen, aber er erzielte Fortschritte, immerhin. Manchmal vergingen schon halbe Tage, ohne dass ihn die Erinnerung einholte. Was die Nächte betraf, hatte er die Hoffnung allerdings aufgegeben. Nachts war Krieg und würde es auch immer bleiben.

Von dem, was war, werd dir das Aug' nicht nass,

Von dem, was kommt, werd dir die Wang' nicht blass,
Grase nur froh der Erde Halme ab,
Eh dich die Sichel selbst hinmäht wie Gras.

Khayyams Verse, die ersten, die er als Schüler auswendig gelernt und vor der ganzen Klasse rezitiert hatte. Der Lehrer hatte vorne gestanden und währenddessen genickt. In diesem Nicken hatte so viel Zuneigung, so viel Wohlwollen gelegen, ihm wurde jetzt noch, Jahrzehnte später, ganz warm ums Herz.

Er hielt die Augen geschlossen, dachte an Khayyam, und entgegen dessen Empfehlung an Schönes aus vergangenen Tagen, an das Nicken und an das Kaninchen, dem er das Leben gerettet hatte.

All das strahlte in seine Gegenwart hinein, die selbst nichts anzubieten hatte, außer dem Geräusch des Wassers in den Abflussrohren, wenn über ihm jemand spülte.

Wie in diesem Moment. Er öffnete die Augen. Die Welt und die Tränen in seinen Augen standen wieder still.

Er atmete tief aus.

Noch leicht verschwommen sah er die Frau, deren Porträt gerahmt über seinem Fernseher hing. Sie war Rettung und Verhängnis zugleich für ihn gewesen. Mehrmals am Tag betrachtete er dieses Bild. Jedes Mal fiel ihm eine andere Kleinigkeit auf; ihr Haar hatte einen ähnlichen Farbton wie der goldene Rahmen. Es war gut gewesen, dass er eingestiegen war. Trotz allem. Sie war Rettung und Verhängnis für ihn gewesen, aber am Ende mehr Rettung.

In wenigen Wochen jährte sich ihr erster Todestag. Bis dahin, hatte er sich geschworen, musste er es erledigt haben. Er hatte es ihr versprochen. Außerdem ging ihm allmählich das Geld aus.

Das Sabbatical war wie ein Rettungsring an Sina vorbeigeschwommen. Er hatte danach gegriffen und dem Gespräch ein Ende bereitet. Ja, er, er hatte es beendet, nachdem ihn Ali Najjar die ganze Zeit vor sich hergetrieben hatte.

Dabei hatte es ganz harmlos angefangen. Ali Najjar hatte ihm an jenem Freitag die Tür geöffnet und ihn mit einer einladenden Geste in sein Büro gewischt. Sinas Körper war der Geste gefolgt, hinein in den Raum, den er nicht wiedererkannte. Thies' einfältiger Industrial-Look war einem Mix gewichen, den Sina nicht wie gewohnt augenblicklich auseinandernehmen und kategorisieren konnte. Er fand keinen Hinweis auf die klassische Moderne, dafür schimmerte italienisches Design durch und abgeschwächt auch finnisches, ihm kam die Côte d'Azur in den Sinn und auch Miami, und alles zusammen wirkte appetitlich, schmeckte angenehm süß, aber nicht nach Candy. Sina blickte sich länger um, gebannt von Formen und Farben. Ali Najjar hatte wirklich alles erneuert. Sogar die Bodendielen hatte Ali Najjar hellsenfgelb streichen lassen. Für die Wände hatte er ein ebenfalls helles Pistaziengrün ausgewählt. Hinter dem weißen ovalen Tisch, der wie ein Esstisch anmutete, stand ein gepolsterter, topasblauer Sessel, der Sina an das Eiskonfekt seiner Kindheit denken ließ. Er hatte den Sessel in Mailand gesehen, er hieß sogar Glace oder Gelato. Die zwei Lampen, die in der Ecke unterschiedlich tief von der Decke hingen und warm gelblich leuchteten, erinnerten wiederum an ausgestochene

Honigmelonenkugeln. Der Wandschmuck beschränkte sich auf ein Bild, prominent platziert. Eine Fotografie in Schwarz-Weiß.

Mit einem ausgesprochen freundlichen »Nimm bitte Platz« hatte Ali Najjar ihm die einzige Sitzgelegenheit, das Eiskonfekt, angeboten. Sina setzte sich und fuhr über den Bezug. Mohair-Velour, ganz sicher.

Ali Najjar selbst stellte sich vor die Fensterfront, die Arme hinter dem Rücken verschränkt.

Es war Anfang Dezember, die Baumkronen im Hintergrund trugen kein Laub mehr, nur hie und da hingen noch ein paar braune Blätter. Die Bäume wirkten etwas unentschieden im Gegensatz zu Ali Najjar mit seinem gänzlich kahlen Kopf vor dieser Kulisse. Auf seinem grauen T-Shirt stand in weißen Lettern *No Pressure No Diamonds* geschrieben.

»Kennst du das«, fing er an, und Sina musste sich richtig dazu zwingen, seine Aufmerksamkeit von den fast kahlen Ästen und der Glatze weg- und auf das Gespräch hinzulenken, »wenn man morgens aufwacht, den Körper aber noch nicht bewegen kann?«

»Ich bin mir nicht ganz sicher …« Er fuhr sich mit dem Zeigefinger seitlich an der Nase entlang. Verlegenheitsgeste, das wusste wirklich jeder, wie dumm.

»Man ist schon wach, man ist geistig schon wach, aber der Körper schläft noch und tut nicht, was man will.«

»Nein.«

»Nein?«

Eine Vorahnung überkam, ein Fluchtreflex ergriff Sina.

Es fühlte sich genauso an wie damals in der siebten Klasse, als ihn sein Mathelehrer nach vorne gebeten und aufgefordert hatte, einen Zug an die Tafel zu malen. Der Mathelehrer war mittleren Alters gewesen, gutaussehend, autoritär, launisch, wobei die Tage, an denen er die Dummheit der Schüler milde belächelte, zu den besseren gezählt hatten. Alle in der Klasse hatten vergeblich um seine Gunst gebuhlt. Auch Sina, aber nur in Gedanken.

Die Kreide quietschte, die Mitschüler hinter seinem Rücken schwiegen, ihm wohlgesonnene ebenso wie ihm weniger wohlgesonnene. Er malte die Lokomotive, einen Waggon, noch einen und noch einen, und mit jedem Waggon stieg die Gewissheit in ihm, dass es hier eigentlich gar nicht um den Zug ging und dass er sich mit jedem Strich lächerlicher machte. Er drehte sich um und sah den Lehrer an, der mit einer Gesäßhälfte auf dem Pult saß und von so etwas wie Vorfreude erfüllt war. Alle schienen den Atem anzuhalten. Der Lehrer sagte: »Dieser Zug ist leider für dich abgefahren. Mangelhaft. Setzen.«

Sina spuckte ihm ins Gesicht. Ihm schien das in dem Moment ganz selbstverständlich, als wäre ins Gesicht spucken das Einzige, wie man auf so etwas reagieren konnte. Er hatte den Lehrer zwar nicht getroffen, dennoch folgte der ganze Rattenschwanz. Elterngespräch, Lehrerkonferenz, Verweis. Über die Perfidität des Mathelehrers sprach dabei niemand. Bis zu diesem Tag war Sina nie in der Schule aufgefallen, nicht ein einziges Mal war er in der Pause an einer Rauferei beteiligt gewesen, stets hatte er abseitsgestanden, wenn etwas los war, und beobachtet. Nicht einmal angefeuert, immer nur beobachtet. Wie sich Arme und Beine umeinanderschlangen, voneinander wegdrückten. Die Versuche des Aufbäumens, das Mobilisieren der letzten Kräfte, wenn einer unten lag. Die konzentrierten, ernsthaften Gesichter. Zu Hause versuchte er manchmal, diese Gesichter mit Bleistift nachzuzeichnen. Es dauerte Jahre, bis es ihm gelang, weil er immer nur wenige Minuten hatte, sich das Bild einzuprägen.

Damals, nach dem Spuckskandal, erkannte er, weshalb er sich immer rausgehalten und gekniffen hatte, wenn es darum ging, seinen Status auf dem Schulhof körperlich zu zementieren. Er hatte keinen Status und musste sich mit der Rolle des Außenseiters begnügen, was gut dazu passte, dass ihn die Kunstlehrerin in ihren knallbunten Polyesterkostümen aus den siebziger Jahren so gerne mochte. Er hatte immer geahnt, dass seine Mutter es nicht aushalten würde, wenn er Probleme bereitete. Dass es sie überfordern würde, wenn sie einen Anruf von einem Lehrer erhielt.

Dieser eine Anruf des Mathelehrers stürzte sie in tiefe Verzweiflung. Sie griff danach gleich wieder zum Hörer und rief Sinas Vater an, der in Los Angeles gerade beim Frühstück saß. Anfangs bemühte sie sich, nur das Geschehene wiederzugeben, aber ihre Stimme wurde mit jedem Wort zittriger, und es klang immer mehr so, als spreche sie nicht vom Mathelehrer, dem Sina ins Gesicht gespuckt hatte, sondern von sich selbst, der das Leben ins Gesicht gespuckt hatte. Das Leben in der Gestalt seines Vaters. Schließlich legte sie mitten im Gespräch auf.

»Was ist das für ein gleichgültiger Eisklotz, sitzt da am Pool, während ich …« Sie vergrub ihr Gesicht in beiden Händen und schluchzte.

Sina stand im Türrahmen zu seinem Kinderzimmer und zog die Ärmel seines Pullovers in die Länge.

»Woher weißt du, dass er am Pool saß?«, fragte er, nachdem seine Mutter sich beruhigt hatte und in der Schublade unterm Telefon nach einem Taschentuch suchte.

»Weil ich ein Plantschen im Hintergrund gehört habe.«

Sina konnte sich nicht vorstellen, wie es war, einen Pool zu besitzen. Niemand, den er kannte, besaß einen Pool. Er fragte sich, ob er jemals erfahren würde, wie das war. Aufzuwachen, sogleich aus dem Bett zu springen, zur Terrassentür zu rennen, am Beckenrand den Pyjama abzustreifen, auf der Haut kurz die Morgensonne und vielleicht einen leichten Windhauch zu spüren und dann langsam, ganz langsam die glatte Oberfläche zu durchbrechen, einzutauchen in dieses verheißungsvolle Türkis. Vorsichtig, so wenig Wellen wie möglich erzeugend. Sich vom Wasser einschließen zu lassen, das nicht kalt, aber kühler war, als es unter der Bettdecke gewesen war. Unterzutauchen, sich von der Nacht und den Träumen reinzuwaschen. Von der Unordnung. Wieder aufzutauchen, gereinigt und erfrischt mit einem Schwall Wasser aus dem Pool zu steigen. Und ein Nutella-Brot zu essen.

»Schlafparalyse nennt man das«, riss ihn Ali Najjar aus seinen Gedanken, »unangenehm, sag ich dir. Ich will nach meiner Uhr greifen, die auf dem Nachttisch liegt, aber ich kann meinen Arm nicht heben. Ich muss verharren und hoffen, dass mein Körper das Atmen nicht vergisst, und warten, bis ich endlich wieder alles unter Kontrolle habe.«

Unweigerlich versuchte Sina, sich in diese Situation hineinzuversetzen. Es funktionierte nicht, er war auf Flucht programmiert. Ali Najjar wartete ab, ob er das kommentieren wollte. Er wollte nicht.

»Ich glaube, deine Designs fühlen sich ähnlich.« Ali Najjar löste sich von dem Fenster, beugte sich über den Schreibtisch und drückte die Enter-Taste des Laptops. Auf dem Bildschirm erschien die Thermoskanne, die Sina entworfen hatte. Eine Thermoskanne für Unternehmen hatte es sein sollen. Für Businesskongresse, Konferenzen, Verhandlungen. Die Kanne allein auf dem Bildschirm zu sehen befremdete ihn. Er hatte sie nicht dafür konzipiert, alleine zu sein. Sie musste im Rudel mit anderen Kannen auftreten, sonst funktionierte das Design nicht.

»Diese Thermoskanne sieht aus, als hätte ihr jemand auf den Kopf gehauen. Sie handlungsunfähig gemacht.« Ali Najjar ging zurück zum Fenster und verschränkte erneut die Arme hinter dem Rücken. »Ich weiß, was du dir dabei gedacht hast. Du bist ein guter Theoretiker, aber du kriegst keine Dynamik in deine Entwürfe. Du zementierst nur die Verhältnisse.«

Die Schwarz-Weiß-Fotografie hing an der Wand gegenüber des Schreibtischs, also so, dass Ali Najjar sie sah, sobald er beim Arbeiten kurz den Blick vom Bildschirm hob. Sie zeigte einen dunkelhaarigen Mann, der einen Honda-Sportwagen mit einem Schlauch abspritzte. Auto, Frisur und Jeans des Mannes nach zu urteilen stammte es aus den achtziger Jahren. Er musste prominent sein, es konnte nicht irgendjemand sein, den man bei der Autowäsche geknipst hatte. Sina kannte ihn irgendwoher, konnte ihn aber nicht zuordnen.

»Wie wirkt das wohl, wenn du als Unternehmer solche Kannen auf den Tisch stellst, direkt vor die Nase eines Kunden oder Geschäftspartners?«

Sina schwieg, weil er nur mit einer dünnen Fistelstimme hätte antworten können. *Die Kannen sollten so etwas wie gute Butler sein, so reduziert wie möglich, ich habe Interviews mit verschiedenen Managern geführt, alle haben gesagt, dass Thermoskannen eher negative Gefühle erzeugen. Sie verbinden damit langweilige Vorträge oder, noch schlimmer, lange Verhandlungsnächte und schlechten Kaffee, lauwarmes Wasser mit Plastikgeschmack für grünen Beuteltee, der bitter schmeckt, weil man ihn viel zu lange hat ziehen lassen, weil die Gespräche schwierig sind und zu keinem Ende kommen, und man schaut auf die Uhr und auf die Liste mit den ganzen Kompromissen, die man schon eingegangen ist, und in die Gesichter der Verhandlungsgegner, die trotzdem immer noch so unzufrieden dreinschauen, und zwischen ihnen stehen überall diese Thermoskannen herum, wie ungenießbare Pilze – genau, das hat einer gesagt, wie ungenießbare Pilze! –, die in dieser langen unproduktiven Nacht als Einzige gewachsen sind, aus den Tischen herausgewachsen sind und überall herumstehen, und dann weiß man plötzlich wieder, weshalb einen beim Anblick der Kannen ganz zu Beginn der Verhandlungen, als sich alle noch frisch und zuversichtlich an den Tisch setzten, schon so ein unangenehmes Gefühl beschlichen hat.*

»Versetzen wir uns in die Lage deiner Thermoskannen, wir sind ungeliebt, also ducken wir uns weg. Total falscher Ansatz!« Ali Najjar unterstrich seine Worte mit einer schneidenden Handbewegung.

Sina sah weg, fixierte den Mann mit dem dunklen, welligen Haar gegenüber an der Wand, wie er im Freizeitlook neben seinem Wagen hockte und dem Wasserstrahl dabei zuschaute, wie er auf die Karosserie traf. Da schwamm der Rettungsring vorbei, und Sina sagte:

»Ich bin eigentlich nur hier, um ein Sabbatical zu beantragen.«

Beim Hinausgehen fiel es ihm ein; Ayrton Senna war es, der so hingebungsvoll seinen Honda wusch.

Am Abend trank er im Wohnzimmer zwei Gläser Rotwein, ehe er zu Katharina in die Küche ging. Er baute sich vor ihr auf und faselte irgendein Zeug von wegen etwas Sinnvolles machen, Menschen erreichen, Wirkung erzielen.

»Ich habe diesen Beruf nicht gewählt, um Thermoskannen zu entwerfen«, sagte er abschließend etwas zu theatralisch, breitete die Arme aus und ließ sie fallen. Seine flachen Hände klatschten auf die dunkelblauen Chinos.

Katharina hatte sich sein Plädoyer hinterm Laptop sitzend angehört. Mittendrin hatte sie den Computer zugeklappt, sich im Stuhl zurückgelehnt und die Arme verschränkt. Sie sah ihn an.

»Wann bitte musstest du Thermoskannen entwerfen? Ich dachte, du bist gerade an so High-End-Boxen dran.«

»Letztes Jahr ... ist ja auch egal. Das war nur ein Beispiel.«

Katharina zog die Augen zu Schlitzen zusammen.

»Es ist wohl so weit.«

»Was?«

»Das ist die Midlife-Crisis.«

»So ein Quatsch.«

»Du bist etwas früh dran. Männer trifft es klassischerweise mit vierzig.«

»Das ist keine Krise. Ich muss ...« Er hielt inne. Was musste er? Jagen, tanzen, kämpfen?

»Was musst du?«, fragte sie, nachdem sie ihm mehrere Minuten Zeit gelassen hatte, die richtigen Worte zu finden.

»Letztens habe ich so eine Sufi-Geschichte gehört. Ich kriege es nicht mehr richtig zusammen. Irgendwas mit Fischen, die im Wasser schwimmen und durstig sind. So fühle ich mich.«

»Okaaaaayyy. Für wie lange?« Sie fixierte ihn.

Wie sie so dasaß, am Küchentisch, das Notebook vor sich und ungeduldig auf eine Antwort wartend – irgendetwas zwischen ihnen war aus dem Lot geraten.

»Drei Monate.« Oder auch sechs.

Katharina gähnte und stand auf. Als sie an ihm vorbei Richtung Bad ging, tätschelte sie seine Schulter.

»Wenn du das gerade brauchst.«

Am ersten Tag des Sabbaticals kaufte sich Sina superteure Lärm unterdrückende Kopfhörer. Damit legte er sich die darauffolgenden zwei Tage auf die Couch. Er lud die letzten acht Alben von Motorpsycho herunter; er hatte sie alle verpasst. Die Musik traf ihn mit derselben Wucht, mit der sie ihn zwanzig Jahre zuvor getroffen hatte. Etwas in ihm war also unverbraucht. Er trieb auf der Musik dahin, auf »Feel«, auf »The Tower« auf »Sleepwalking«. Er trieb auf Motorpsycho dahin wie auf einem Floß. Die Bepflanzung am Ufer veränderte sich, das Wolkenbild, die Lufttemperatur, und er trieb dahin, obwohl er die ganze Zeit regungslos auf der Couch lag.

Am dritten Tag bemerkte er, dass er das Rauschen nicht mehr loswurde, wenn er die Kopfhörer abends zum Schlafen abnahm oder wenn er aufs Klo musste oder Anahita nach Hause kam.

Er ging dazu über, weniger Musik zu hören und mehr Serien zu schauen. Dazwischen durchforstete er das Internet nach Ali Najjar. Sina kannte bald jedes Interview, jedes Porträt. Die Story war immer dieselbe. Die Journalisten geilten sich daran auf, dass jemand, der eigentlich schon in den sicheren Tod geschickt worden war, ins Leben zurückkehren und Zitronenpressen gestalten durfte. Im Teaser eines Interviews hieß es: »Ein Asylbewerber aus dem Iran steigt zu einem der erfolgreichsten Produktdesigner auf – dabei hätte sein Leben an der iranisch-irakischen Grenze mit vierzehn enden sollen. In den achtziger Jahren beschossen sich dort Kindersoldaten gegenseitig mit Chemiewaffen.«

Sina stutzte. Soweit er wusste, hatten nur Iraner Kinder an die Front geschickt und nur Iraker Chemiewaffen eingesetzt. Fakten schienen jedoch zweitrangig. Die Medien fanden Ali Najjars Karriere noch heißer als die übliche Vom-Tellerwäscher-zum-Millionär-Story, das war ein Aufstieg von ganz unten in der Bedürfnispyramide nach ganz, ganz oben, in die stecknadelkopfgroße Spitze. Gefühlt hatte er dabei alle Stufen zwischen existenziellen physiologischen Bedürfnissen und Selbstverwirklichung ausgelassen. Sicherheit, soziale Beziehungen, Wertschätzung, alles entbehrlich. Einen solchen Aufstieg sah man selten. Das allerhöchste Glück, das jemandem wie Ali Najjar nach gängiger Meinung widerfahren konnte – nach dem Glück »Überleben« –, bewegte sich in der Kategorie »Zusage für einen Mikrokredit«.

Sina stieß diese Besessenheit ab, doch er konnte nicht aufhören, die Texte zu lesen.

Ziemlich bald entdeckte er ein YouTube-Video von einer Talkrunde im öffentlich-rechtlichen Fernsehen. Er verschob den Cursor, bis Ali Najjars Gesicht das erste Mal auf dem Bildschirm erschien, dann schob er ihn ein wenig zurück und drückte Play. Jochen Musk, Autor des Buches »Töten. Ein Kinderspiel«, wie eine Einblendung verriet, wandte sich gerade Ali Najjar zu:

»Ich frage mich«, Jochen Musk hielt inne und legte seinen ausgestreckten Zeigefinger auf den Mund, »weshalb jemand wie Sie sich nicht politisch gegen Kindersoldaten engagiert und stattdessen Schnürsenkel für Bonzenschuhe designt.«

Aus dem Publikum hörte man vereinzelte, aber dafür umso auffälligere Lacher. Die Kamera schwenkte auf Ali Najjars Gesicht. Auch er lachte.

»Das waren besonders schöne Schnürsenkel für besonders schöne Bonzenschuhe. Ich habe übrigens den ganzen Schuh entwerfen dürfen. Wanderschuh, vegan, Fair Trade noch dazu.« Er löste seinen Blick von Jochen Musk, sah direkt in die Kamera. »Einfach ›Wanderschuhe vegan‹ googeln.«

Jetzt lachte das ganze Publikum. Die Moderatorin mit Farah-Fawcett-Frisur schloss die Augen und lachte mit zusammengekniffenen Lippen.

»Ich engagiere mich politisch, indem ich Dinge gestalte. Außerdem könnten Sie jedem, der sich nicht gegen Kindersoldaten engagiert, diesen Vorwurf machen. Warum sollte nur ich mich dafür verantwortlich fühlen? Jeder, der Kinder hat, müsste sich genauso gut angesprochen fühlen.« Ali Najjar grinste einen Moment lang zufrieden, dann nahm er einen sehr ernsten Gesichtsausdruck an. »Aber ich möchte Ihre Frage«, er deutete Richtung Jochen Musk, »gerne aufgreifen und weiterreichen.« Er imitierte dessen Geste und legte ebenfalls seinen ausgestreckten Zeigefinger auf den Mund. »Wieso lädt das Öffentlich-Rechtliche zur Prime Time mich in eine Talkrunde ein, um mit mir über Design im Alltag zu sprechen – und ja, klar, ein wenig auch darüber, was ich Krasses erlebt habe – und nicht Leute, die dem Publikum reinen Wein über deutsche Waffenexporte einschenken? Also so richtig reinen Wein.«

Stille.

»Das ist eine Anregung, über die wir gerne nachdenken, aber jetzt …«, begann die Moderatorin nach fünf ewig lang wirkenden Fernsehsekunden.

»Wie viel die deutsche Industrie zum Beispiel am Iran-Irak-Krieg verdient hat. An den Chemieanlagen etwa, die sie Saddam gebaut hat, Anlagen zur Herstellung von Pestiziden. Mittel gegen Ungeziefer wie Heuschrecken und Perser.«

»Sie haben recht, das ist ein wichtiges Thema, das sicherlich zu wenig …«

»Wir können die Menschen natürlich auch gerne weiter verblöden und über die lustigen Eierbecher von Alessi sprechen. Die von Giovannoni, die herumsitzen und ihren Löffel halten.« Er richtete sich auf, grinste dümmlich und hob die Hand, als hielte er eine Hellebarde.

Wieder vereinzelte Lacher, dann endete das Video. Das Bild von Ali Najjar als Alessi-Eierbecher fror ein. Sina las die Kommentare unter dem Video. Sie lauteten sinngemäß entweder »Der coolste Typ der Welt« oder »Arrogantes Arschloch« oder »Dann geh doch nach Hause, wenn dir unsere Eierbecher nicht gefallen«.

Kaum ein Journalist interessierte sich dafür, was er an der Front erlebt hatte. Was genau.

Erst nach mehreren Tagen, auf Seite vierzehn der Liste der Suchergebnisse, fand Sina ein eingescanntes, vier Seiten langes Interview von 1997 auf der Webseite eines Kölner Design-Magazins, von dem er vorher noch nie gehört hatte. Ali Najjar hatte damals offenbar bereits mit seiner Abschlussarbeit an der Fachhochschule für Furore gesorgt, mit einer Serie von Küchenutensilien, die er als Kacheln in das Wandmosaik integrierte, Zitronenpresse, Küchenrollenhalter, Kaffeefilter. Das war ziemlich genial. Sina stoppte das Album von Conor Oberst, das er ausgesucht hatte, um sich ein wenig von Motorpsycho zu erholen, und las:

Wir waren etwa dreißig Jungs. Wir waren weder ausgebildet noch bewaffnet. In einem Bus wurden wir in den Süden transportiert, um gegen die irakischen Truppen anzutreten. Daraus, welchen Zweck wir erfüllen sollten, machten sie keinen Hehl: »Ihr zieht in den heiligen Krieg, ihr opfert euch für unsere richtigen Soldaten, die hinter der Kampflinie warten. Fürchtet euch nicht, ihr werdet im Paradies erwachen.« Das hatten sie uns in der Schule schon eingetrichtert. Ich war auch geneigt gewesen, daran zu glauben. Aber meine Eltern hielten nichts von den Mullahs. Sie brachten mir früh die Bedeutung des Wortes Propaganda bei. Kein anderes Wort verwendeten sie so häufig. Wenn ich wiedergab, was sie uns in der Schule erzählten, wuschen sie mir ordentlich den Kopf. »Du hast genau ein Leben auf Erden, mehr nicht, krempel dir die Ärmel hoch und mach was draus«, hämmerten sie mir tagtäglich ein. Und: »Glaube ihnen kein Wort, sonst bist du verloren. Glaube ihnen nicht einmal, wenn sie sagen, dass eins plus eins zwei ergibt.«

Trotz allem, als ich aus dem Busfenster die karge Landschaft betrachtete, malte ich mir das Paradies aus. Darin konnte ich den ganzen Tag Fußball spielen oder im Bett liegen, Cola trinken, Eis essen, Knight Rider gucken und Autos zeichnen, die meine Mutter dann, sobald der Entwurf fertig war, vorfuhr und mir übergab. In meinem Paradies besaß ich natürlich schon einen Führerschein.

Mein Sitznachbar, ein Jahr älter als ich, stellte sich das Paradies ganz anders vor. Sollte es so sein, dass jeder sein Paradies selbst gestalten konnte? Ja, schloss ich, schließlich konnte das Paradies meines Nachbarn meine Hölle sein. Dann musste Gott ja meine Vorstellungen vom Pa-

radies kennen – oder sollte ich diese vorsichtshalber noch einmal in ein Gebet verpacken? Beten? Schon stieg schlechtes Gewissen meinen Eltern gegenüber auf. Wer im Krieg kämpfe, hatten sie uns in der Schule gesagt, der wasche sich mit seinem Blut von den Sünden rein. Die nächste Frage ploppte auf: Hockte jeder allein in seinem persönlichen Paradies? Diese ganzen Gedanken schossen mir wie Querschläger durch den Kopf.

Nach zwei Tagen im Lager hieß es dann Abmarsch. Wir wussten, dass wir auf ein Minenfeld zuliefen. Wir hätten eigentlich heulen und wegrennen müssen, wie die Esel und Hunde, die sie anfangs zum Minenräumen eingesetzt hatten. Stattdessen herrschte totale Stille. Totenstille. Wir marschierten los. Immer weitergehen, schrien sie, egal, was passiert. Ich ging immer weiter. Neben mir, vor mir, hinter mir zerfetzte es die Jungs. Ich ging weiter. Ich weinte und ging weiter.

Sina hörte sein Herz schlagen. Er riss sich die Kopfhörer von den Ohren und hielt sie in den Händen wie ein Tier mit einem giftigen Stachel. Er lauschte nach äußeren Lebenszeichen, um schnell die inneren zu übertönen. Ein wenig gedämpfter Verkehrslärm, eine anfahrende Straßenbahn, eine Wohnungstür, die im Haus zufiel. Undefinierbare Geräusche in der Wohnung über ihm, wenn er ganz genau hinhörte. Hinweise für menschliche Existenz. Hinweise für seine Existenz.

Es dämmerte, draußen gingen die Straßenlaternen an. Er hatte einen weiteren Tag erfolgreich vertrödelt.

Er ging in die Küche, setzte Teewasser auf.

But there are hundreds of ways / To get through the days,

hallte Conor Oberst in seinem Kopf nach, *There are hundreds of ways / Now you just find one.* Morgen, nahm er sich vor, morgen machte er sich einen Plan. Er bückte sich, hob einen Einkaufsbeleg auf, der auf dem Boden gelandet war, nahm den Kugelschreiber vom Kühlschrank und notierte ein paar Stichworte.

»Wenn du jetzt nicht frei hättest … Gott sei Dank hast du frei«, sagte Katharina am nächsten Morgen, nachdem die rote Säule auf dem Fieberthermometer unter Anahitas Achsel bis knapp über neununddreißig Grad gestiegen war.

»Gott sei Dank hast du frei«, wiederholte sie, »ich habe gleich zwei wichtige Besprechungen. Ich muss mich schleunigst anziehen.«

Sie streichelte Anahita über die Wange und stand auf. Sie trug schwarze transparente Dessous, lediglich drei nichttransparente Dreiecke verdeckten die entscheidenden Stellen vorne. Hinten nicht. Sina betrachtete ihren Po auf dem Weg ins Schlafzimmer. Er hatte sich in den ganzen Jahren nicht verändert. Katharina ging eisern jeden Montag und jeden Donnerstag zum Pilates, daran hatte selbst die Schwangerschaft nichts ändern können.

Das Bild ihres karamellfarbenen Körpers mit weißen Dreiecken an den entscheidenden Stellen; irgendwo ganz tief unten gerieten einbalsamierte Erinnerungen in Bewegung. Ihr weißer Po in seinen Händen. Ihr Gesicht im Profil. Sein eigenes im Spiegel, handtellergroß. Der Geruch von menschlichem Schweiß diffundiert durch künstliche Kokosnuss. Weiter weg das Geräusch einer Arschbombe, erregte Folgeschreie inklusive. Katharinas Worte »Bleib bei mir«, ihre feste Umarmung, aus der er sich hatte lösen wollen, eigentlich, um kopfüber ins Wasser zu springen. Das hatte er schon immer einmal tun wollen, nach dem Sex ins Wasser springen. Sein Bedürfnis danach hatte etwas Animalisches.

Doch Bilder, Gerüche, Geräusche und Gefühle erreichten das Ziel nicht, Sinas aufkeimender Ärger stellte sich ihnen in den Weg. »Wenn du jetzt nicht frei hättest … Gott sei Dank hast du frei«, hatte Katharina gesagt. Ihre Worte wurmten ihn. Aber mit welchem Recht? Was hatte er anderes als frei?

Nachdem Katharina gegangen war, zog Sina Anahita an, wickelte ihr dreimal den Schal um den Hals und ging mit ihr zum Kinderarzt. Dieser haute schwungvoll die Diagnose »Angina« in die Tastatur seines Computers und schickte sie mit einem Antibiotika-Rezept nach Hause. Sie gingen zur Apotheke und kauften anschließend im Supermarkt alles, worauf Anahita Appetit verspürte. Also nicht viel: frisch gepressten Orangensaft, mediterranes Gemüse tiefgefroren, Salatgurke und Joghurt. Mageren Joghurt, darauf bestand Anahita. Dann trotteten sie wieder nach Hause. Anahitas Rachen war so entzündet, dass sie nicht einmal etwas erzählen wollte.

Zu Hause stand alles still, bis auf die Trommel der Waschmaschine. Sina stellte die Einkäufe auf dem Küchentisch ab und packte das Tiefkühlgemüse in den Gefrierschank. Anahita kam mit einer *Bibi & Tina*-DVD angerannt.

»O nee, Hita, heute nicht!«, stieß Sina mit einer Vehemenz hervor, dass seine Tochter gar nicht erst insistierte und stattdessen drei andere DVDs aus dem Bücherregal im Arbeitszimmer holte, alles wertvolle öffentlich-rechtliche Produktionen aus den achtziger Jahren. Mit geschlossenen Augen zog sie die heraus, die sie sich zuerst anschauen wollte. Sina legte *Der fliegende Ferdinand* ein, machte sich einen Kaffee und setzte sich auf die Couch ins Wohnzimmer.

Es war Dienstag, und die erste Woche seines Sabbaticals war verstrichen.

Sein Blick fiel auf die aufblasbare Gummiinsel aus dem letzten Urlaub in der Toskana. Sie hatten sie einem blinden Afrikaner am Strand abgekauft, den Anahita nach drei Tagen Aufenthalt als den ärmsten ausgemacht hatte. Nach der Rückkehr hatte sie darauf bestanden, die Insel zu Hause aufzublasen. Die Luft war nun schon zum großen Teil entwichen, das Gummigebilde hing im Wohnzimmer in der Ecke, nicht mehr stehend, aber auch noch nicht ganz am Boden. Er würde es demnächst platt machen und in den Keller bringen, nahm er sich vor. Dann würden sie es allerdings vergessen, die Insel würde zwischen Anahitas altem Kinderwagen – den sie ganz sicher nie wieder brauchen würden – und den Snowboards verstauben. So erging es vermutlich jedem aufblasbaren Gummiteil. Kaum eines fuhr ein zweites Mal in den Urlaub. Sina betrachtete die in sich zusammengesackte Palme.

»Wenn du das gerade brauchst«, hatte Katharina gesagt und am Morgen noch »Wenn du jetzt nicht frei hättest«. Wann hatte sie eigentlich angefangen, in unvollständigen Sätzen zu sprechen? Dauernd Wenn-Dann-Konstruktionen zu gebrauchen, ohne das Dann? Er konnte es nicht sagen. Irgendwann hatte es angefangen, und ihm kam es so vor, dass es nicht nur ihre Syntax betraf, sondern auch ihre Haltung. Sie war insgesamt so verdammt vage geworden.

»Kinder sollen fliegen können und wir nicht?«, drang eine empörte Frauenstimme durch Anahitas offene Zimmertür.

Kinder sollen fliegen können und wir nicht. Sina stand auf

und ging durch den Flur zum Kinderzimmer, blieb jedoch am Türrahmen angelehnt stehen. Anahita war eingeschlafen. Er betrachtete sie. Sie lag wie immer seitlich in ihrem Bett, die Decke zwischen den Beinen wie einen Liebhaber umarmend. Vor allem liegend erschien sie ihm immer so groß. Ihr schlafendes Gesicht, so eigen. Die Formen konnte er sich oder Katharina zuordnen, aber der Ausdruck war ein anderer. Das Unterbewusstsein mixte ihr schon ganz eigene Träume. Im Alltag berührten sie sich schon immer seltener, in ihren Träumen taten sie es gar nicht mehr.

Sina fiel die Liste wieder ein. Er zog den Einkaufsbeleg aus der Gesäßtasche. »Meditieren« stand darauf geschrieben, »Ausmisten«, »Weiterbildung«, »Bücher Sufismus«, »Neshat-Vernissage« sowie »L. A.« und »Iran«, allerdings mit Fragezeichen. Die Neshat-Vernissage fand in wenigen Tagen statt, die durfte er nicht versäumen. Ihr Film »Women without men« hatte ihn vor einigen Jahren verstört und beeindruckt. Die heruntergedimmten Farben, das Traumwandlerische, als sähe man die Bilder durch einen leichten Schleier – das Schwarz und das Weiß dann jedoch von seltener Klarheit.

Er steckte den Beleg wieder ein, legte sich neben Anahita aufs Bett und schaute für sie *Der fliegende Ferdinand* zu Ende.

Diese ganzen verlogenen Chairs, *Sideboards und der ganze andere Dreck. Ich kann es nicht mehr sehen. Coffee Table, wenn ich das schon höre. Haha, was ist das? Ein Coffee Table Book darüber, wo man Coffee Table Books überall platzieren kann? Haben die nichts Besseres zu tun? Und wie viele Herzchen hat dieser Möchtegern-Panton auf Instagram bekommen? 672. Fuck. Das Ding würde sofort umkippen, wenn sich jemand draufsetzt. Wird sich aber nie jemand draufsetzen. Mit 672 Herzchen verschwindet es bald im Orkus der Simulationen. Zusammen mit den ganzen anderen Chairs, Boards, Tables. Was für ein riesiger Fake! Wer soll das aushalten. Simulierte Schönheit. Simulierte Existenz. Wie bin ich nur da hineingeraten. Ein paar Striche habe ich gezeichnet. Und die Leute haben sich darauf gestürzt. Total ausgehungert. Sie haben in diesen Strichen alles für ihre leeren Bäuche gefunden. Für ihre leeren Herzen. Das habe ich mit vierzehn ewig nicht gecheckt: dass es auf Deutsch kein Wort für »Del« gibt. Dass Bauch und Herz in Deutschland auseinandergehören. Aber eigentlich schräg ist, dass es auf Persisch ein Wort wie »Del« gibt.*

Die paar Striche haben gereicht, und ihre leeren Bäuche und Herzen füllten sich. Wahrheit und Mut und, das ist ihr Lieblingswort, Kompromisslosigkeit sahen sie. Ein paar Striche auf dem Papier, ein paar Skizzen einer Biografie. Ich musste ihnen nicht viel liefern. Den Rest malten sie sich selbst aus.

Senna, ich wünschte, ein Crash würde das Ganze beenden. Ein Crash wäre jetzt das Richtige. Aber mit Überleben. Ich will wissen, wie es ist, aufzuwachen und zu spüren, es ist vorbei.

Im Kofferraum zusammengekauert habe ich den Crash so sehr gefürchtet. Mit vierzehn Jahren, da hängt man besonders am Leben. Kurz vor dem ersten Sex, vor dem ersten Rausch krepieren, das will niemand. Wie habe ich mich gefürchtet damals. Wie ist der Fahrer über die ungeteerten Straßen gebrettert. Aber jetzt brauche ich einen Crash. Senna, du hast ihn auch gebraucht, wette ich. So wie du in Donington Park in strömendem Regen an allen vorbeigezischt bist. Typen wie du und ich müssen Grenzen sprengen. Dabei waren deine Grenzen aus Beton und ganz klar markiert, die Streckenbegrenzung. Aber nicht einmal die hat geholfen. Aus einem Teufelskreis kommt man nur heraus, wenn man gegen die Wand fährt.

Fuck, das war ein Schock. Erster Mai 1994, Imola. Da war doch auch diese Spanierin bei mir, wie hieß sie … Roxana, genau, mein extended One-Night-Stand. Du fuhrst wieder wie ein Wahnsinniger. Ich sehe es noch genau vor mir; wie du in der Tamburello-Kurve von der Fahrbahn abkommst, geradeaus über den Seitenstreifen schießt und in die Mauer crashst. Wie der halbe Wagen durch die Luft fliegt, wie du mit der anderen Hälfte eine halbe Drehung machst und stehen bleibst. Dein Kopf bewegt sich. Das Rettungsteam kommt angerannt, stoppt aber einige Meter vor der Unfallstelle. Ewig stehen sie da. Dann endlich ziehen sie dich aus der Karre. Da liegst du. Einer der Ärzte sagte in einer Doku, dass du geseufzt hast und er in dem Moment spürte, wie die Seele den Körper verließ.

»Ich bin nicht religiös, aber …«, sagte der Arzt.

Roxana heulte. Sie blieb zwei weitere Nächte und sang mir zum Einschlafen spanische Wiegenlieder vor. Roxana. Ich weiß nichts von ihr, rein gar nichts, nur, dass sie kleine Brüste hatte und singen konnte. Ich liebe Spanisch.

Senna, schau dich an. Wie konzentriert du deinen Honda

wäschst. Du bist so ernsthaft bei der Sache. Wie dein Haar in der Sonne glänzt. Es hatte keine Chance, grau zu werden. Oder auszufallen.

Die Bäume sind jetzt endgültig kahl. Noch verschont er uns, der Winter, aber bald. Dann ist sie seit einem Jahr tot. Heißt es. Ich fühle es noch immer nicht. Wie auch. Senna habe ich dabei zugesehen, wie er starb. Ich saß bis wenige Sekunden davor quasi neben ihm im Cockpit. Ich habe an seinem Grab gestanden. Von ihrem Grabstein besitze ich nur ein unscharfes WhatsApp-Foto. Besitze ich das noch?

Wieso bin ich nie mit ihr nach Holland gefahren? Immerzu schwärmte sie von den Tulpenfeldern. Keinen Schimmer, wer ihr den Floh ins Ohr gesetzt hatte, aber jedes Mal fing sie mit den Tulpenfeldern an. Ich Arsch, wie gerne hörte ich mich sagen: »Mâmân, ich habe so viel zu tun, ein andermal!« Was bin ich für ein Scheißkerl. Da äußerte sie einmal einen Wunsch. Da hätte ich ihr einmal einen Gefallen tun können. Auf dem Sterbebett bereut man nur, was man nicht getan hat. Dann weiß ich jetzt wenigstens, woran sie kurz vor ihrem Tod dachte.

Ich bin so ein Scheißkerl.

Ja, zieht nur davon ihr Vögel, auf in den Süden, haut ab, solange ihr noch könnt. Hier wird es bald so richtig ungemütlich. Diese Scheißwinter in Deutschland.

Tulpenfelder. Der Alte in Soylent Green *sieht Tulpenfelder, während er stirbt, oder nicht? Gibt es den Ausschnitt auf YouTube?*

Da: Tulpenfelder bei 2:45. Rote Tulpen, leichte Brise. Das reicht.

Wie geil ich mich gefühlt habe, ihr zeigen zu können, wie erfolgreich ich hier bin. Hier im Ausland. Das viele Geld, das

Penthouse, die teure Karre, aber das hat alles nicht gereicht. Das hätte ich auch als Zuhälter verdienen können. Nein, ich wollte, dass sie wusste, wie wichtig ich bin. Dass schöne blonde Menschen an einem Konferenztisch die Klappe halten, wenn ich den Mund aufmache. Das sollte sie mit eigenen Augen sehen. Wie sie stundenlang in dem Büro herumsaß, auf einem harten Stuhl mit ihrer Arthrose, ohne ein Wort zu verstehen. Und nach der Toilette fragte sie auch nicht. Wäre ich mit ihr mal nach Holland gefahren. Wir hätten uns ein Cabriolet mieten und an kilometerlangen Tulpenfeldern vorbeirauschen können. Jeder ein fettes Softeis in der Hand, immerzu Richtung Küste. Ich bin so ein Scheißkerl.

Ich wollte ihr nur zeigen, dass das, was sie mit mir und für mich durchgemacht hat, nicht umsonst war. Ich wollte sie mit meinem Ansehen und Erfolg entschädigen.

Das ist alles, was ich ihr zeigen wollte.

Ich habe mehr als überlebt.

Und designe Lautsprecher für reiche Arschlöcher, die sich damit ihren beschissenen Free Jazz reinziehen, dabei ihre beschissene französische Bulldogge tätscheln, das Rotweinglas schwenken und einen fahren lassen. Die können froh sein, dass sie Kohle haben und sich wenigstens Boxen kaufen können, die ihnen nichts vormachen. Im Gegensatz zu ihren Frauen, Kindern und Angestellten.

Diese Lautsprecher. Diese Entwürfe sind alle total unproportional. Dieser hier zum Beispiel. Das Ding wankt. Verdammt, tanzen soll es.

Der dumme Perser lässt mich einfach damit sitzen.

12.15 Uhr schon. Schluss jetzt. Raus in den Heiligabend-Wahnsinn, die Geschäfte schließen gleich.

Ali-Reza sah ja ein, dass es immer noch sein Bein war und dass es gelegentlich ein wenig Zuwendung benötigte. Dennoch empfand er es als lästiges Vorgeplänkel, wenn Kamran, der Physiotherapeut, erst das linke, dann das rechte nahm. Es beugte und streckte, massierte und ausklopfte.

Kamran tat all dies in Zeitlupentempo und betrachtete dabei fasziniert, beinah entrückt die schlaffen Muskeln an Unter- und Oberschenkeln, die bei jeder Bewegung wie Seile hin und her schlackerten. Er schien sich über alle Maßen an der Geschmeidigkeit der nutzlos gewordenen Gelenke zu erfreuen. An der Willenlosigkeit, mit der sie ihm folgten.

»Seltsam, diese Hingabe«, dachte Ali-Reza oft, und gelegentlich auch: »Du Idiot, was mühst du dich dort unten ab«, und dann lächelte er freundlich, wenn Kamran kurz zu ihm hinaufschaute. Ali-Reza hatte sich mehrmals gefragt, ob Kamran vielleicht pervers war. Ob ihn tote Nervenbahnen irgendwie antörnten. Und ob er sich einen anderen Therapeuten suchen sollte. Aber dann hätte die Gefahr bestanden, dass er zwei, drei Wochen ohne auskommen musste, zwei, drei Wochen ohne Berührung. Das hätte er nicht ausgehalten. Einmal, das einzige Mal, als sich Kamran krankgemeldet hatte und zwei Sitzungen ausfallen lassen musste, hatte Ali-Reza reflexhaft die Hand des Zahnarztes festgehalten, als dieser nur kurz seinen Mund etwas weiter hatte öffnen wollen. Das war ihm so peinlich gewesen, so bedürftig durfte er nie wieder scheinen, hatte er beschlossen. Und spätestens, als Kamran seine Beine wieder unter der Fleecedecke verstaute und sich seiner Arme, Schultern, seines Halses und Rückens annahm, hatte Ali-Reza alle negativen Gefühle vergessen. Er war so weich und gelöst wie der Zuckerwürfel in seinem Teeglas.

Das ging nun schon fast zwanzig Jahre so. Seit seiner letzten Operation, der sechsten insgesamt, stattete Kamran ihm zweimal wöchentlich einen Hausbesuch ab. Maryam hatte das für ihn eingefädelt. Und mit ihrem Ersparten dafür gesorgt, dass er sich das über ihren Tod hinaus zumindest eine Zeit lang weiterhin leisten konnte. Außerdem noch die Wohnung in einem mittelklassigen, aufgeräumten Viertel Teherans, in der ihm Zahra Khanoom, die Frau des Metzgers zwei Straßen weiter, täglich etwas zu essen kochte und für Ordnung sorgte, sowie einmal im Jahr einen mehrtägigen Ausflug ans Kaspische Meer inklusive Übernachtungen für ihn und eine Begleitperson. Seine einst relativ üppige Invalidenrente allein hätte ihm dieses Leben nicht erlaubt. Die hohe Inflation fraß die Rente immer schneller auf, so schnell konnte die Regierung sie gar nicht anheben.

Kamran nahm Ali-Rezas linke Hand und knetete jeden Finger von der Kuppe an einzeln durch. Er knetete den Handteller, arbeitete sich über Handknöchel, Unter- und Oberarm hinauf zur Schulter und zur Nackenmuskulatur.

»Was ist los, Ali?«, fragte er und träufelte sich einige Tropfen Mandelöl auf die Handinnenfläche.

»Was meinst du?«

»Dein Nacken. Er ist verspannt.«

»Kamran«, seufzte Ali-Reza. Die Nähe, er brauchte sie, und doch war sie ihm manchmal zu viel. »Ich muss bald etwas erledigen, vor dem ich mich drücke.«

»Oh. Das kenne ich. Aber die schwersten Schritte sind die wichtigsten.«

Kamran nahm Ali-Rezas rechte Hand und begann von Neuem an den Fingerkuppen.

Kamrans lebensphilosophische Ader war nur ganz selten erkennbar. Aber wenn, wenn er sich zu Themen jenseits des Physischen äußerte, dann hatte es Hand und Fuß. Ali-Reza wunderte sich jedes Mal, auch dieses Mal, versank jedoch gleich wieder in seinen Gedanken. Wie sollte er den anderen kontaktieren? Sollte er ihm eine E-Mail schreiben? Eine WhatsApp-Nachricht? Oder sollte er ihn anrufen? Maryam hatte ihm alle Kontaktdaten hinterlassen, Telefonnummer, Handynummer, Mailadresse, Facebook-Name, sogar die Postanschrift. Sie wollte sichergehen, dass er ihn erreichte. Anrufen schloss Ali-Reza aus, nachdem er sich kurz vorgestellt hatte, wie es wäre, mit diesem Menschen minutenlang Höflichkeiten austauschen zu müssen. Zu der Art Beziehung, die sie verband, passten keine Floskeln, nicht einmal im Iran. Also E-Mail oder WhatsApp. Womit er bei der nächsten Frage wäre: Was genau sollte er ihm schreiben? Wie viel sollte er preisgeben?

Während Kamran gegen die Knötchen in seiner Nackenmuskulatur ankämpfte, formulierte Ali-Reza im Geiste Nachrichten wie diese: *Salam, hier schreibt Ali. Ihre Mutter hat Ihnen vielleicht einmal von mir erzählt?* Nein, dachte er gleich, Fragen sollte er keine formulieren. Und außerdem ging aus dem Brief, den Maryam ihrem Sohn hinterlassen hatte, klar hervor, dass dieser nichts über ihn wusste. Nach ihrem Tod hatte Ali-Reza es mehrere Wochen geschafft, den Brief nicht zu öffnen. Er hatte verschlossen in der Schublade unter der Vitrine gelegen, aber er hatte die ganze Zeit in den Raum gestrahlt. Ali-Reza hatte einfach keine Ruhe gefunden. Er habe ein Recht darauf zu wissen, was darinstehe, hatte er schließlich in einer schlaflosen Nacht befunden und den Brief bei Kerzenschein – sie hatten den Strom wieder einmal abgedreht – aufgerissen und gelesen.

Der Brief hatte ihn aufgewühlt. Manche Zeilen ließen ihn weinen, manche bestürzten, verstörten ihn, einmal musste er sogar lachen, dann überkam ihn eine Welle von Mitleid und sogleich schämte er sich dafür, dass er ihr schlechtes Gewissen gelegentlich ausgenutzt hatte. Nachdem er die Seiten wieder zusammengefaltet und zurück in das Kuvert gesteckt hatte, empfand Ali-Reza nur noch eines: Sehnsucht. Sie fehlte ihm. Ihre Stimme. Ihr Blick. Ihr Witz. Ihre warme Milch mit Honig am Abend vor dem Schlafengehen. Sie hatte ihm die Tasse immer in beide Hände gegeben und dann noch einmal ihre Hände auf seine gelegt, seine Hände noch einmal sanft an das Gefäß gedrückt. Er sollte auch ja die ganze Wärme abbekommen. Das, jeden Abend, dreißig Jahre lang.

Dann war sie sehr plötzlich gestorben. Es hatte mit starken Kopfschmerzen und Übelkeit am Nachmittag angefangen. Der Notarzt war gekommen und hatte sie mitgenommen. Am Tag danach hatten sie Ali-Reza im Krankenhaus den Totenschein überreicht. Er hatte sich weder darauf vorbereiten noch von ihr verabschieden können. Mit Maryam hatte er zum zweiten Mal seine Mutter verloren, und er hatte sich genauso verlassen gefühlt wie beim ersten Mal.

Wie klug sie gewesen war, wie vorausschauend. Obwohl sie gesund gewesen zu sein schien, hatte sie sich hingesetzt und den Brief verfasst. Maryam hatte ihrem Sohn sehr deutlich mitgeteilt, dass er Ali-Reza gegenüber verpflichtet war.

Der Sohn wusste nichts über ihn, der Brief hatte bestätigt, was Ali-Reza immer vermutet hatte. Und er und Maryam hatten ihn, den anderen, ebenfalls immer ausgeblendet, so gut es ging. Es hatte immer etwas sehr Bemühtes, fast Kindisches gehabt, wenn sie kurz vor ihren Reisen nach Deutschland in ihrem Schlafzimmer Pistazien, Safran und Lederschuhe für ihren Sohn im Koffer verstaut hatte. Heimlich, als transportierte sie Schmugglerware. Rollte Ali-Reza an der Schlafzimmertür vorbei, ließ sie eilig den Koffer zuklappen. Zu diesen Zeiten, vor und nach ihren Deutschlandaufenthalten, konnte er sich ein bisschen mehr herausnehmen. Er konnte sich zum Beispiel abends um elf, wenn Maryam schon ihr Nachthemd angezogen hatte, eine Portion Eis wünschen. Er musste nur sagen, dass er innerlich brenne, dass das Gas noch immer in ihm brenne und ihm das jetzt so guttäte, ein kühles Eis – so gut! Er war allerdings klug genug, ihr schlechtes Gewissen nicht auszunutzen und spürte genau, wie weit er gehen konnte. Und er blieb bei allem, das er forderte, liebenswürdig. Er appellierte an ihre Muttergefühle. Das funktionierte immer. Sie brauchte das auch ein Stück weit. Einen regelmäßigen Appell.

Aber wie nahe sie sich auch standen, nie sprachen sie über den anderen. Was Ali-Reza über den anderen wusste, wusste er von Google. Etwa fünfzehn Jahre zuvor hatte er ihn das erste Mal im Internet entdeckt. Er hatte eigentlich sich selbst suchen wollen, aber »Ali Najjar« in das kleine längliche Suchfeld eingegeben. Das Netz kannte viele mit diesem Namen, aber nicht ihn. Die ersten und mit Abstand die meisten Treffer hatten dem Anderen gebührt. Er war der prominenteste Ali Najjar auf der Welt. Ali-Reza hatte schon die Fingerkuppen auf die Tasten gelegt, um seinen alten, seinen echten Namen einzugeben, doch er zögerte. Er ließ es schließlich bleiben. Es fühlte sich verboten an. Stattdessen stellte er einen Google-Alert mit Ali Najjar ein. Seitdem schaute er mindestens einmal am Tag nach ihm.

So hatte Ali-Reza mitbekommen, dass der andere Designer war. Er verstand nicht, wie man diesen Beruf wählen konnte, wenn man im Westen war und einem alle Türen offenstanden. Er hätte Medizin studiert, etwas, das die Menschheit wirklich brauchte. Er verstand auch nicht, weshalb in allen Beiträgen, ausnahmslos in allen, die Wörter »Krieg« und »Kindersoldat« vorkamen, auf Deutsch natürlich. Weil sie wirklich immer auftauchten, wenn von ihm die Rede war, hatte er die beiden Wörter mit Google Translator übersetzt. Er verstand nicht, was Krieg und Kindersoldat mit dem Beruf des Designers zu tun hatten.

In letzter Zeit war es dann etwas ruhiger geworden. Der letzte neue Beitrag war einige Wochen zuvor erschienen, offenbar hatte der andere den Job gewechselt. Die Bildersuche ergab auch nichts Neues mehr, immer dieselben Fotos des Glatzkopfes in leeren weißen oder grauen Räumen. Allein die seltsamen Stühle, auf denen er manchmal saß, brachten ein wenig Abwechslung. Der andere schien erfolgreich zu sein, wirkte dabei aber nicht sonderlich glücklich. Auf den Fotos runzelte er die Stirn. Zweifelsohne wusste er mehr über den anderen als dieser über ihn. So gesehen war er im Vorteil.

Er hielt das Heft in der Hand. Also keine Fragen, beschloss er und fing noch einmal von vorne an: *Salam, hier schreibt Ali. Ich kannte Ihre Mutter gut und verfüge über einen Brief, den ich Ihnen überreichen soll.*

Ali-Reza hielt inne. *Ich kannte Ihre Mutter gut.* Der Sohn würde denken, er sei ein Liebhaber der Mutter gewesen oder dergleichen. Aber sollte er ruhig. Hauptsache, er würde seinen Hintern nach Dubai bewegen. Er selbst war ein Krüppel, er war körperlich und seelisch am Ende, er konnte froh sein, wenn er noch ein paar Jahre lebte. Und unter »leben« verstand er nicht »leiden«. Er musste keine Rücksicht mehr auf die Befindlichkeiten anderer nehmen. Am allerwenigsten auf die Befindlichkeiten von Maryams Sohn.

Kamran klopfte ihm auf die Schultern und stand auf. Die eineinhalb Stunden waren vorbei.

»Könntest du mir noch ein wenig den Kopf massieren? So wie letztes Mal? Das hat super gegen die Migräne geholfen«, bat Ali-Reza. Er wusste, Kamran würde nicht ablehnen.

Kamran stellte sich hinter ihn und kreiste mit den Fingern über seine Kopfhaut. Ganz langsam, genau den richtigen Druck ausübend. Ali-Reza schloss die Augen und stöhnte unwillentlich. Er hatte am ganzen Körper Gänsehaut, sogar an den Beinen, meinte er. Er würde das ab jetzt zum festen Bestandteil der Therapie erklären.

»Also. Um was geht es?«, fragte Kamran schließlich.

»Ich muss jemanden in Dubai treffen. Ich kenne ihn nicht, und eigentlich möchte ich ihn auch nicht kennenlernen. Ich muss ihn nur einmal treffen und etwas loswerden.«

»Das klingt unangenehm. Warst du schon einmal in Dubai?«

»Nein. Ich war noch nie im Ausland.«

Kamran beugte sich zu seinem Patienten hinunter und flüsterte ihm etwas ins Ohr. Ali-Rezas Augen begannen zu leuchten und gleichzeitig lief ihm ein Schauer über den Rücken, schrecklich schön und kaum zu ertragen.

»Wie heißt das Hotel genau?«, fragte er.

Kamran holte Zettel und Stift aus der Küche und schrieb ihm den Namen auf.

Fünfzehn Minuten später – Kamran war bereits weg – verfasste Ali-Reza folgende Nachricht:

Salam, hier schreibt Ali. Ich kannte Ihre Mutter gut und verfüge über einen Brief, den ich Ihnen überreichen soll. Ich bitte Sie, am 21. Januar um zehn Uhr in der Lobby des Hotels … Er rollte zum Esstisch, nahm den Zettel und schrieb den Namen ab … *Woodson Bright Deira Creek in Dubai auf mich zu warten. Danke, Ali.*

Ali. Ali. Ali. Dass etwas fehlte, empfand er zum ersten Mal in all den Jahren. Er fügte -Reza hinzu. Er besah sich die Buchstaben. Er hatte sie lange nicht mehr gesehen. Dann tippte er auf Senden. Und schickte hinterher: *Es ist wichtig.* Und dann noch: *Für Sie mindestens so sehr wie für mich.*

Galerie Pohlmann & Ex, *der Name ist so was von zwanzigstes Jahrhundert. Das da vorne, das nächste Gebäude müsste es sein. Ah, da stehen sie ja schon alle in Schwarz, wie für ein Begräbnis. Bei der Neshat ist sowieso alles schwarz, das kann ja heiter werden. Hoffentlich habe ich die Eröffnungsrede verpasst. Einmal noch tief durchatmen und los.*

...

»Danke, gerne. Warten Sie, ich nehme gleich noch einen.« *Sonst packe ich das hier nicht.*

Das Buch der Könige, wow. Die Masse. Wie viele Porträts sind das? 45. Die in der ersten Reihe, die Zweite von rechts, die hat ein krass symmetrisches Gesicht. Ob sie Perserin ist oder Araberin? Die Neshat ist echt schlau. Ich wette, sie hat absichtlich Perser von der Grünen Welle und Araber vom Arabischen Frühling gemischt, damit Idioten wie ich hier herumstehen und rätseln, ob Perserin oder Araberin. Tippe auf Perserin. Das sehe ich am Blick. Und an den filigranen Gesichtszügen. Araber sehen härter aus als Perser. Wieso kommt die Symmetrische doppelt vor? In der Masse und bei den Patrioten? Sie springt einem aus der Masse ins Auge. Dann sieht man sie gleich bei den Patrioten wieder mit der Hand auf dem Herzen. So ernsthaft, so treu dreinblickend und dabei so lächerlich. Verwendet die Neshat manche absichtlich doppelt oder hatte sie nur nicht genug Personal? Der Typ ganz unten links kommt ebenfalls zweimal vor. Sehr attraktiv. Edle Nase. Ausdrucks-

starke Augen. Hübscher Junge. Wirklich, wie gemalt. Erinnert mich an den Khoshbin. Hat sie bewusst die Hübschen aus der Masse auserwählt und zu den Patrioten gesteckt?

Ah, die drei Schurken. Wieso heißen sie Schurken? Aufrührer sollten sie heißen, das trifft es besser.

Fantastisch, die drei.

»Mehr Orangensaft als Sekt für mich, danke. Und Lachsrolle nehme ich auch.«

Wer sagt eigentlich, dass die Patrioten die Guten sind? Oder gar die Masse? Die Neshat, die spielt mit uns.

O nein, bitte keine Grußworte. Grußworte von deutschen Kulturfunktionären persiflieren sich ausnahmslos selbst. Eine ununterbrochene Kette an Persiflagen. Ein Teufelskreis an Persiflagen. Das geht schon so lange, alle haben schon vergessen, dass ihnen eine Persiflage geboten wird, deshalb lacht auch niemand mehr. Was redet der? »Ganz unverschleiert aus diesem verschleierten Land...« Oh shit, ich muss sofort hier raus.

»Hey Khoshbin, du auch hier!«

...

»Nicht auszuhalten. Und dann noch die ganzen Leute, die herumstehen und sich bemühen, möglichst intelligent zu gucken. Kann ich eine haben?«

...

»Ja, Feuer auch, danke.«

...

»Zu gewissen Anlässen schon. Das ist jetzt ein Anlass. Außerdem kann ich nicht grundlos vor der Tür herumstehen. Aber ich kann auch noch nicht gehen, weil ein Wichtigtuer von Cape4 hier ist und ich muss ihm mitteilen, dass die neue Linie total verhauen ist und dass nur wir seinen Arsch retten können.«

…

»Und, was machst du jetzt so? In deinem Sabbatical, meine ich.«

…

»Aha. Okay.«

…

»Alter, erzähl mir nix, du hängst ab!«

…

»Ist das eine Pause von der Kreativität oder eine Pause, die du dir nimmst, um kreativ sein zu können?«

…

»Ich bin nicht kreativ. Ich gestalte mein Leben nur gerne selbst. Wenn ich eine Pause nehme, dann eine Pause vom Leben.«

…

»Ganz einfach: Drogen, Alkohol, Sex.« *Das schockiert ihn jetzt ein ganz kleines bisschen. Haha! Was für ein zartes Pflänzchen. Wie ein kleiner Junge. Sex hatte er auch lange keinen mehr, das sieht man ihm an. Er hat so was Bedürftiges.*

…

»Nein, das ist nichts für mich. Außerdem kriege ich Atemnot, wenn ich im Schneidersitz sitze.« *So, genug über mich geredet.* »Und, wie findest du die Ausstellung?«

…

»Die sind auch scheiße. Schleier, Waffen, arabische Kalligraphie, und fertig ist die perfekte Projektionsfläche. Total billig. Aber ihr Buch der Könige, das hat was. Die drei Schurken sind spitze. Hast du denen länger ins Gesicht geblickt? Mach das mal. Während du das tust, zerbröckelt deine Vorstellung von Gut und Böse. Irgendwann siehst du nur noch Entschlossenheit, pure Entschlossenheit. So etwas Pures ist mir lange nicht mehr untergekommen. Im Gegensatz zur Masse haben die Schurken zutiefst verinnerlicht, dass das Leben unberechenbar ist, egal, ob sie vorangehen oder hinterherziehen. Da machen die sich überhaupt keine Illusionen, das sehen die ganz klar. Aber dennoch, sie nehmen die Zügel in die Hand und lenken, was sie lenken können. Sie versuchen, dem Schicksal so viel wie möglich aus der Tasche zu reißen. Die, die hinterherziehen und glauben, sie könnten sich in der Masse gemütlich einrichten, werden vom Lauf der Dinge überrascht. Das Unglück trifft sie, zermalmt sie genauso, allerdings völlig ohne Vorwarnung und ohne dass sie irgendetwas dagegen unternehmen könnten. Sie sind einfach nur ausgeliefert und verwechseln das mit Sicherheit.

Und die Guten, die reagieren nur auf die Schurken. Sie rennen hinterher und bleiben immer mal kurz stehen, dann legen sie die Hand aufs Herz, blicken in die Ferne und erzählen den Schurken einen davon, wie böse sie sind. Aber das Rad der Zeit, das drehen die Schurken weiter.«

...

»Bin ich. Ich gebe nichts darauf, zu den Guten zu gehören. Ich will nicht wissen, wie viele Menschen mir schon den Tod oder wenigstens die Krätze an den Hals gewünscht haben. Heulend auf dem Klo ihres Büros. Oder gegen die Wand mit den Pissoirs tretend. Ist mir vollkommen egal. Am Ende muss etwas stehen, das uns eine neue Perspektive eröffnet. Das Ding, die Form muss uns zeigen: Es geht anders. Wir sind frei zu formen. Das muss Design ausdrücken. Das ist meine Anforderung.« *Mach dich wieder locker, ich frage dich jetzt nicht, was deine Anforderung ist. Nicht einmal, was dich interessiert, frage ich dich. Du hängst eh schon in der Ecke.* »Ich will die Gestaltbarkeit der Welt zeigen. Und wer gestalten will, muss rücksichtslos sein. Der kann nicht auf jede Gefühlslage eingehen. Wenn ich unter der Erde liege und meine Knochen verrotten, was bringt es mir, dass mich immer alle nett fanden? Einen Scheiß. Weißt du was? Die Leute, die sich unbedingt gut fühlen müssen, das sind am Ende die Egoisten. Ihnen geht es nicht um die Sache, ihnen geht es nur um sich selbst. Sie sind zu eitel, zu schwach, zu gefällig, um für etwas einzustehen. Da bin ich gerne ein Schurke. Wenn das, was du tust, keine Liebe und keinen Hass erzeugt, dann hast du etwas falsch gemacht in deinem Leben.«

...

»Gefürchtet und bewundert, ja. Aus genau zwei Gründen. Erstens: Weil Schurken nicht über den Umgang mit Macht nachdenken. Sie nehmen sie sich. Sie scheuen die Verantwortung nicht, weil sie keine Opfer scheuen; mit dem Konzept ›Schuld‹ können sie nichts anfangen. Das ist die andere Seite der Medaille. Die Guten hingegen denken so viel über den Umgang mit Macht nach, dass sie gar nicht mehr dazu kommen, sie auszuüben. Und zweitens: Weil Schurken nichts hinnehmen. Vorher *machen* sie alles hin. Aber nur, wenn es nicht anders geht. Das ist allerdings, zugegeben, ein problematischer Zug.

Was bist du, Khoshbin?«

...

»Nein, bist du nicht. Du stichst aus der Masse heraus. Du willst mehr. Aber du willst keine Verantwortung übernehmen. Ich weiß nicht, was du bist.«

...

»Klar, kann sich alles ändern.« *Theoretisch. Praktisch nicht. Mâmân wollte es immer allen recht machen, im Grunde lebte sie dafür, es allen recht zu machen.*

...

»Bitte? Scheint vorbei zu sein, ich höre es arschkriecherisch klatschen. Ja, mach das, ich komme auch gleich nach. Hast du noch eine Zigarette für mich? Super, danke.«

Mir wollte sie es auch immer recht machen. Lange zumindest, irgendwann gab sie es auf. Aber liebte sie mich? So wie eine Mutter ihren Sohn liebt, ja, vermutlich schon. Allerdings mochte sie mich nie besonders. Wie sie mich manchmal ansah. War das schon Hass oder noch Verzweiflung? Vermutlich wollte ich genau das herausfinden, als ich noch mehr Mist baute. Ich wusste eigentlich immer, dass ich zu weit gegangen war. Aber ich konnte nicht aufhören. Ich brauchte das, dass sie ausflippte. Meist hatte sie danach ein schlechtes Gewissen und nahm mich in den Arm, das brauchte ich auch. Einmal schmiss ich diese Porzellanvase um, ein Geschenk ihres Lieblingsonkels zu ihrer Hochzeit. Die Vase hat ihr echt etwas bedeutet. Sie stand ganz oben auf dem Schrank und ich warf solange mit einem Kissen danach, bis sie herunterfiel. Wie sich das anfühlte, als sie mir ihre langen Fingernägel in den Oberarm bohrte. Und dann sagte sie: »Hätte dein Vater dich doch bloß mitgenommen.«

Wir besuchten kaum noch Verwandte. Wenn wir eingeladen waren, sagte sie kurz vorher ab. »Ali hat leider Fieber«, hörte ich sie in den Hörer lügen. Dann durfte sie sich darüber aufklären lassen, weshalb ich nicht nur unausstehlich, sondern auch noch dauernd krank war. Wir verbrachten viel Zeit alleine zu Hause. Mir war das recht so. Ich wollte sie für mich alleine haben.

Als ich älter wurde, nörgelte ich stundenlang herum, daran kann ich mich sogar erinnern, dass ich mich selbst kaum noch hören konnte. Keine Ahnung, aber ich war einfach immer unzufrieden. Wäre ich heute ein Kind in Deutschland, ich hätte vermutlich eine lange Latte an Diagnosen. Besser wurde es erst, als ich anfing zu zeichnen. Ich fing mit Autos an, und dann alles Mögliche.

Für Ramtin ist es das Puzzeln. Seit er puzzelt, ist er genießbarer. Dennoch, jedes zweite Wochenende mit ihm reicht mir vollkommen. Dann bin ich froh, ihn wieder los zu sein. So ist das halt bei großartigen Kindern. Ich verstehe Mâmân.

Ach Mist, wie hieß dieser Wichtigtuer von Cape4 gleich … ah, Frank Vosberg. Wo ist der denn hin? Hoffentlich noch nicht abgedampft.

Schaut nur, ihr, die ihr hier so krampfhaft zivilisiert herumgeht, vor den Bildern stehen bleibt und herausfinden wollt, was euch diese arme Muslima aus diesem bösen Land sagen will. Wir beugen uns zu ihr herab und schenken ihr unsere kostbare Zeit. Wenn eine von denen mal die Klappe aufmacht, dann müssen wir da wohl hin zur Vernissage.

»Women of Allah«, o mein Gott, peinlicher geht es nicht. Nur die Kunstszene ist noch peinlicher, weil sie das auch noch geil findet.

Ja, sorry, habe vergessen, das Handy leiser zu stellen. Regt euch ab.

Drei neue Nachrichten.

»Ich kannte Ihre Mutter gut.« Wer bitte ist das … Ali-Reza. Ali-Reza. Ali-Reza. Ach der! Der spielt sich ganz schön auf. »Für Sie mindestens so sehr wie für mich!« Was für eine Drama Queen.

Ich packe es nicht. Ausgerechnet Dubai.

»Danke, ja. Geben Sie mir bitte zwei Gläser.

Herr Vosberg, Sektchen?«

…

»Ja genau, auf die Kunst, haha! Herr Vosberg, kennen Sie eigentlich meinen Kollegen Sina Khoshbin? Nicht? Das müssen wir gleich ändern.«

Sina suchte seinen Vater in den Skype-Kontakten. Khoshbin13 stand an fünfter Stelle. Vergangenes Jahr im März hatten sie das letzte Mal gesprochen, Sina hatte ihm zum persischen Neujahr gratuliert. Zehn Monate waren verstrichen. Die längste Pause, schätzte Sina, zumindest, seitdem er bewusst darauf achtete. Sein Vater hatte ein neues Profilbild hochgeladen. Es zeigte ihn vor einer Bücherwand. So weit er wusste, las sein Vater nicht viel. Waren das nur Buchattrappen, wie im Möbelhaus? Oder war er zu Gast in einer fremden Wohnung? Sein Gesicht wirkte etwas leblos und steif auf dem Foto.

Halb sechs war es in München, in Los Angeles neun Stunden früher, also halb neun morgens. Ob er um diese Zeit noch schlief? Ältere Menschen wachten meist früh auf. Oder nicht? Sein Vater hatte auf ihn immer alterslos gewirkt. Er klickte die grüne Videokamera an. Es tutete. Dann ertönte dieses seltsame Geräusch, das klang, als machte ein Roboter in die Windel.

Sina schrieb ihm eine Nachricht. Er schrieb, dass sie sich lange nicht gehört hätten und dass er wissen wolle, wie es ihm gehe. Und nach einigem Zögern: dass er ihn etwas fragen wolle.

Er klappte den Laptop zu und ging ins Wohnzimmer, wo Katharina auf der Couch lag und in *Psychologie Heute* las. »Einmal mehr aufstehen« stand in gelben Lettern auf dem Cover, dazu das Bild einer Frau in himbeerrotem T-Shirt und mit zuversichtlichem Gesichtsausdruck. Wann, bitte, bist du gestürzt in deinem Leben?, dachte Sina, und sagte »Wir müssen langsam los«.

Katharina blickte nicht auf, murmelte etwas, das ebenso gut »Ich weiß« wie »Ja gleich« lauten konnte.

Sina stand kurz unentschlossen herum und ließ sich dann auf die andere Couch fallen. Er blickte an die Decke. Er fragte sich, ob er und Katharina heute nach der Oper noch etwas trinken gehen und danach miteinander schlafen würden. Es wurmte ihn und er nahm ihr nicht ganz ab, dass sie sich als Resilienzforscherin dermaßen in einen Resilienz-Artikel einer populärwissenschaftlichen Zeitschrift vertiefen konnte. Resilienz war zum Modethema schlechthin avanciert, die Leute trainierten ihre Widerstandsfähigkeit wie ihren Bizeps und erhoben sie zum obersten Ziel der Kindererziehung.

Aber damals, bei einer ihrer ersten Verabredungen, hatte Katharina ihm das Wort Resilienz noch erklären müssen.

»Es kommt aus der Materialkunde und sagt etwas darüber aus, wie elastisch ein Stoff ist und wie gut er nach einer Verformung wieder in den Ausgangszustand zurückkehren kann«, hatte sie gesagt, und, ohne dass er gefragt hatte, hatte sie erklärt: »Es interessiert mich, glaube ich, weil bei mir im Leben immer alles glatt lief und ich mich davor fürchte, beim leichtesten Schubser umzufallen und zu zerbrechen.«

Er wusste zu diesem Zeitpunkt schon etwas über sie und hatte ihre Furcht nachvollziehen können. Ja, diese Angst konnte in einem aufsteigen, wenn man mit Mutter und Vater in einem freistehenden Haus groß geworden war, an dessen Gartentor schmiedeeisern die Initialen der vier Bewohner ineinander rankten, in einer Familie, die auf den ersten, zweiten und auch dritten Blick, einfach egal, wie oft man hinsah, von Freundlichkeit, Respekt und Verständnis füreinander getragen war. Sina hatte anfangs die Leichen im Keller gesucht, doch er hatte nicht einmal den Keller gefunden. Er hatte dem Frieden in der Familie Hobarth lange misstraut und ein kleiner Rest Misstrauen war geblieben, aber nicht mehr viel, denn er hatte schon einige Male miterlebt, wie sie aufkommende Konflikte ausmachten, bearbeiteten, wegräumten. Am Ende des Abends stand der Vater immer vom Esstisch auf, stellte sich hinter seine Frau, legte ihr die Hände auf die Schultern, lobte ihre Kochkünste und verkündete: Die Margreth betritt die Küche heute nicht mehr. Sina hatte das die ersten Male fasziniert verfolgt wie eine perfekt funktionierende neue Verpackungsmaschine, die die Konflikte am Ende fein säuberlich eingeschlagen hintereinander weg auswarf. Er hätte nicht für möglich gehalten, dass solch eine Familie existierte. Damals, zu Beginn ihrer Beziehung, hatte er ihre Furcht nachempfinden können, ohne ihre Eltern zu kennen, gesagt hatte er jedoch:

»Du wirkst, als haue dich so schnell nichts um«, und auch das hatte irgendwie gestimmt.

Je besser er sie kennenlernte, desto mehr beschlich ihn das Gefühl, dass Schicksalsschläge, widrige Lebensumstände richtiggehend ein Fetisch für Katharina waren. Mit leuchtenden Augen hatte sie ihm von den Studienteilnehmern erzählt, die sie für ihre Doktorarbeit befragt hatte. Sie hatte gar nicht mehr aufhören können, Interviews zu führen. Ihr Betreuer musste den Schlussstrich für sie ziehen. Ganz besonders faszinierten sie schwierige Kindheiten.

Von Sina wollte sie alles ganz genau wissen. War deine Mutter noch im Wochenbett, als dein Vater verschwand? Wie hat ihr soziales Umfeld reagiert? Zu welchem Zeitpunkt genau haben deine Großeltern deine Mutter verstoßen? »Verstoßen« sei wohl nicht das richtige Wort, hatte er eingeworfen, sie hatten halt den Kontakt abgebrochen. Ab welchem Alter hast du die finanzielle Not deiner Mutter gespürt?

Sina versuchte, sich daran zu erinnern, wie lange sie schon ein Paar gewesen waren, als Katharina mit der Fragerei angefangen hatte. Es musste in der Phase ihrer Beziehung gewesen sein, in der er es nicht mehr für nötig erachtet hatte, unmittelbar nach dem Aufwachen ins Bad zu schleichen und sich die Zähne zu putzen.

Was hat dir als Kind am meisten gefehlt?

Das weiß ich nicht mehr, hatte er geantwortet.

Er hielt den Atem an und lauschte. Nein, er hatte sich verhört. Kurz hatte er geglaubt, das Klingeln seines Internettelefons zu vernehmen.

Wo sich sein Vater wohl gerade wieder herumtrieb?

Er war immer viel unterwegs gewesen. Eine Einladung löste die nächste ab, ein Trip nach San Francisco den nächsten nach Washington. Sein Vater wirkte alles in allem immer sehr beschäftigt, aber ganz hatte Sina nie verstanden, wovon er lebte. Eine Zeit lang hatte er mit Autos gehandelt, mit Teppichen natürlich auch, dann hatte er Artikel für eine iranische Exil-Zeitung, die in Los Angeles herausgegeben wurde, geschrieben, später einen iranischen Kulturverein gegründet. Geldsorgen schienen ihn jedoch nie zu plagen. Er lebte in einem hellen geräumigen Haus, soweit Sina das von Skype-Telefonaten her einschätzen konnte, er hatte einen Pool und flog durch die USA, alle drei, vier Jahre nach Europa. Er trug stets teure Anzüge und sein Freizeitlook bestand aus Jacketts in Sorbetfarben mit Einstecktuch.

Sinas Mutter hatte einmal erzählt, dass sein Vater immer viel Bargeld dabeigehabt und vermögend gewirkt hatte. »Alle Perser wirkten damals vermögend auf uns, wir kannten das Land ja nur aus der ›Bunten‹«, hatte sie gesagt und einen Punkt in unbestimmbarer Ferne fixiert, als sähe sie dort Farah Diba mit weißem Hütchen und einem Strauß Rosen aus dem Flugzeug steigen. Als wären nicht mehr als vierzig Jahre vergangen, als hätte es die Islamische Revolution und den Iran-Irak-Krieg nicht gegeben. Und Sina hatte sich gewundert und auch ein wenig geärgert, wie leicht seine Mutter zu verführen gewesen war.

Als sie seinen Vater kennenlernte, war dieser schon älter als dreißig gewesen. Dann war sein Vater jetzt über siebzig Jahre alt. Ein älterer Mann. Ein alter Mann. Sina richtete sich auf. Was, wenn seinem Vater etwas zugestoßen war? Ein Herzinfarkt, Schlaganfall, Bauchspeicheldrüsenkrebs? Würde er davon erfahren? Vermutlich schon, die Lebensgefährtin seines Vaters würde ihn benachrichtigen, beruhigte er sich. Vor ein paar Jahren hatte sich der Vater einen Stent legen lassen müssen. Vor der OP hatte er Sina angerufen. Und anschließend hatte ihm die Lebensgefährtin die Nachricht geschickt, dass alles gut gelaufen sei.

Sein Vater war vermutlich kerngesund und ließ sich gerade in einer privaten Schönheitsklinik zusammen mit seiner Lebensgefährtin liften. Er würde nicht vor hundertsechs im Schlaf am plötzlichen Herztod sterben und hätte sicher am Tag zuvor noch eine Runde Golf gespielt, dachte Sina. Ihm fielen Ali Najjars Worte ein, das, was er bei der Vernissage draußen vor der Tür über Schurken gesagt hatte. Er hatte dabei die ganze Zeit an seinen Vater denken müssen, ohne genau zu wissen, weshalb.

Er schaute zu Katharina hinüber, die inzwischen das Lesen aufgegeben hatte und mit geschlossenen Augen, aber eindeutig nicht schlafend, auf dem kamelfarbenen Breitcordsofa lag, ein wenig wie ein Würstchen, wie totes Fleisch in einem Hotdog, die aufgeschlagene Zeitung wie Senf und Ketchup auf der Brust liegend.

»Alles okay?«, fragte er.

»Bitte? Klaro.« Sie öffnete ihre Augen nicht.

»Du wirkst so… Ich weiß gar nicht, wie du wirkst. Du wirkst gerade gar nicht, das trifft es wohl am besten.«

»Ich bin nur ein bisschen fertig von der Woche. Gib mir ein paar Minuten.«

»Kannst du nicht ein bisschen kürzertreten?«

»Du weißt doch, wie es ist.«

Das tat er. Und es stimmte, es schien unmöglich, weniger zu arbeiten, wenn man etwas erreichen wollte. Verantwortung abzulehnen, als Erster nach Hause zu gehen, zu delegieren und sich auf die Kompetenz anderer zu verlassen. Unmöglich. Es sei denn, es gab noch etwas Anderes im Leben, für das man sich interessierte. Wirklich interessierte.

Er zog sein Handy aus der Hosentasche. Sie mussten los. Er stand auf und küsste Katharina auf die Stirn.

»Wir könnten nach der Oper noch irgendwo etwas trinken.«

»Wenn ich nicht so fertig wäre«, sagte sie, immer noch mit geschlossenen Augen.

Während der Vorstellung wartete er darauf, dass sie sich endlich vorbeugte und auf dem Geländer abstützte, wie sie es immer tat, wenn die Oper sie ergriff. Aber sie beugte sich nicht vor. Sie saß aufrecht auf ihrem Sitz in der ersten Reihe Balkon, mittig. Er wartete darauf, dass die Opulenz ihren Blick bannte, das Drama ihren Geist gefangen nahm. Dass alles zusammengenommen sie für eine Weile auslöschte und nur ihre schöne Hülle neben ihm zurückblieb, das, was er von ihr kannte, und das sich am wenigsten verändert hatte.

Vor zehn Jahren war er das erste Mal mit Katharina in die Oper gegangen. Sie, die Erzählungen nach schon mit sieben Jahren den *Jedermann* in Salzburg durchgestanden hatte, den »ersten und legendären« mit Klaus Maria Brandauer, wie Katharinas Vater an dieser Stelle immer mit erhobenem Zeigefinger ergänzte. Und er, der sich nie für Oper interessiert und den alles Laute und Theatralische immer abgeschreckt hatte. Sie beide gingen damals noch ziemlich verliebt in *Lohengrin*. Sina war in den Anblick versunken, wie Katharina in die Oper versunken war. Von der Handlung hatte er nichts mitbekommen.

Nur einmal horchte er auf, weil er die Melodie erkannte. Als Kind hatte er einmal eine unbeschriebene rosa Karte mit Tauben darauf im Altpapier gefunden, die diese Melodie spielte, wenn man sie öffnete. Er hatte sie mit nach Hause genommen und in seiner Schatzkiste, einem mit Alufolie überzogenen Schuhkarton, gehütet.

»Das ist Wagner?«, hatte er ihr ungläubig ins Ohr geflüstert.

Sie hatte gelacht und »Ja klar« gesagt, »leider total verballhornt«.

Seine Karte, dieses winzige Soundmodul, hatte beim Aufklappen Wagner gespielt und er hatte keinen Schimmer davon gehabt. Gut, dass er Katharina getroffen hatte. Wo er nun verstanden hatte, dass Wagner auch etwas mit seinem Leben zu tun hatte, blickte er nach vorne und versuchte, der Handlung im dritten Akt zu folgen. Lohengrin und Elsa stritten in der Hochzeitsnacht, schließlich lag jemand in dem weißen Bühnenbild rot blutend auf dem Boden. Sina wunderte sich, dass der Hochzeitsmarsch dennoch bei jeder zweiten Trauung gespielt wurde. Jetzt, da er wusste, wie die Geschichte ausging, würde er das Stück bei seiner Trauung nicht hören wollen, dachte er sich, als sie Arm in Arm nach Hause gingen.

Arm in Arm würden sie heute sicherlich nicht nach Hause gehen. Ein verstohlener Blick auf das Handydisplay und Sina wusste, dass die Oper gleich vorbei sein würde. Ein Blick auf die Bühne hätte auch gereicht; einer der beiden Helden hingerichtet, der andere nervlich am Ende, weil er just erfahren hatte, dass er soeben seinen Bruder getötet hatte. Es war immer dasselbe, immer handelte das Drama von Geschwistern, Müttern oder Vätern, die man nicht als solche erkannte und deshalb schwängerte oder umbrachte. Konnte man nicht unerkannt nebeneinanderher leben? Konnten Verwandte einem nicht einmal dann gleichgültig sein, wenn man nichts von der Verwandtschaft ahnte? Wer hatte den Mythos in die Welt gesetzt, dass man sich zwingend über den Weg laufen, lieben oder tyrannisieren musste? Als übe DNA eine eigene Art von Anziehungskraft aus. Sina blickte auf die Bühne, wo der Mörder gestützt werden musste, um nicht zusammenzubrechen, jetzt, da er wusste, wen er ermordet hatte. Möglicherweise, dachte Sina, war das alles totaler Quatsch und es war höchste Zeit, dass die Menschheit endlich darüber hinwegkam.

Der Vorhang fiel. Katharina klatschte wie immer seltsam steif. Sie klatschte mit abgespreizten Fingern. Wie ein ungelenkes Kind. Und sie klatschte völlig unrhythmisch. Das war ihm schon damals aufgefallen, beim allerersten Opernbesuch. Er hatte es liebenswürdig gefunden, irgendwie. Dennoch, verstanden hatte er nie, dass man so klatschen konnte. Er klatschte wie ein routinierter Operngänger, ausgerechnet er, mit der laschen Hand in die andere, leicht zur Muschel geformten Hand.

Katharina gähnte am Ausgang so laut, dass sich die Frage, ob sie noch etwas trinken gehen sollten, erübrigte. Sie nahmen sich ein Taxi nach Hause. Als Sina aus dem Bad kam, sah er nur noch ein dunkelblondes Haarbüschel zwischen Bettdecke und Kopfkissen herauslugen. Er legte sich neben sie und starrte eine Weile auf das Logo ihrer neuen Laufschuhe, das wie der Schweif eines Meteoriten durch die Unendlichkeit ihres Schlafzimmers zu sausen schien. Wie das Universum dehnte sich ihr Schlafzimmer aus, die Objekte darin trieben immer schneller auseinander. Dunkle Materie machte sich breit. Sina wusste, dass er sie nicht mit Leere verwechseln durfte.

Weil er eine Stunde später immer noch wach lag, stand er auf und ging ins Wohnzimmer. Er klappte seinen Laptop auf, öffnete Skype, klickte auf das grüne Telefon unter dem Profilbild seines Vaters. Es tutete sehr oft, bis dieses seltsame Geräusch die Verbindung wieder abrupt trennte. Leise kroch er zurück ins Bett. Er war kurz davor einzuschlafen, da vibrierte es neben ihm auf dem Parkettboden.

Hey, Khoshbin, ich bin's, Ali. Ich brauche dich. Rasier dir den Schädel und pack deine Sachen, wir fliegen nach Dubai.

Die erste Skulptur stellte das Wort »Frieden« dar, die zweite einen Soldatenhelm, auf dem eine Taube hockte wie auf dem Rand einer Salatschüssel. Ali-Reza blieb kurz vor der Rampe stehen, die, gesäumt von seltsamen Skulpturen, in diesen ebenso seltsamen Bungalow hineinführte.

»Gibt es Kunst«, hatte Ahmadinedschad in einer seiner ersten Reden gefragt, »die schöner, göttlicher und ewiger wäre als die Kunst des Märtyrertods?« Ali-Reza wusste es nicht, er war noch nie in einem anderen Museum als diesem hier gewesen, dem Teheraner Friedensmuseum.

Wenn er davorstand, fühlte er sich jedes Mal wie in einem merkwürdigen Traum, in dem er aus einem unbestimmten Grund nicht anders konnte, als mit seinem Rollstuhl die Rampe hinaufzurollen, die Skulpturen irritiert hinnehmend, und sich innen eine Ausstellung über Chemiewaffeneinsätze rund um den Globus anzusehen, die wie antike Statuen präsentiert wurden, während ihm ein Aufseher folgte, der in kurzen Abständen Sonnenblumenkerne aus einer Hosentasche zog und mit den Zähnen knackte, wobei das Knacken nach einer Weile einen eigenen Rhythmus ergab. Die andere Hand fehlte dem Aufseher, vielleicht auch der ganze Unterarm. Der Hemdsärmel, der in der anderen Hosentasche steckte, war jedenfalls ab einem gewissen Punkt leer. An den Wänden, leicht überbeleuchtet: Ypern, Marokko, Äthiopien, Jemen, Vietnam, Sardasht, Halabdscha. Soldaten mit Gasmasken, Soldaten mit verbundenen Augen, Frauen und Kinder, die aussahen, als schliefen sie.

Ein Albtraum, nach dem man sich morgens, sobald man erwacht war, an den Kopf griff, mit einem hauchzarten Grusel auf den Nervenbahnen wie ein Belag auf der Zunge.

»Abolghassem, wie geht es deinem Sohn?«, fragte Ali-Reza den einarmigen Aufseher, nachdem er sich den Schweiß aus dem Nacken gewischt hatte. Es war viel zu warm für Januar, außerdem brauchte er dringend einen neuen Rollstuhl, die Räder waren schwergängig, beim Hochrollen der Rampe machte sich das besonders bemerkbar.

»Wir beklagen uns nicht«, antwortete Abolghassem zwischen zwei Sonnenblumenkernen, ohne aus dem Rhythmus zu geraten.

Der Vorsitzende der Giftgassociety hatte Abolghassem kürzlich gebeten, die Sonnenblumenkerne in der Hosentasche zu lassen, wenn ausländische Touristen da waren. Gerade ließ sich ein Grüppchen grauhaariger asiatischer Männer durch die Ausstellung führen, Veteranen vermutlich. Abolghassem hatte unter »ausländische Touristen« anscheinend nur blonde Menschen abgespeichert, dachte Ali-Reza.

Drinnen fühlte er sich ein wenig wohler als draußen vor dem Museum. Wenn er diese Welt betreten, wenn er sich auf die Zeitreise eingelassen hatte, hielt er es ganz gut aus. Manche seiner Kollegen hatten diese Zeit, die ersten Wochen und Monate nach der Rückkehr aus dem Krieg, nie hinter sich lassen können. Manche befanden sich sogar noch im Krieg, direkt an der Front. Er nicht. Er hatte immer am Rand gestanden, im Krieg, selbst an der Front, danach und jetzt bei den regelmäßigen Veteranentreffen. Er hatte auch nur ein bisschen Giftgas abbekommen. Atemnot und Husten plagten ihn, wenn der Smog Teheran einhüllte, regelmäßig litt er unter Sehstörungen und Augentränen, sicher würde er an Krebs sterben, vermutlich sogar in naher Zukunft. Ein Wunder, dass er überhaupt noch lebte. Die meisten Veteranen, die er kannte, waren bereits elendig an Krebs zugrunde gegangen, viele waren zeitweise oder für immer erblindet, anderen hatte das Gas die Lunge so großflächig verätzt, dass ein Teil davon amputiert werden musste. Wieder andere hatten schlimme Hautverätzungen.

Und dennoch. Wenn sie sich hier trafen, vor Schülergruppen referierten oder ausländische Delegationen herumführten, waren sie froh, dass sie das Gas hatten. Wer als Überlebender, nicht als Märtyrer zurückgekehrt war, musste sich fürs Überleben rechtfertigen, hatte verdächtig stark an seinem Leben gehangen. Durch das Giftgas, das selten sofort tötete, waren sie Opfer der perfidesten Waffe des perfidesten Feindes. Das verschaffte ihnen hie und da sogar Mitleid. Saddam hatte ihnen schließlich verwehrt, als Märtyrer in die Geschichte einzugehen. Oder besser: in der Geschichte unterzugehen.

Ob seine Mutter erfahren hatte, dass ihr die Ehre, Mutter eines Märtyrers zu sein, nicht zuteilgeworden war? Vermutlich nicht. Vermutlich hatte sie jedem erzählt, dass Mann und Söhne für den Glauben gefallen waren. Dass sie sogar ihren jüngsten Sohn geopfert hatte, weil er zu jung und dumm gewesen war, um sich selbst zu opfern. Ali-Reza fragte sich, ob es die Propaganda, die vielen Fotos der Freiwilligen und ihrer stolzen Mütter tagtäglich in der Zeitung und im Fernsehen, der öffentlich zelebrierte Opferkult gewesen waren, die sie dazu gedrängt hatten. Oder einfach nur die Drogen. Vermutlich ließ sich das nicht mehr genau sagen. Beides, Allah und die Biochemie, Biochemie und Allah, vermengte sich, verstärkte sich gegenseitig, führte in einen Teufelskreis, machte ein Entrinnen unmöglich.

Ali-Reza hatte erst mit den Jahren, erst vor Kurzem, verstanden, was dieser Mullah mit seiner Mutter angestellt, weshalb er so viel Macht über sie besessen hatte, nachdem Ali-Rezas Vater bereits im ersten Kriegsjahr gefallen war. Die Antwort auf diese Frage hatte lange wie ein nachtaktives Tier in ihm gelauert, bis sie sich ihm schließlich offenbart hatte. Die Antwort hatte mit einem Schlag alles erklärt.

Als Witwe, als einfache Frau vom Land, naiv, gottesfürchtig und allein mit drei Kindern, war sie auf vielerlei und auf eine spezielle Weise vom Mullah abhängig geworden. An der moralischen Erhabenheit eines Geistlichen hätte sie niemals gezweifelt. Mit jedem Tag, den er bei ihnen ein- und ausging, wurde sie härter und jähzorniger, mit jedem Tag, an dem er ihr Heroin verabreichte. Heroin, das er ihr vermutlich als Medikament angeraten hatte. Anfangs sah sie ungerührt dabei zu, wie er ihre Kinder mit dem Gürtel schlug, bald schlug sie selbst zu. Sie hatte sich dafür extra einen Ledergürtel des Mullahs dabehalten. Ali-Reza versuchte, sich schützend vor seine Schwestern zu stellen. Vergeblich. Obwohl die Mutter immer weiter abmagerte, entwickelte sie in ihrer blinden Wut unglaubliche Kräfte und stieß ihn einfach weg.

Ali-Reza erinnerte sich an den Tag, an dem er von der Schule nach Hause kam und ein Kamerateam ihr kleines Wohnzimmer in Beschlag genommen hatte. Zwei Wochen zuvor hatte er seinen dreizehnten Geburtstag gefeiert, allein mit seinen beiden Schwestern und einer Handvoll Rosinen im Hinterhof. In einen schwarzen Tschador gehüllt saß seine Mutter auf einem Stuhl, von einem Scheinwerfer beleuchtet, und klagte, dass sie nicht wisse, was sie tun solle mit ihrem sturen Kind, das sich weigere, dem Ruf des geliebten Imam zu folgen und fürs Vaterland zu kämpfen. Von ihrem Gesicht war nur ein Dreieck zu sehen. Die Augen und die Nasenwurzel.

»Mein Mann hat keine Sekunde gezögert, sein Leben zu schenken. Aber er«, sie zeigte auf Ali-Reza, der mit seiner Schultasche auf dem Rücken im Türrahmen erschienen war, »er ist eine Schande für unsere Familie.«

Sie blickte leblos in die Kamera. Ali-Reza erkannte diese Augen nicht wieder, er erkannte diese Frau nicht wieder. Die Kamera schwenkte auf den Mann, der neben ihr saß. Er räusperte sich.

»Die Mütter Irans sollten sich ein Beispiel an dieser tapferen Frau und ihrem unerschütterlichen Glauben nehmen«, sagte er. Seine Stimme wirkte nicht annähernd so entschlossen wie ihre.

Kaum hatte das Kamerateam die Wohnung verlassen, warf seine Mutter mit allem, das ihr in die Finger kam, nach Ali-Reza. Teller und Tassen gingen zu Bruch, der Wecker, der wie ein Katzengesicht geformt war, zerbrach in zwei Teile, Tee spritzte aus einer metallenen Kanne an die Wand, eine Kristallvase zerbrach in tausend kleine scharfkantige Splitter, eine Gabel schrammte seine Wange. Er hielt sich die blutige Stelle und rannte ins Bad. Dort blieb er. Dort hörte er, wie der Mullah die Mutter mit der Frage begrüßte: »War das Kamerateam da?«

»Ja.«

»Und?«

»Ich werde ihn schon noch zum Märtyrer machen.«

»Für irgendetwas muss er schließlich gut sein«, sagte der

Mullah und wechselte das Thema. »Hast du deine Witwenrente diesen Monat schon erhalten?«

In dieser Nacht tat Ali-Reza das, was er nur wegen seiner Schwestern nicht schon früher getan hatte: Er lief davon. Hätte er den Krieg nicht gesehen, wäre wohl jener Tag zu seinem Trauma geworden.

Die Eingangshalle füllte sich mit Veteranen. Sie begrüßten einander. Wieder fehlten ein paar. Die Verbliebenen wirkten von Treffen zu Treffen mehr wie ein kläglicher Rest. Blind, mit Krücken, im Rollstuhl, entstellt. Die, die nicht im Rollstuhl saßen, setzten sich auf einen der rotgepolsterten Stühle, die Abolghassem kurz zuvor mit einem Arm in mehreren Reihen aufgestellt hatte.

Dr. Mortazavi, der Vorsitzende, ging zum Stehpult und schlug eine Mappe auf. Er starrte eine Weile auf das Blatt, das darin lag. Er wischte sich rechts und links die Tränen aus dem Gesicht. Dann zog er eine Brille mit getönten Gläsern aus der Brusttasche seines Sakkos und setzte sie auf.

»Ich war in den vergangenen Wochen auf mehreren Kongressen in Europa und auch in Den Haag.« Wie immer sprach er leise und zögerlich. Nicht wie ein international gefragter Experte. »Die Angst vor Chemiewaffen ist zurück. Wir sind jetzt interessant für den Westen.«

Die Reaktionen erinnerten Ali-Reza an das Buch eines deutschen Schriftstellers, das er vor einiger Zeit in persischer Übersetzung billig erstanden und gelesen hatte: *Die Konferenz der Tiere*. Manche schnaubten, einer lachte hyänenartig, ein anderer zischte. Erst in der Mitte war ihm aufgefallen, dass es sich um ein Kinderbuch handelte.

»Daesh, die Anschläge auf russische Spione, die Terrorgefahr und auch die Ereignisse in Syrien haben Chemiewaffen wieder aktuell gemacht«, fuhr er fort, »zudem gibt es neue Erkenntnisse in der Hirnforschung. Eine Gruppe europäischer Wissenschaftler will mit uns zusammenarbeiten. Sie wollen mehr über die Langzeitfolgen wissen.«

Ein Veteran, den Ali-Reza kaum kannte, hob seine Krücke in die Luft. »Sie lassen Saddam ihr Gas über uns abwerfen, um dann dreißig Jahre später zu schauen, wie wir dahinsiechen?«, schrie er.

Andere pflichteten ihm lautstark bei. Ali-Reza stimmte ihm ebenfalls zu, zeigte äußerlich jedoch keine Reaktion.

Dr. Mortazavi hob beschwichtigend die Hände. »Ich verstehe euch. Ich werde mit jedem Einzelnen von euch reden. Wer nicht mitmachen möchte, muss das natürlich nicht.«

»Nein, wir müssen geschlossen die Zusammenarbeit verweigern«, sagte einer mit fester Stimme.

Der Mann mit den Krücken schrie: »Wir sind doch nicht die Laborratten der Deutschen!«

»Genau, die können doch in Hitlers Buch nachlesen, welche Folgen Giftgas hat«, erklang es von der Seite.

Ali-Reza reckte den Kopf jedes Mal in die Richtung, aus der der Einwurf kam. Er kannte die Wut, sie teilten alle dieselbe Wut auf den Westen. Geteilt hielten sie sie gerade noch aus, gemeinsam ging es irgendwie, jeder für sich allein aber wäre über so viel Ungerechtigkeit verrückt geworden. Der Westen hatte sie verlassen, verraten, sich mit Milliarden-Rüstungsgeschäften bereichert und dann, als sie verstümmelt und nach Luft ringend in ihren Blutlachen gelegen hatten, weggeschaut. Das Schlimmste dabei war, dass sich die Menschen aus dem Westen während alldem als fortschrittlicher, als ihnen moralisch überlegen empfanden. Das, vor allem das, hielten Ali-Reza und die anderen am schwersten aus. Er fragte sich, wie der Einzelne in Deutschland, Frankreich, Amerika mit diesem Widerspruch umging, wie man sich die Taschen vollstopfen, auf Kosten anderer leben und sich dennoch für etwas Besseres halten konnte. Und die anderen für minderwertig. Wenn er das nächste Mal einen von ihnen im Museum antraf, nahm er sich vor, würde er ihn danach fragen.

Dr. Mortazavi hatte seine Wut im Griff. Er blieb ruhig, sagte: »Wir haben uns schon über eine Zusammenarbeit verständigt. Damit sind auch Gelder und neue Projekte für uns verbunden. Wir profitieren davon.«

Einige begannen, untereinander zu debattieren. Ali-Reza sprach niemand an. Er überlegte, was er von der Sache hielt. Er konnte sich für keinen Standpunkt entscheiden. Es zog ihn mal auf die eine, mal auf die andere Seite. Da war die Wut. Sie war stark. Da war die Hoffnung. Sie war schwach, aber beharrlich.

»Ich verstehe euren Zorn. Doch die Welt hat sich verändert.«

»Die Welt, der Westen wird sich niemals ändern. Wir müssen uns ändern, sonst machen sie mit uns, was sie wollen.« Der Mann mit den Krücken war aufgestanden. Sein Kopf glühte, Ali-Reza musste an einen Streichholzkopf denken. Eine Krücke fiel zu Boden. Abolghassem, der an einer Säule gelehnt stand, hob sie auf. Der Veteran humpelte hustend Richtung Ausgang. Zwei Andere folgten ihm.

Ali-Reza blickte ihnen nach. Eine Weile noch hörte er den Husten. Mehdi, mit dem Ali-Reza lange ein Zimmer in der Klinik geteilt hatte, stand auf und bemühte sich möglichst laut zu rufen, dass er der gleichen Meinung sei. In seinem vernarbten Gesicht befand sich an der Stelle des Mundes nur noch ein Loch, das sich beim Reden asymmetrisch verzog. In der ersten Reihe drehte sich einer um und bat, erst einmal die Details der Zusammenarbeit erfahren zu dürfen. Sein Sitznachbar pflichtete ihm bei, sie sollten jetzt nicht aus Rachegelüsten gegen die eigenen Interessen agieren.

»Wie naiv sind Sie? Glauben Sie allen Ernstes, dass sich irgendjemand in der Welt um unsere Interessen schert?«, übertönte ihn eine Stimme aus der Reihe der Rollstuhlfahrer.

Der Veteran, der links neben Ali-Reza saß, schubste ihn an. »Die wollen nur wieder ihre Spione einschleusen«, sagte er mit eindringlichem Blick.

Da Ali-Reza nicht reagierte, wandte er sich um und schubste seinen Nachbarn zur anderen Seite an. Dieser stieg mit einer ausholenden Geste in die Diskussion ein.

Ali-Reza schaute zu Boden. Nie hatte es Streit gegeben. Nie auch nur Anflüge von Meinungsverschiedenheiten. Die Vergangenheit hatte sie geeint. Jetzt trennte sie die Zukunft. Gegenwart hatte für sie nie existiert.

Ein Gedanke schoss ihm durch den Kopf und brachte seinen ganzen Körper in Wallung; Gegenwart, das war das Einzige, das ihn noch interessierte. *Grase nur froh der Erde Halme ab*. Er zog das Handy aus der Seitentasche seines Rollstuhls. Noch keine neue Nachricht aus Deutschland. Er musste die Schraube fester ziehen. Er tippte: *Es war der letzte Wunsch Ihrer Mutter, dass Sie diesen Brief bekommen.* Er setzte nach mit *Darin stehen* und hielt inne. Welches Wort zog mehr, »wichtige« oder »erhellende«? Er entschied sich für Letzteres und schrieb: *Darin stehen erhellende Informationen für Sie.*

Die Antwort kam prompt. Ali-Reza lächelte, während um ihn herum alle hitzig debattierten. Er hatte keine Zeit zu verlieren, er musste Flugtickets besorgen, für sich und Kamran.

Er rollte Richtung Ausgang. Aus den Augenwinkeln nahm er noch wahr, dass die Wand direkt neben dem Eingang leer war. »Da kommen neue Exponate hin«, dachte er kurz, »die hat es lange nicht mehr gegeben.«

Dann begann er im Geiste seinen Koffer zu packen.

Ein riesiger Ring stand etwas abseits der Wolkenkratzer und flankiert von zwei Baukränen in einer Grünfläche. Aus der Ferne hatte Sina ihn für ein Riesenrad gehalten, aber jetzt näherten sie sich ihm auf der Stadtautobahn, es schien ein Gebäude zu sein. Ein Ring, ein runder Rahmen oder einfach nur ein Loch. Je länger er hinsah, desto mehr wurde es ein Loch.

Hinter ihnen ging hellgolden die Sonne auf.

»Das Licht«, sagte Sina.

»Das sind die Aerosole in der Luft. Smog und Wüstensand. Die lassen das Licht so diffus wirken. Kenne ich aus dem Iran«, sagte Ali Najjar.

Sina nickte, als wären sie ein altes Paar und als hätten sie bereits x Städte zusammen bereist, als spielte Ali Najjar den Part desjenigen, der sich im Flugzeug immer den Reiseführer durchlas und die Informationen während des Aufenthalts an passender Stelle abspulte. Dabei hatte Ali Najjar im Flugzeug einen Film nach dem anderen geschaut. Ganz offensichtlich hatte er keine Gelegenheit für ein Gespräch aufkommen lassen wollen. Etwa darüber, was sie hier eigentlich machten. Weshalb Sina sein Haar opfern musste.

Sina hatte erst versucht zu lesen, dann zu schlafen. Er hatte Ali Najjar bislang nicht gefragt, weil er andersherum die Frage nicht hätte beantworten können, weshalb er sich auf das Ganze eingelassen hatte. Irgendetwas sagte ihm, dass Ali Najjar das zurückgefragt hätte. Sie wären sich wie zwei Fragezeichen gegenübergestanden, alle möglichen Motive, die auf »-keit« endeten, wären eine Option gewesen. Verletzlichkeit, Ängstlichkeit, Vergeblichkeit. Irgendeins davon traf auch auf Ali Najjar zu, so viel ahnte Sina mittlerweile schon.

Katharina hatte erwartungsgemäß nicht mehr wissen wollen, als das, was er ihr erzählte. Dass sein Chef ihn gebeten habe, ihn auf eine Messe nach Dubai zu begleiten. Irritiert war sie gewesen, ja, aber nur kurz. Rasch war sie dazu übergegangen, die praktischen Konsequenzen seines spontanen Kurztrips auszuloten; er würde an Anahitas Geburtstag fehlen. Anahita hatte das Gespräch durch die offene Kinderzimmertür mitgehört und kam protestierend angerannt. Er hatte ihr eine Schatzsuche wie im vergangenen Jahr versprochen, nur noch ein wenig kniffliger und mit goldenen Geschenken in der Truhe. Letztes Jahr hatte der Schatz aus hölzernen, perfekt proportionierten Kreiseln bestanden, von denen sie noch immer sechs besaßen, weil etwa die Hälfte der Kinder ihre Kreisel nicht mit nach Hause genommen und irgendwo in der Wohnung liegen gelassen hatte.

Katharina schlug vor, Ramona an Sinas Stelle einzuspannen. Ramona studierte Pädagogik und half gelegentlich im Hort aus.

»Sie kennt bestimmt die besten Schatzsuchen«, sagte sie und zog Anahita auf ihren Schoß. Diese war bereits besänftigt. »Aber bitte sag ihr, dass wir Gold sehen wollen, wenn wir die Schatzkiste öffnen!«

»Ihr werdet geblendet sein, so sehr wird es funkeln.«

Sina stand daneben. Für seinen Geschmack hatten sie ihn einen Tick zu schnell ersetzt.

Das mit den Haaren hatte er Katharina verschwiegen. Er

scherte sich den Kopf erst, nachdem sie sich morgens voneinander verabschiedet hatten, sie mit ihrem Rollköfferchen zur Arbeit gegangen war – sie würde am Nachmittag wieder einmal nach Mainz zu einem Symposium fahren und eventuell dort übernachten müssen – und kurz bevor er sich am Abend auf den Weg zum Flughafen gemacht hatte.

Sina fuhr sich mit der Hand über den Kopf. Er war noch nie in seinem Leben kahl gewesen, nicht einmal bei seiner Geburt. Nachdem sein Haar vor ihm im Waschbecken gelegen hatte, hatte er lange seine Schädelform betastet und im Spiegel betrachtet. Erleichtert hatte er festgestellt, dass sein Hinterkopf schön rund war. Er hatte als Baby, anders als die Babys heute, auf dem Bauch schlafen dürfen, und sich seinen Hinterkopf nicht plattgelegen. Sein Anblick im Spiegel hatte ihn so gefesselt, dass er sich anschließend hetzen musste und als einer der Letzten das Gate erreichte, wo Ali Najjar ihn mit den Worten »Machst du es immer so spannend?« begrüßte. Er hatte auf eine Art gefragt, dass Sina reflexhaft »Eigentlich nicht« antwortete.

Sina hatte Ali Najjar schon von Weitem auf und ab gehen sehen, als er sich ihm im Laufschritt auf dem Band genähert hatte. Schon von Weitem hatte er geglaubt zu erkennen, dass Ali Najjars Körperhaltung anders gewesen war. Gebeugter. Ali Najjar brauchte jemanden. Man sah ihm an, dass ihm das sonst nie passierte.

Sie fuhren an dem Riesenloch vorbei. Sina sah, dass auf der Baustelle schon gearbeitet wurde. Es war tatsächlich mehr als ein Gestell. Es war ein Gebäude.

Vor ihnen säumten rechts und links Glastürme die Stadtautobahn, Kreationen von kindlichen Gemütern mit viel Geld und wenig Geduld fürs Detail. Historistische Bauten, die einem Paris- oder wenigstens Park-Avenue-Flair vorgaukeln sollten, durchbrachen gelegentlich die spiegelglatten Fassaden. Bei spiegelglatt fiel ihm seine neue Frisur ein, und er fuhr sich erneut über den Kopf. Ali Najjar bemerkte das, sagte aber nichts. Stattdessen wischte er weiter auf seinem Smartphone herum.

Das Taxi hielt nach einer längeren Fahrt über eine schnurgerade Autobahn vor einem Sheraton-Hotel, es war weiß und treppenförmig, und soweit Sina erkennen konnte, lag es direkt am Strand.

»Wow«, entfuhr es ihm, als er aus dem Taxi stieg.

»Last-Minute-Schnäppchen«, sagte Ali Najjar und ging voraus.

Ein Portier wollte ihnen die Taschen abnehmen, aber beide winkten ab. An der Rezeption bat sie eine Blondine mit osteuropäischem Namen in akzentfreiem Englisch, in der Lobby zu warten. Ali Najjar machte es sich auf einem der zahlreichen grauen, halbrunden Zweisitzer gemütlich und setzte eine verspiegelte Sonnenbrille auf. Sina betrachtete abwechselnd ihn und die eintreffenden Hotelgäste. Er versuchte zu erraten, aus welchen Ländern sie stammten, was ihm schwerer fiel als sonst. Alle waren offenbar beim Zara-Ausverkauf gewesen und weitgehend einheitlich gekleidet, die Inderinnen ausgenommen. Nach einer halben Stunde oder länger winkte sie die Osteuropäerin zu sich an die Rezeption. Ali Najjar füllte die Formulare aus und ließ sich alles erklären, Frühstück, Pool, Spa, Ausflüge in die Wüste, Shuttle zur Dubai Mall. Die Sonnenbrille behielt er auf. Dieser Moment, so, wie Ali Najjar dort lehnte und zuhörte, beide Keycards in der Hand, als würde er sich gleich umdrehen und zu Sina sagen »So, Schatz, alles geregelt«, machte die Absurdität dieser Reise dermaßen spürbar, dass es unmöglich schien, sie weiterhin zu leugnen. Doch Ali Najjar wandte sich ihm rechtzeitig zu und bog die Situation mit einer klaren Ansage zurecht.

»Der Tag ist zur freien Verfügung. Morgen um 8.30 beim Frühstück erkläre ich dir, was du zu tun hast.« Ali Najjar gab Sina eine Keycard, klopfte ihm auf die Schulter und verabschiedete sich mit den Worten »Lass es dir gut gehen« Richtung Aufzug.

Sina sah ihm nach. Wann hatte er die Sneakers gegen Adiletten ausgetauscht? Er wartete, bis sich die Aufzugtür hinter Ali Najjar geschlossen hatte, dann folgte er ihm.

Sein Zimmer lag im zweiten Stock. Er blickte hinunter auf den nierenförmigen Pool und geradeaus aufs Meer. Auch auf den Strand mit seinen Palmen und Bars, und auf eine Kette unansehnlicher Häuser rechts. Aber das alles konnte er ausblenden und nur das Meer sehen. Und den wolkenfreien, aber leicht diesigen Himmel. Nichts als Meer sehen und den Horizont, dafür hatte es sich gelohnt mitzukommen, egal, was ihn hier erwartete. Er stellte seine Tasche ab. Der Horizont, die Kante zwischen türkisenem Meer und helltaubenblauem Himmel erinnerte ihn erst an die Kante zwischen Wand und Boden in Ali Najjars Büro. Dann an die Kante auf der Haut zwischen Ali Najjars Handrücken und Handfläche. Er hätte CMF-Designer werden sollen, Color, Material, Finishing, Oberfläche und Übergänge gestalten, das hätte er vermutlich noch ganz gut hingekriegt. Für die Formgebung schien er auf Dauer zu schwach sein. Für die Gestaltung der Welt, so ähnlich hatte es Ali Najjar ausgedrückt.

Am Strand zog ein Hotelangestellter die wenigen geöffneten Sonnenschirme zusammen. Der Wind nahm anscheinend zu. Frauen in Bikinis drückten sich mit der Hand, die kein Handy oder Cocktail hielt, die Hüte auf den Kopf. Mütter legten Kindern Handtücher um. Kitesurfer zischten parallel zum Strand hin und her. Sina versuchte, das Fenster zu öffnen. Es ließ sich nicht öffnen, er fand nicht einmal einen Griff oder Hebel. Das Fenster nicht öffnen zu können, bedrückte ihn. Er zog sich eine kurze Hose und Espadrilles an, nahm Buch und Sonnenbrille aus der Tasche und ging mit einem Handtuch hinunter zum Pool.

Dort breitete er es auf einer windgeschützten Liege in der Nähe der Bar aus und begann zu lesen. Er ließ sich bald von einer indischen Großfamilie ablenken, die er durch seine Sonnenbrille beobachtete und die im Laufe des Vormittags immer weiter anwuchs. Er versuchte, die Verwandtschaftsverhältnisse zu durchschauen, und tippte auf ein Paar Großeltern mit mehreren erwachsenen Kindern plus Ehepartnern sowie deren Kindern, also Enkeln. Die größeren Kinder rannten auf ihren dünnen Beinchen um den Pool herum und warfen einander ins Wasser, so dass Sina fürchtete, eines könnte ausrutschen und sich die zarten Knochen brechen. Die kleineren wurden herumgereicht, schliefen mal hier, mal dort auf einer Schulter ein, spielten mit den Zopfenden der Frauen oder nuckelten am Daumen, während sich die Erwachsenen unterhielten und Pistazien knackten. Am frühen Mittag ließ sich die Familie auf einer riesigen Platte indisches Essen an den Pool bringen. Die Erwachsenen steckten den kleineren Kindern immer mal wieder etwas in den Mund, die größeren nahmen sich selbst ein paar Happen mit den Fingern, dann rannten sie wieder los. Am Ende fing eine

Mutter alle Kinder ein und zog sie an den Handgelenken zur Dusche, wo sie allen der Reihe nach Hände und Gesicht wusch, ohne das Gespräch mit den anderen zu unterbrechen.

Sina streckte sich auf seiner Liege aus und fragte sich, wie es gewesen wäre, wenn er mit Katharina ganz unbeschwert ganz viele Kinder gemacht hätte und diese weitgehend sich selbst und einander überlassen hätte. Er wusste, dass einiges dagegensprach, die Immobilienpreise in München etwa, oder dass sie gefangen waren in einem System, das ihnen unter anderem eingehämmert hatte, dass Kinder auf nassen Kacheln nicht rennen durften, dass sie feste Schlafenszeiten brauchten und Essenseinnahme gemonitort werden musste. Dagegen sprach auch, dass sie seit Monaten nicht mehr miteinander schliefen. Dennoch, die Vorstellung, ungehemmt Nachwuchs zu zeugen, erregte ihn auf eigentümliche Weise.

Sina bestellte Sushi zu Mittag. Nach zwei kühlen thailändischen Bier nickte er angenehm benebelt ein. Er erwachte mit Sonnenbrand auf den Schienbeinen und getrocknetem Speichel auf der Wange, ohne eine Ahnung, wie lange er geschlafen hatte. Als er das Buch aufklappte, das er neben sich auf den Boden gelegt hatte, entdeckte er, dass jemand auf eine der vorderen Seiten ein schlafendes Emoticon mit Sabber am rechten Mundwinkel gemalt hatte. Er sah sich um. Weder Ali Najjar noch sonst jemand, der irgendwie auffiel, war in der Nähe. Der Bangladeschi an der Theke, mit weißem Hemd und Fliege, lächelte ihm zu.

Er betrachtete das Bild genauer. Das Emoticon machte einen liebenswürdigen, keinen gehässigen Eindruck. Wer immer das gewesen war, er konnte zeichnen und besaß Humor. Sina versuchte, sich vorzustellen, was für ein Bild er abgegeben hatte, mit offenem Mund schlafend auf der Sonnenliege. Er lachte kurz laut auf und orderte per Handzeichen ein weiteres Bier beim Bangladeschi. Es gefiel ihm hier. Dubai war genau der richtige Ort, um aus Zeit und Raum zu fallen.

Am Abend gönnte er sich das erste Mal in seinem Leben Zimmerservice. Zwanzig Minuten dauerte es, dann stand eine Asiatin mit einem Wägelchen vor seiner Tür. Das Aloo Gobi dampfte, die Eiskugeln im Gin Tonic klirrten. Sina aß einhändig auf dem Bett sitzend und zappte sich währenddessen mit der anderen Hand durchs Programm. Er stoppte bei BBC, »Obama's last day«. 9.15: Obama hinterlässt eine Nachricht für seinen Nachfolger auf dem Schreibtisch im Oval Office. Sina hoffte, noch zu leben, wenn sie die Dokumente freigaben und die ganze Welt erfuhr, was Obama Trump auf diesem Wege mitgeteilt hatte. Eine Menge Albernheiten fielen ihm ein. »Keep cool, cool boy« oder »Could I date Ivanka?«

Sina ließ die Gabel auf den Teller fallen und blickte aus dem Fenster Richtung Horizont. Politik interessierte ihn nur in ihrer ästhetischen Dimension, gestand er sich ein. Hier ging es ganz zweifelsfrei um Ästhetik, so sehr wie selten zuvor, in diesem Sinne erlebte er gerade einen historischen Moment. Er sollte ihn sich gut einprägen. Vielleicht, wenn es doch nicht nur bei der Ästhetik bliebe, würde ihn Anahita eines Tages fragen, was er getan hatte, am letzten Tag der alten Ordnung. An dem Tag, den Historiker rückblickend als jenen bezeichneten, an dem die Katastrophe unabwendbar ihren Lauf genommen hatte. Dieser Tag, der 20. Januar, an dem Donald Trump als 45. US-Präsident vereidigt worden war, seine ganze unansehnliche, aber gepimpte Bagage im

Rücken, eignete sich hervorragend als Stichtag des Grauens. Ob er auf den Straßen gekämpft, in den Hungerstreik getreten, Mahnwache gehalten oder wenigstens demonstriert hatte, würde Anahita ihn womöglich fragen. »Ich saß in Dubai in einem Hotelzimmer, aß indisch, trank Gin und sah fern«, würde er antworten müssen, woraufhin sie heulend vor Wut den Raum verlassen würde, um ihren beiden Söhnen, die sie seit Monaten im Keller unterm Keller vor dem Fronteinsatz versteckt hielt, frisches Wasser zu bringen. Quatsch, dachte er sich, als die Obamas gutgelaunt die Trumps vor dem Weißen Haus begrüßten, vermutlich spielte es keine Rolle, wer vor dem präsidialen Kamin in seine Pantoffeln schlüpfte, weil ohnehin nur noch ein paar Konzernchefs regierten. Allein ästhetisch, so viel stand fest, bewegte sich die Welt auf den Abgrund zu. Jetzt schritt Obama völlig entspannt, wie bei einem Strandspaziergang durchs Capitol, sagte, »I always loved this room« zu Biden, der neben ihm herging und nur »Yeah« antwortete. Sina sah sich auch noch die weiteren Termine der Obamas an und las dann im Abspann, dass sie sich nun ein paar ruhige Tage in Kalifornien gönnen würden.

Kalifornien.

Sina nahm einen Schluck Gin Tonic und klappte seinen Laptop auf. Er öffnete Skype, klickte seinen Vater an, ließ es läuten. Er wartete, bis Skype die Verbindung mit dem Plopp beendete. Sein Vater war für ihn nicht erreichbar und dieses Geräusch war der Sound der Vergeblichkeit.

Er stand auf und kramte sein Handy aus der Reisetasche. Es war noch immer im Flugmodus. Kaum hatte es WLAN, leuchteten die ungelesenen WhatsApp-Nachrichten auf. Fünfzehn von Katharina, davon ein Foto; sein Haar im

Waschbecken. Jetzt fiel es ihm ein, in der Eile hatte er vergessen, es zu entsorgen. Das Handy klingelte. Katharina. Er wollte drangehen, gewohnheitsmäßig, zögerte dann jedoch. Er musste sich erst sortieren. Was sollte er ihr sagen? Wenn er ihr die Wahrheit – was war die Wahrheit? – sagte, ihr zu erklären versuchte, weshalb er nach Dubai geflogen war, würde sie auf ihre typische, verhohlen überhebliche Art reagieren. Er hörte im Geiste ihr »Okaaaayyy«. Ihr »Okay«, das sie in die Länge zog, wenn sie Verständnis vortäuschte, obwohl sie eigentlich etwas missbilligte oder für unintelligent hielt. Er hatte keine Lust auf dieses »Okaaaaayyy«. Er würde sich wie ein Idiot fühlen.

Er würde nicht abheben.

Das Handy vibrierte weiter in seiner Hand und es kam Sina immer mehr so vor, als bettelte es; streichel mich, besänftige mich. Und die Pfeile auf dem Display zogen in immer dieselbe Richtung, versuchten, ihn mit allen optischen Tricks dazu zu animieren, mit dem Zeigefinger den grünen Hörer zu berühren.

Die Macht lag in seiner Hand. Gebannt betrachtete er das Telefon, bis es Ruhe gab.

Katharina verlagerte sich wieder aufs Schreiben: *Warum gehst du nicht ran?* Dann: *Im Büro weiß niemand etwas von Dubai?!?* Und weiter: *Wo bist du, was machst du?* Zuletzt: *Wir können über alles reden!*

Wir – das hatte es lange nicht mehr gegeben.

?!? – das hatte es überhaupt noch nie gegeben. Oder konnte er sich nur nicht mehr daran erinnern? Er hätte dieses ?!? gerne in ihr Gesicht geschrieben gesehen. Er versuchte sich auszumalen, wie es aussah, ihr Gesicht in Verunsichert, Erstaunt, Fragend. Es gelang ihm vage, und es gefiel ihm. In seiner Vorstellung hatte es etwas Liebenswürdig-Dümmliches. Er lachte, legte sich aufs Bett, stopfte sich ein Kissen unter den Kopf und überlegte. Schließlich schrieb er ihr *Sorg dich nicht* zurück und ging offline. Er konnte nicht sicher sagen, ob es allein das Offlinesein war, das ihm ein ungekanntes Gefühl von Leichtigkeit bescherte. Er freute sich sogar irgendwie auf die morgige Mission, dachte er noch, bevor er eine halbe Stunde später einschlief.

»Du bist Ali Najjar, am 5. September 1972 geboren. Deine Mutter heißt Maryam Mahdavi und sah so aus. Hier. Präg dir das Bild ein. Reicht? Okay. Sie ist vor knapp einem Jahr gestorben, mit 67 an einem Hirnaneurysma. Dein Vater ist vor ein paar Jahren in Kanada gestorben. Du hast einen fünfjährigen Sohn namens Ramtin, von der Mutter lebst du seit drei Jahren getrennt.« *Na ja, eigentlich schon immer.*

…

»Ja, Ramtin.«

…

»Ja, persisch. Der Besonnene. Haha! Aber keine Sorge, du wirst das alles nicht brauchen.« *Keine Ahnung, was er von mir wissen will, ich rechne mit allem.* »Ich sage dir das nur, damit du dich besser in mich hineinversetzen kannst.« *Völlig schnuppe, ob er uns die Inszenierung abkauft oder nicht, selbst wenn er sie dir nicht abkauft, wird er mitspielen, er ist Perser, Perser stellen einen nicht bloß. Hauptsache, ich muss diesem Menschen nicht gegenübertreten.*

…

»An der Front? 1985. Zwei Monate lang. Aber das tut nichts zur Sache.« *Rede nicht über den Krieg, rede nicht über den Krieg, rede ja nicht über den Krieg!* »Der Krieg spielt keine Rolle. Meide das Thema, das ist vermintes Gelände. Haha! Nein, im Ernst, sei ganz entspannt. Du musst nicht viel tun. Sitz einfach in der Lobby, warte und nimm den Brief an. Alles, was wir brauchen, ist dieser Brief. Sonst nichts. Sprich so wenig wie möglich. Sag mal was auf Persisch!«

…

»Egal, irgendwas.«

…

»Das reicht, in Ordnung.« *O mein Gott, sein Persisch ist grottenschlecht, er sagte doch, er spreche Persisch, egal, lässt sich jetzt, um 8:53 Uhr auch nicht mehr ändern.* »Sprich einfach so wenig wie möglich. Und wenn er etwas von dir möchte, etwas verlangt, eine Antwort auf eine Frage oder sonst irgendetwas, sag, dass du darüber nachdenken musst. Rede zur Not Englisch, du lebst ja schon lange in Deutschland, sag, du sprichst nie Persisch.« *Es ist völlig schnuppe, ob er uns die Inszenierung abkauft, er soll uns diesen Brief übergeben, aber ich befürchte, dieser Ali-Reza wird noch irgendetwas von mir wollen, ansonsten hätte er mir den Brief auch einfach schicken können, aber nein, er will ihn mir persönlich übergeben und fliegt dafür sogar extra nach Dubai.* »Fertig mit frühstücken?«

…

»Okay, ich warte hier auf dich.«

…

»Dahinten das Taxi, das nehmen wir. Woodson Bright Deira Creek, thanks.«

»Ach so, der Typ, den du treffen wirst, heißt übrigens Ali-Reza. Er dürfte in meinem Alter sein.«

…

»Mehr weiß ich nicht. Er lebt in Teheran und ist als Waisenjunge aufgewachsen. Zum Teil bei meiner Mutter.« *Das ist jetzt wirklich alles, was ich über ihn weiß.* »Du kannst nichts falsch machen. Du brauchst ja nicht einmal zu sagen, wer du bist. Du sitzt einfach nur in der Lobby, und wenn um zehn Uhr ein Mann meines Alters hereinkommt, der Iraner sein könnte und der offensichtlich mit jemandem verabredet ist, den er nicht gut kennt, dann erhebst du dich und suchst Blickkontakt. Das ist alles. Einfach nur in der Lobby sitzen und herumgucken. Kennst du den Cartoon von Loriot? Einfach nur sitzen?«

...

»Genau so machst du das, haha, alles easy. So, und jetzt bin ich still, damit du dich ein wenig sammeln kannst.«

...

»9:45 Uhr, perfekt. Steig gleich hier aus. Und wenn du fertig bist, ruf mich an. Tschö, bis später.«

Ali-Reza erbrach sich in den Mülleimer, der glücklicherweise direkt neben seinem Bett stand. Dass Kamran so patent und vorausschauend war, hatte er all die Jahre gar nicht bemerkt, dafür mussten sie erst zusammen nach Dubai fliegen. Oder hatte er Dina den Eimer zu verdanken? Er wischte sich den Mund mit dem Zipfel seiner Bettdecke ab und griff sich an den Kopf in der Hoffnung, mit den Händen den Schmerz eindämmen zu können. Es funktionierte nicht. Er legte den Kopf wieder ab und schaute an die Decke. Der Duft ihres Parfüms stieg ihm in die Nase. Er hatte also nicht geträumt, sie war tatsächlich hier gewesen. Der Duft, wohltuend süßlich, schien an allem zu kleben, an der Bettdecke, am Laken, auf seiner Haut. Er roch an seinen Händen. Die Bilder der vergangenen Nacht tauchten auf, eins nach dem anderen, wie in einem Trailer. Er schlug die Bettdecke zur Seite, blickte an sich hinab. Dieser Körper war in der vergangenen Nacht von einer blonden Schönheit begehrt worden. Nichts war mehr so, wie es mal gewesen war.

Dina.

Dina hatte sich an ihren Tisch gesetzt in diesem dunklen Pub mit der fast schwarzen Holzvertäfelung an den Wänden, zu dem sie von ihren Hotelzimmern aus nur wenige Etagen mit dem Aufzug hinuntergefahren waren. Er hatte sofort den Duft ihres Parfüms wahrgenommen. Ohne zu fragen hatte sie sich zu ihnen gesetzt und gesagt:

»Ihr seid das erste Mal in Dubai, stimmt's?«

Ali-Reza hatte sich auf seinem Rollstuhl aufgerichtet,

seinen Brustkorb geweitet und wissen wollen, woran sie das erkenne.

»Ihr wirkt so gespannt auf das, was euch hier erwartet«, sagte sie, als kniffe sie ihm gleich in die Wange. Dina erzählte, dass sie aus Minsk stamme, aber schon lange in Dubai lebe, viele Touristen kennengelernt und dadurch eine gute Menschenkenntnis entwickelt habe, »aber nur für Fremde, meine Familie ist mir noch immer ein Rätsel.«

Kamran und Ali-Reza lachten. Sie sprach Englisch mit starkem Akzent, doch Ali-Reza verstand sie besser als Native Speaker, weil sie langsam redete und die Laute mit ihren glänzenden Lippen sehr deutlich formte. Er bestellte eine Flasche Champagner und nippte anschließend vor Nervosität so oft an seinem Glas, dass sie bald eine zweite brauchten. Andere Frauen, manche von ihnen eher noch Mädchen, kamen an den Tisch. Andere Blondinen, Asiatinnen, eine Dunkelhäutige. Dina redete ungestört weiter, hielt Kamran mit aberwitzigen Geschichten von Dubai-Reisenden und ihrer weißrussischen Familie in ihrem Bann, und Ali-Reza mit ihrem Körper, der eine ganz eigene Erzählkunst kultiviert hatte. Sie stützte die Ellbogen auf, drückte ihre Brüste leicht zusammen und bewegte ihre Schultern geschmeidig, äußerte auf diese Weise Staunen, Mitgefühl oder Skepsis. Die Beine schlug sie in regelmäßigen Abständen neu übereinander, weil sie so lang waren, musste sie dafür stets ein wenig vom Tisch wegrücken. Ali-Rezas Sinne waren mit all den Eindrücken vollauf beschäftigt. Kamran hingegen wurde mit dem Alkohol redseliger, er beschrieb seine Familie und seine Großmutter, und Dina und er entdeckten immer mehr Parallelen.

Ali-Reza wusste so gut wie nichts über Kamrans Familie.

Auch hatte er schon sehr lange Dinas Mund nicht mehr beim Sprechen betrachten können, schon viel zu lang bekam er fast nur ihren Hinterkopf zu sehen. Er leerte sein Glas in einem Zug und legte seine Hand auf ihren Unterarm. Sie trug ein ärmelloses rotes Kleid mit diamantähnlichen Schmucksteinen auf den Schultern. Da sie nicht reagierte und weiterhin mit Kamran scherzte, fuhr Ali-Reza mit der Hand hoch und berührte die Steine. Sie fühlten sich glatt und kühl an, wie Bonbons. Hätte er sich aus dem Rollstuhl erheben können, er wäre aufgestanden und hätte an ihnen gelutscht. Jetzt endlich wandte sich Dina ihm zu, nahm seine Hand und flüsterte ihm ins Ohr: »Du bist süß.« Ali-Reza nickte. Dann blickte sie an ihm hinunter und sagte etwas, das er nicht ganz eindeutig verstand. Deshalb nickte er einfach weiter. Er bestellte noch eine Flasche Champagner.

Ali-Reza griff sich wieder an den Kopf, als ihm die dritte Flasche einfiel. Jetzt ärgerte er sich, dass er so viel getrunken hatte. Er hätte am liebsten jede Sekunde dieser Nacht abgespeichert. Er hätte sich gerne alles fotografisch genau eingeprägt, damit er die Bilder hervorholen und sie ihn wärmen konnten, wenn er demnächst wieder allein mit einer Wolldecke in seiner Wohnung saß und innerlich fröstelte. Doch die Bilder schwirrten nur verschwommen durch seinen Kopf. Und auf fast jedem war dieses rote Kleid zu sehen. Wie lange hatte sie das anbehalten! Sie hatte sich um die eigene Achse gedreht und den Rock gelupft, sie war auf die Armlehnen seines Rollstuhls gestiegen und hatte ihn ihm über den Kopf gezogen, sie hatte ihn an den Steinen lutschen lassen, wobei er sich nicht hundertprozentig sicher war, dass das wirklich passiert war. Er hatte dieses Kleid erst geliebt und dann gehasst, weil sie ihn so sehr damit neckte, aber es einfach nicht ausziehen wollte. Er konnte es nicht erwarten, endlich eine nackte Frau zu sehen, leibhaftig und in Reichweite, damit er nur seine Hand auszustrecken brauchte, um die warme, weiche Haut zu spüren. Das Kleid, jetzt fiel ihm wieder ein, was er getan hatte! Als sie vor ihm gestanden und zum nächsten Spielchen mit dem roten Stoff angesetzt hatte, hatte er es zerrissen. Er hatte es am Dekolleté gepackt und mit der Kraft desjenigen angerissen, der jahrelang gesessen und gewartet hatte, dass er einmal an der Reihe war. Das Kleid fiel von ihr ab, als sei es genau dazu gemacht gewesen. Geschockt blickte sie ihn an, geschockt blickte er geradeaus, direkt auf ihre Vulva. Sie trug nur noch einen Tanga aus transparentem Stoff, kein einziges Härchen bedeckte ihre Scham. Jede Menge Früchte kamen ihm in den Sinn, darunter waren jedoch keine, die ihn an die Form ihrer Schamlippen erinnerten. Mit beiden Händen griff er nach ihren Brüsten, aber kaum hatte er sie berührt, die Fülle erahnt, begann er zu zittern, erst ganz leicht, dann immer heftiger. Dina nahm seine Hände, legte sie auf ihren Bauch. Er beruhigte sich nicht. Sie schob ihn ans Bett und hievte ihn auf die Matratze. Ja, stimmt, sie musste es alleine geschafft haben, ihn vom Rollstuhl aufs Bett zu legen. Sie hatte ihn auf den Rücken gedreht und angefangen, ihn auszuziehen, wodurch er noch mehr zitterte, sogar an den Beinen, bildete er sich ein. Doch dann. Ali-Reza schloss die Augen. Was für ein heilender Moment: Sie hatte sich auf ihn draufgelegt. Erst hatte er ihre Brustwarzen gespürt, dann war ihr ganzer Körper wie eine warme, zähe Masse auf ihn draufgeflossen, hatte sich wie Balsam auf seine zittrigen Muskeln gelegt und jeden Schmerz gelindert. Im selben Moment gingen in seinem Kopf Feuerwerkskörper hoch, explodierten und ließen goldene Funken rieseln. Er stöhnte auf bei dem Gedanken daran. War das ein Orgasmus gewesen? Er konnte es nicht mit Gewissheit sagen. Es hatte ihn jedenfalls überwältigt. Seine Knochen, seine Muskeln und Sehnen, alles wurde weich, so weich, dass er keinen Zweifel daran hegte, dass er in diesem Moment hätte aufstehen und gehen können, er hätte in diesem Moment aufstehen und gehen *können*, war er sich sicher, aber er hatte nicht aufstehen und gehen *wollen*. Um keinen Preis in der Welt. Alles wurde weich, nichts wurde hart, aber das betrübte ihn nicht, hart war ansonsten alles in seinem Leben gewesen.

Dann war er irgendwann in einen tiefen, tiefen Schlaf gefallen. Seit dem Krieg hatte er nicht mehr so tief geschlafen. Nur einmal war er kurz aufgewacht, als Kamran hereingekommen war. Vermutlich hatte er nach ihm sehen wollen und dann den Eimer platziert.

Dina.

Etwas lag unter seinem Kopfkissen, bemerkte er. Er richtete sich halb auf, nahm das Kissen weg und fand darunter das rote Kleid. Eine Hälfte davon, wie er feststellte, als er sich wieder hinlegte, sich damit bedeckte und den Duft ihres Parfüms einsog. Die Toten, die Märtyrer, die hatten sie auch mit Tüchern bedeckt. Mit weißen, aber das viele Blut hatte sie rasch rot gefärbt.

Er hatte seine Mutter überlebt, war nicht im Krieg gestorben und nicht zum Märtyrer geworden, aber jetzt, jetzt wäre eigentlich ein guter Moment zum Abdanken. Etwas Besseres würde ihm die Zukunft nicht mehr bieten.

Bei dem Gedanken an die Zukunft schreckte er auf. Wie viel Uhr war es? Er fand sein Handy nirgends in Reichweite und griff stattdessen zum Telefon, um an der Rezeption die Uhrzeit zu erfragen.

10:37 Uhr! Verdammt. Er behielt den Hörer in der Hand und wählte Kamrans Zimmernummer. Kamran hob nicht ab.

Die Möwen machten Sina fertig, wie sie halsbrecherisch in Schwärmen über den Dubai Creek sausten, erst im letzten Moment die Flugrichtung änderten und nach Brotstücken schnappten, die ihnen Touristen hinhielten. Sie wirkten so gierig dabei, so hysterisch. Nicht wie Tiere, sondern wie Vorboten in einem Film. Sina betrachtete das Schauspiel angewidert und fasziniert. Wenn er an seinem Teeglas nippte, behielt er die Vögel im Blick. Ali Najjar bot ihm wortlos von den Datteln an, aber er hatte das Gegenteil von Appetit. Sie saßen als einzige Gäste auf einer Holzterrasse am Creek, der vortäuschte, ein Fluss zu sein, aber ein schmaler Meeresarm war.

Ali Najjar hatte sich beruhigt. Er starrte aufs Wasser und schob sich die Datteln in den Mund, eine nach der anderen. Die Anspannung war aus seinem Körper gewichen.

Als Sina um elf Uhr aus dem Hotel hinausgekommen war, hatte er, obwohl ihn die Sonne blendete und sich seine Augen erst an die Helligkeit gewöhnen mussten, Ali Najjar die Nervosität angesehen. Eine Stunde hatte er in der fensterlosen Lobby verbracht, in die, außer durch die Drehtür am Eingang, kein Tageslicht gedrungen war. Zu jeder Sitzgruppe, bestehend aus drei Chesterfield-Ledersesseln, gehörte lediglich eine Bankierslampe, die grünen Glasschirme erhellten gerade einmal die Beistelltische aus dunklem Holz, auf denen sie standen. Sina bestellte Kaffee, ohne die Bedienung anzusehen. Er blickte geradeaus zum Eingang und musterte jeden dunkelhaarigen Mann, der nicht mehr jugendlich und noch nicht greis wirkte, jederzeit bereit, aufzuspringen und seine Rolle zu spielen. Auf zwei Männer traf die Beschreibung zu, aber zu dem ersten gesellte sich nach wenigen Minuten eine Blondine in Stilettos, der Zweite eilte, ohne einen Blick in die Lobby zu werfen, Richtung Fahrstuhl.

Sina blieb aufmerksam. Er wollte es gut machen. Er hatte zwar keinen blassen Schimmer, was das alles hier sollte, aber es schien Ali Najjar wichtig zu sein, und er wollte es gut machen. Nach einer Weile fiel ihm der Kaffee ein, der neben ihm unter der Bankierslampe stand. Er nahm einen Schluck, schob die Tasse jedoch gleich von sich weg. Der Kaffee war erkaltet. Sina zog das Handy aus der Hosentasche und ließ kurz das Display aufleuchten. 10.33 Uhr. Ein erster Zweifel daran, dass dieser Ali-Reza noch auftauchen würde, stieg in ihm auf. Er löste den Blick vom Eingang und sah sich um. Der britische Kolonialstil, das schummrige Licht, der dunkle Teppichboden, das Servicepersonal, auf das mehr »diskret« als »freundlich« zutraf, die beiden Männer im legeren Businesslook, die in der hinteren Ecke der Lobby Bier tranken, das alles erschien ihm mit jeder Sekunde, die verstrich, dubioser. An so einem Ort wurden illegale Waffengeschäfte verhandelt, Doppelagenten angeworben, Schmiergelder übergeben, schoss es Sina durch den Kopf. Es irritierte ihn nur, dass es dermaßen offensichtlich war.

Dieses Hotel hob sich so augenscheinlich von den anderen Hotels in Dubai ab, die nur dazu dienten, die Gäste, gleich welcher Herkunft, zum Konsum zu animieren. Design, Wellness, Fusion, Style alles Mittel zur Blendung, zur totalen Verblödung. Dieses Hotel hier pfiff auf all das. Dieses Hotel war unmodern, zeitlos wie das Streben nach Macht und Geld. Hier ging es um Größeres. Hier herrschten Gesetze wie vor hundert Jahren, hier hatten die Briten und einige wenige weiße, angelsächsische US-Amerikaner das Sagen. Solche Orte hatten Dubai zu dem gemacht, was es heute war. Sina sah hinüber zu den beiden Geschäftsmännern, die zurückgelehnt in ihren Clubsesseln saßen, jeweils ein Pintglas in der Hand, das schüttere Haar bereits in Unordnung. Krauskopfpelikane, fiel ihm ein, sie erinnerten ihn an Krauskopfpelikane. Anahita und er hatten das letzte Mal im Zoo länger vor dem Gehege gestanden und sich über die Frisuren amüsiert. Die Pelikane hoben die Gläser. Ihre Geschäfte hatten sie sicherlich schon erledigt, die Geschäfte liefen quasi wie von selbst. Sie warfen sich die Erdnüsse ein wie Sprotten und zeigten einander offenbar witzige Fotos auf ihren Handys. Die Selbstzufriedenheit, die sie ausstrahlten, die rosa durch ihre lasche, knittrige Haut schimmerte, kotzte Sina auf eine Art an, die ihn selbst verwunderte, weckte Aggressionen, die sich offenbar in seine DNA eingeschrieben hatten. Es erstaunte ihn immer wieder, was da gelegentlich in ihm hochkam. Er war in München geboren, als Sohn einer deutschen Mutter, soweit es sich in der Genealogie nachvollziehen ließ, er war in München aufgewachsen, seinen Vater sah er alle paar Jahre und die islamische Welt kannte er, von einer Libanon-Reise, einer Trekkingtour in Marokko und der Lektüre mehrerer Sachbücher abgesehen, kaum. Dennoch hatte er den Minderwertigkeitskomplex aller Osmanen, Araber und Perser verinnerlicht. Die Erinnerung an jahrhundertealte Demütigungen schnitt bei gewissen Anlässen in sein Fleisch und erzeugte Abwehr, vielleicht sogar Hass, ganz tief drinnen irgendwo, fern von jeder Ratio, unerreichbar für jede Form des klaren Denkens. Sina versuchte zu ergründen, woher diese Gefühle stammten. Er kramte in seinem Gedächtnis nach Momenten der Ausgrenzung. Ein paar Neckereien auf dem Schulhof, unbedacht und folgenlos, dumme Fragen hie und da, vier, vielleicht fünf Abweisungen an Türen zu Clubs, die wenigen Male, an denen er nicht mit seinen deutschen Freunden unterwegs gewesen war, sondern mit anderen, mit Erasmusstudenten etwa. Als Schüler hatte er nicht die Hauptrolle in »Endstation Sehnsucht« spielen dürfen. Stanley Kowalski sei der Sohn polnischer Einwanderer, den stelle er sich anders vor, hatte der Lehrer gesagt, und gelacht und hinzugefügt: Bei der Inszenierung von »Ali Baba und die vierzig Räuber« stünden seine Chancen besser. Das hatte Sina, siebzehnjährig, am meisten gekränkt. Aber reichte das? Nein. Es musste genetisch sein, dieser – war es das? – Hass, er musste ihm eingepflanzt und mit ihm gewachsen sein, und nur ganz wenig Nahrung von außen benötigt haben.

Dieser Hass war ein Überlebenskünstler, er überlebte Generationen. Er nährte sich an allem Möglichen, an Bildern von Palästinensern zum Beispiel, die an israelischen Checkpoints Schlange standen, generell an Bildern muslimisch aussehender Menschen hinter Absperrungen, bewacht von hellen Menschen, offensichtlich abhängig von deren Gunst. Was gingen Sina diese Menschen an? Wieso betraf ihn ihr Leid? Was hatte er mit dem Nahostkonflikt am Hut? Als Deutscher sehr viel, natürlich, aber das sollten abstrakte Schuldgefühle sein, die er nach Bedarf an- und ausknipsen konnte. Also das Gegenteil von dem Hass, der ihn ergriff und den er zu ergründen versuchte, während er in der Lobby des Woodson Bright am Dubai Creek saß und das Leder eines Chesterfield anwärmte, benannt nach dem Earl von Chesterfield, der Ende des 18. Jahrhunderts einen Sessel in Auftrag gegeben hatte, auf dem er aufrecht, aber dennoch maximal bequem sitzen konnte. Herrschaftlich lümmeln, dachte Sina, wie die beiden Pelikane.

Sein Vater hatte bei jeder Gelegenheit auf die Briten geschimpft. An allem waren die Briten schuld und in der Folge die Amerikaner, sogar die Islamische Revolution ging auf deren Konto, daran glaubte sein Vater unerschütterlich. Sina hatte das immer als Verschwörungstheorie abgetan. In politischen Fragen war sein Vater total durchgeknallt. Er schimpfte auf Engländer und Amerikaner, aber erzählte, Trump wählen zu wollen, »weil der im Iran endlich mal aufräume und den Mullahs ein Ende setze«. Entweder war sein Vater politisch durchgeknallt oder die Welt noch durchgeknallter, als er es für möglich hielt. Ein unangenehmes Gefühl flutete ihn. Das Gefühl, das entstand, wenn man sich vor einer Aufgabe drückte, obwohl man wusste, dass man sich ihr letztlich stellen musste und dass das Aufschieben alles verschlimmerte. Nur mit dem Unterschied, dass er nicht wusste, worin die Aufgabe bestand.

Eine Servicekraft trat unbemerkt an ihn heran und signalisierte, dass sie einen weiteren Getränkewunsch annehmen würde. Sina hatte fast vergessen, weshalb er in der Lobby saß und worauf er wartete. Sein Auftrag konnte nur ein halbseidener sein, wurde ihm bewusst, im besten Fall halbseiden. Er konnte nicht einschätzen, wie durchgeknallt Ali Najjar war. Er zog sein Handy aus der Hosentasche. 10:58 Uhr.

»The bill, please«, sagte er und wählte Ali Najjars Nummer, der ohne Begrüßung mitteilte, dass er gegenüber vom Hotel, an der Promenade auf ihn warte.

Wie vorm Flughafengate ging Ali Najjar dort auf und ab. Als er Sina erblickte, bewegte er sich auf ihn zu, Arme und den ganzen Oberkörper so angespannt, als wollte er ihn sofort ergreifen und alle Informationen aus ihm herausschütteln. Sina hatte ihm vorhin die Coolness nicht ganz abgenommen, dieses Gerede von »einfach nur sitzen, alles easy« während der Taxifahrt war ihm suspekt erschienen.

Als Sina ihm sagte, dass niemand aufgetaucht war, schlug Ali Najjars Nervosität in Zorn um. Er regte sich tierisch auf, wirklich tierisch, weil er immer wieder zwei, drei Schritte in eine Richtung machte, sich umdrehte, wieder zurück zum Ausgangspunkt ging und dabei in die Luft boxte, was Sina an Balztänze denken ließ. Ali Najjar drückte seinen Zorn archaisch aus, er setzte nicht auf Worte. Oder er verkniff sie sich. Sina jedenfalls verkniff sich die Fragen. Stattdessen signalisierte er mit seiner Körpersprache, an der Promenade entlangzugehen. Ali Najjar zog mit, blieb jedoch regelmäßig stehen, fasste sich an den Kopf oder schüttelte ihn. Sie überquerten eine Brücke über den Creek und setzten sich auf die überdachte Terrasse eines alten Teehauses. Dort sackte Ali Najjar in sich zusammen.

Die Möwen schossen nun auf sie zu und lenkten erst kurz vor der Holzterrasse um. Sina fürchtete, eine Möwe könnte zu ihnen hereinfliegen und nicht wieder hinausfinden. Er fragte sich, ob Dach und Geländer mit blauen Neonröhren versehen waren, weil das jemand schön fand oder weil es die Möwen abhielt. So, wie das blaue Licht auf öffentlichen Toiletten Fixer abhalten sollte.

Ali Najjar hatte alle Datteln aufgegessen. Er nahm sein Handy und tippte etwas auf WhatsApp.

»Was hast du jetzt vor?«, fragte Sina.

»Saufen gehen. Libanesinnen aufreißen. Was machst du?«

Sina antwortete nicht.

»Wann musst du wieder in München sein?«, versuchte es Ali Najjar weiter.

Sina antwortete nicht. Er dachte an die Schatzsuche und daran, wie problemlos Katharina und Anahita Ersatz für ihn gefunden hatten.

»Scheißegal, habe ich recht?« Ali Najjar lachte, hielt sich den Bauch, »o Mann, zu viele Datteln gegessen, die liegen ganz schön im Magen.«

»Ja, du hast recht«, sagte Sina und strich sich über seinen kahlen Schädel. Keine Haare mehr zu haben irritierte ihn noch immer sehr, allerdings fand er allmählich Gefallen an der ungewohnten Freiheit seiner Kopfhaut. Es schien, als atme sie, das erste Mal überhaupt. Und jeder noch so leichte Windhauch erzeugte ein Kribbeln, das ihm vom Scheitel bis in die Zehen fuhr. Sina hob die Hand und fragte den Kellner, der gerade neuen Gästen frischgepresste Säfte serviert hatte, nach Schnaps.

»No alcohol, sorry, Sir«, antwortete dieser.

Ali Najjar stand auf. Er legte ein paar Scheine auf den Tisch. »Fahren wir ins Hotel zurück«, sagte er, »Moslems nerven.«

Möwen nervten. Sina sehnte sich nach dem reinen Türkis des Hotelpools, nach den schlanken Vögelchen in den künstlich angelegten Palmen, nach einem Drink. Er hatte genug vom alten Dubai. Er brauchte wieder Fassaden, in denen er sich spiegeln konnte.

VERSCHLAFEN, WILL DER MICH VERARSCHEN? *Wie lange schläft der faule Sack denn bitte schön? Ich wette, Mâmân hat ihn total verzogen. Lächerlich, wie viel Rücksicht sie immer auf ihn nahm. Einmal sind wir durch ganz München gerannt, um irgendeine Salbe für ihn aufzutreiben. Der Name der Salbe war natürlich komplett falsch geschrieben, sodass kein Apotheker verstand, was wir suchten. Aber Mâmân ließ nicht locker. Ich sah sie selten so eifrig, wie wenn es um diesen Ali-Reza ging.*

Erst der soundsovielte Apotheker kam irgendwann durch schlaues Fragen darauf, wie diese Salbe wirklich hieß. Dann mussten es natürlich gleich fünf Tuben auf einmal sein. Was ich dafür hingeblättert habe!

Morgen um zehn Uhr kann ich jedenfalls ganz sicher nicht, ich bin doch nicht sein Hündchen, das angesprungen kommt, wenn er einmal pfeift. Der soll ruhig bluten. Vielleicht morgen Abend, das biete ich ihm großherzig an. Aber das schreibe ich ihm erst in zwei Stunden. Ungestraft kommt der nicht davon.

Verschlafen, wie kann man einen Termin um zehn Uhr verschlafen? Kein Wunder, dass der so viel Salbe braucht, wenn der so viel im Bett herumliegt. Der liegt sich wohl wund. Dem Typen fehlt offenbar echt der Antrieb.

Zwei Hemden standen zur Auswahl, ein ungebügeltes hellblau-weiß gestreiftes mit Stehkragen und ein in der Reisetasche zerknittertes klassisches in Nachtblau. Sina entschied sich für das Nachtblaue. Er benutzte Deo und putzte sich die Zähne. Sein Spiegelbild ließ er dabei nicht aus den Augen. Er versuchte, sich zu sehen wie jemand, der ihn nicht mit Locken kannte. Er versuchte, sich zu sehen, als lernte er sich gerade erst kennen. Es gelang ihm nur einen Augenblick lang; seltsamer Typ, dachte er sich in diesem kurzen Moment, dubioser, kahler Typ. Im nächsten Moment fielen ihm seine Augenbrauen auf, die in der Mitte fast zusammenwuchsen. Sie stachen jetzt hervor, ließen ihn ungewohnt, beinah unangenehm männlich wirken. Er ging näher heran, betrachtete die einzelnen Härchen. Vielleicht würde er sie zupfen, zumindest so lange, bis die Haare auf dem Kopf nachgewachsen waren. Außerdem war seine Gesichtshaut dunkler geworden. Fast so dunkel wie die von Ali Najjar.

Sina hatte wieder den ganzen Tag am Pool gelegen, dieses Mal aber wirklich gelesen. Er gurgelte ein wenig, was er sonst nie tat. Anschließend ging er zum Nachttisch, wo sein Portemonnaie lag, und zögerte. Sollte er das Handy mitnehmen oder nicht? Seit gestern Abend hatte er es nicht wieder eingeschaltet. Entweder machte Katharina weiterhin Panik oder sie hatte sich entschlossen, ihm zu vertrauen und abzuwarten. In beiden Fällen brauchte er nicht nachzusehen, es also auch nicht mitzunehmen. Er steckte nur das Portemonnaie ein, nahm die Keycard aus dem Halter und zog die Zimmertür hinter sich zu.

In der Lobby wartete er einige Minuten, dann entstieg Ali Najjar dem Lift in einem dunkelblauen Slimfit-Nadelstreifenanzug mit weißem Einstecktuch. Die beiden obersten Knöpfe seines ebenfalls weißen Hemdes hatte er offen gelassen. Seine Füße steckten in braunen Lederslippern, barfuß selbstverständlich, wie Sina feststellte, als Ali Najjar vor ihm stehen blieb. Sina blickte an sich hinab und war froh, dass er sich noch die Zähne geputzt hatte.

»Bin ich underdressed?«, fragte er.

»I wo. Wegen der 23-jährigen pickligen Jungs aus dem Silicon Valley haben sie hier alle Kleiderordnungen abgeschafft. Let's go.«

Eine Blondine in einem smaragdfarbenen Overall führte sie zu einem Tisch direkt an der Fensterfront. Die Aussicht auf den Hintern in dem grünen Stoff, der weder zu eng anlag noch zu weit war und den Pobacken so optimale Bewegungsfreiheit bot, löste die auf die Dubaier Skyline bei Nacht ab. Die Bar befand sich im obersten Stock eines Nobelhotels, so wie sich alles Leben in Dubai in Hotels abzuspielen schien.

Ali Najjar bestellte Sushi und einen Mai Tai, Sina asiatischen Rindfleischsalat und Gin Tonic. Sie prosteten einander nicht zu. Jeder trank für sich aus schweren Kristallgläsern und blickte hinaus.

»Diese beiden Zwillingstürme hier mit den albernen Krönchen hat bestimmt ein Scheich seiner Tochter zur Hochzeit geschenkt. Das da oben, da, wo über vier Etagen Licht brennt, das ist garantiert ein Loft. Da legt jetzt gerade der Schwiegersohn die Beine hoch und schnippt eine Dose

Erdnüsse auf, während sich die Tochter im Bad die Augen ausheult, weil ihr Macker wieder nur Analsex wollte«, sagte Ali Najjar und prostete Sina nun zu, »wetten?«

»Du, da kenne ich mich nicht aus«, sagte Sina und dachte: wie ein richtig verklemmter Deutscher, so klinge ich. Er trank den Gin Tonic aus und orderte den nächsten.

Ali Najjar beobachtete jetzt die Gäste, die in steigender Frequenz hereingeführt und an Tischen oder der langgezogenen Bar platziert wurden. Darunter nur wenige Pärchen, hauptsächlich waren es größere gemischte Gruppen, Männer im Casual Look, die Frauen im kleinen Schwarzen vor sich her bugsierten, ihnen mit einer Hand nahe der Taille die Richtung vorgaben. Die Frauen hatten offensichtlich viel Zeit darauf verwendet, sich herauszuputzen, hatten gelocktes Haar geglättet oder glattes Haar wellig geföhnt, mehrere Schichten Make-up aufgelegt, aus einem Arsenal an Parfüms und Schmuck ausgewählt. Sina wunderte sich, dass sie offenbar so gut bei Ali Najjar ankamen. Hübsche Gesichter hatten sie, schon, aber so sehr er sich auch umschaute, fand er keine, die durch Stil, Esprit, Lässigkeit aufgefallen wäre. Vielleicht war es hier auch einfach nur zu laut und zu dunkel und zu materialistisch, um mit diesen Charakteristika auffallen zu können, und die Frauen kleisterten sich genau deshalb ihre Gesichter zu.

Die Zeit verging, Sina spürte den Alkohol und dass er die Menschen immer unverhohlener musterte. Abrupt wandte er sich Ali Najjar zu.

»Ich glotze schon viel zu auffällig.«

»Haha, dafür sind wir hier. Ich stehe total darauf, die Leute hier mit ihren großen Erwartungen eintrudeln zu sehen.« Er blickte auf seine Armbanduhr. Kurz nach Mitternacht, konnte Sina erkennen. »Jetzt, so früh am Abend, scheint alles geordnet. Aber warte mal ab, was hier noch abgeht.« Ali Najjar lächelte und sah ihn an. Sina fand irritierenderweise keine Spur von obszöner Vieldeutigkeit in diesem Gesicht. Keinen Zynismus, keine Menschenfeindlichkeit.

»Warum führst du dich im Büro eigentlich wie ein Arschloch auf?« Das mochte Sina am Alkohol, er ließ ihn endlich die naheliegenden Fragen stellen.

»Ich habe keine andere Wahl.«

Sina versuchte, daraus schlau zu werden. Es gelang ihm nicht.

»Ich habe keine andere Wahl, wenn ich kein Opfer sein will.«

Sina machte unverändert ein fragendes Gesicht. Dass er begann zu erahnen, was Ali Najjar meinen könnte, zeigte sich darin noch nicht.

»Ich erzähle dir mal eine Geschichte. Also. Setting: eine trockene, gebirgige Landschaft. Ein Auto, ein altes, verbeultes blaues Auto holpert in einem Affenzahn über eine ungeteerte Straße. Im Kofferraum liegt ein vierzehnjähriger Junge. Ein ganz normaler, vierzehnjähriger Junge, der zur Schule geht, zwei, drei Kumpels hat, am Nachmittag im Hof Fußball spielt und an seiner Mama hängt. Sehr an seiner Mama hängt, er hat sonst niemanden. Dieser Junge liegt also im Kofferraum und knallt bei jedem Schlagloch irgendwo mit dem Kopf gegen. Er hat eine Scheißangst und denkt, dass es jeden Moment vorbei sein wird. Dass er an einer Hirnblutung sterben, dass der Wagen von der schmalen Straße abkommen und einen Abhang hinunterstürzen, dass ihn spätestens an der Grenze jemand im Kofferraum entdecken, hinauszerren und verprügeln wird. Er liegt zusammengekauert da und wimmert vor sich hin. Irgendwann bremst der Wagen, es geht im Schritttempo weiter. Ewig lang. Der Junge hat längst das Zeitgefühl verloren, aber das Auto kommt mindestens eine Stunde lang kaum vom Fleck, so viel kann er sagen. Männerstimmen, gedämpft, nähern sich. Mit jedem Meter, den sie weiterrollen, hört er sie deutlicher. Sie rufen immer dasselbe. »Stopp!«, »Papiere!«, »Aussteigen!«, »Öffnen!«. Vor allem, wenn sie »Öffnen« befehlen, läuft ihm ein Schauer über den Rücken. Er betet, das erste und das letzte Mal in seinem Leben. Als der Wagen anhält und er hört, wie zwei Männer um das Auto herumgehen und dem Fahrer Fragen stellen, scheißt er sich voll. Er scheißt sich im wahrsten Sinne des Wortes die Hosen voll.«

Ali Najjar machte eine kurze Pause. Sina setzte das Gin-Tonic-Glas an, um zu trinken, aber es war schon wieder leer. Spätestens an diesem Punkt der Geschichte bestand für ihn kein Zweifel mehr, wer dieser Junge im Kofferraum war.

»Und dann sind die Stimmen ganz, ganz nah. Das Herz des Jungen klopft wie wild, so wild wie das unverbrauchte Herz eines vierzehnjährigen Jungen klopfen kann. Als einer versucht, den Kofferraum zu öffnen, überschlägt sich das Herz und setzt mehrmals aus. Das Schloss klemmt, der Mann rüttelt erst leicht, dann heftig am Deckel. Das Auto quietscht. Für den Jungen fühlt sich das an, als läge er bei Wellengang in einem Boot. Ihm wird übel. Der Mann fragt den Fahrer, was das soll, und befiehlt ihm zu helfen. Dieser steigt aus und antwortet irgendetwas mit der Ruhe eines Schafhirten, der er vermutlich auch ist. Jetzt rütteln sie zu zweit. Der Junge verkrampft am ganzen Körper, betet weiter, ruft den lieben Gott an, in seiner Inbrunst angestachelt von der Scheiße, die an seinem Arsch zu jucken und zu brennen begonnen hat. Vor lauter Beten bekommt er gar nicht mit, dass der Fahrer wieder eingestiegen ist. Als er den Wagen anlässt und losfährt, hält der Junge inne. Kann es sein, kann es wirklich sein? Der Fahrer tritt aufs Gas. Ja, es kann sein. Es ist so. Er schlägt sich wieder bei jedem Schlagloch den Schädel an, aber jetzt ist er hoffnungsvoll. Dann, nach einer Weile, halten sie abermals an. Der Fahrer steigt aus, kommt zum Kofferraum und öffnet ihn mit einem Handgriff, das Schloss ist butterweich. Da liegt der Junge, blinzelnd und in Embryonalstellung, vollgeschissen und nassgeschwitzt. Ein jämmerlicher Anblick. Eine bemitleidenswerte Kreatur. Er zieht sich die Kapuze seiner Windjacke über den Kopf und schirmt sich die Augen mit der Hand ab. Durch seine Finger kann er langsam die Kontur des Fahrers sehen. Er kommt ihm riesig vor, schlaksig zwar, aber riesig und breit gebaut. Der Fahrer hält sich den Unterarm vor die Nase und schimpft über den Gestank. Der Junge versteht ihn nicht gut, aber er versteht ›Kind‹, immer wieder ›Kind, was hast du getan‹. Der Junge richtet sich auf. Fluchend hilft ihm der Fahrer aus dem Kofferraum hinaus. Eben lag er, jetzt steht er vollgeschissen und nassgeschwitzt da, kurz davor, sich zu übergeben, und zu allem Überfluss fängt er auch noch an zu heulen. Alles, was er will, ist, zu seiner Mama zurück.«

Die Frau im grünen Overall – oder war es eine andere? – unterbrach Ali Najjar und fragte, ob sie weitere Gäste an ihren Tisch setzen dürfe. Ali Najjar und Sina nickten, woraufhin die Blondine den drei Frauen hinter sich ein Zeichen gab. Zwei von ihnen waren ebenfalls blondiert. Eine trug ihr schwarzes Haar in Form eines sehr kurzen Bobs. Etwas umständlich setzten sie sich mit ihren engen Röcken auf die Barhocker.

»Wie geht es weiter?«, wandte Sina sich wieder Ali Najjar zu.

»Der Junge sieht sich um. Sie haben an einem Busbahnhof gehalten, an dem Menschen vor rostigen Mercedes-Benz-Bussen Schlange stehen. Der Fahrer greift ihn mit spitzen Fingern an der Kapuze und zieht ihn in die öffentliche Toilette. Oder in das Scheißhaus, das trifft es besser. Der Junge ekelt sich vor jedem Zentimeter des gekachelten Raumes, ist aber gleichzeitig dankbar, dass sein Gestank sich hier mit dem Gestank unzähliger Reisender vermischt und nicht weiter auffällt. Er weint noch immer, der Fahrer sagt die ganze Zeit: ›Sei ruhig, Kind.‹ Das Waschbecken ist mit einer rötlich-braunen Schmutzschicht überzogen. Der Fahrer kniet nieder, zieht ihm die Schuhe und mit spitzen Fingern auch die Hose aus. Die Unterhose soll er sich selbst ausziehen, was er nach mehrmaliger Aufforderung schließlich tut. Dabei schmiert er sich die ganze Scheiße an die Beine. Er heult laut auf. Steht schluchzend da. Er dachte, er habe den Tiefpunkt schon hinter sich, aber nein, das ist jetzt der Tiefpunkt. Der Fahrer deutet genervt auf das Waschbecken. Der Junge wäscht sich weinend. Unter ihm entsteht eine Pfütze mit braunen Einsprengseln. Andere Männer kommen und gehen. Der Junge schämt sich so sehr für alles, dass er sich im Detail für nichts schämt. Nicht dafür zum Beispiel, dass jeder sehen kann, dass ihm gerade die ersten Haare am Sack wachsen.«

Sina nahm aus den Augenwinkeln wahr, dass sich die drei Frauen unterhielten, sie schienen ihnen keine Aufmerksamkeit zu schenken. Sie sprachen Englisch miteinander.

»Er wäscht sich, so gut er kann. Der Fahrer zieht eine olivgrüne Stoffhose aus einer Plastiktüte und gibt sie ihm. Der

Junge regt sich nicht, er hält die Hose in der Hand und weint weiter. Der Fahrer seufzt, nimmt sie ihm wieder ab, bückt sich fluchend und der Junge braucht nur die Füße nacheinander anzuheben, was er gerade so bewerkstelligt. Der Fahrer zieht ihm die Hose hoch und richtet sich auf. Er stellt ihm die Schuhe nebeneinander, und der Junge steigt hinein. Gewaschen und in frischen Klamotten setzt sein Verstand wieder ein.«

Ali Najjar hielt inne und schaute aus dem Fenster. Dorthin, wo er den Analsex präferierenden Ehemann mit der Dose Erdnüssen vermutete. Er fixierte den Punkt und sprach weiter. »Ich erinnere mich genau an diesen Moment. Als hätte es Klick gemacht; ich sah ganz klar, dass ich mich hatte gehen lassen. Ich hatte mir eine unfassbare Schwäche zugestanden. Ich hatte mir die Opferrolle zugestanden. In dem Moment des größtmöglichen Kontrollverlusts sagte mir eine innere Stimme: Es ist okay, Junge. Dieses eine Mal. Aber jetzt bist du gewaschen und hast frische Klamotten an. Ab jetzt nie wieder.« Ali Najjar löste den Blick, nahm einen tiefen Schluck, leerte sein Glas. »Alter, wir haben ja gar nichts mehr zu trinken!« Er winkte die Bedienung heran und bestellte zwei Mai Tai.

»Wie ist das Ende?«, fragte Sina, nachdem er die Geschichte rekapituliert hatte.

»Die Moral von der Geschicht: nie wieder Opfer. Und wenn ich kein Opfer sein will, muss ich Täter sein. Für Ausländer wie dich und mich gibt es nichts dazwischen. Entweder, ich passe mich an, ordne mich unter und bleibe mein Leben lang der nette, ewig dankbare Typ aus dem schlimmen Land, dem sie gnädigerweise Asyl gewährt haben und auf den sie immer ein kleines bisschen hinabschauen dürfen. Oder aber ich spiele die Rolle des erfolgreichen Arschlochs und mache mir meine eigenen Regeln. Dafür muss ich immer besser sein als die anderen. Viel besser.« Ali Najjar verzog den Mund zu einem Grinsen.

Sina lächelte. Ali Najjar hatte »Ausländer wie dich und mich« gesagt. Wärme breitete sich in Sinas Bauchraum aus und zog bis hoch in die Schultern, sein Brustkorb weitete sich, er richtete das Brustbein auf. Eher zufällig blickte er dabei die dunkelhaarige Frau an ihrem Tisch an. Sie lächelte ebenfalls und prostete ihm zu, als die Bedienung einen Mai Tai vor ihm abstellte.

»Weißt du, was mein entscheidender Vorteil ist?«, setzte Ali Najjar nach. »Ich habe nichts zu verlieren. Ich hätte eigentlich auf einem Minenfeld in die Luft gehen sollen, aber ich habe überlebt, und alles, was seitdem passiert, ist für mich Luxus. Hier sitzen, Mai Tai trinken, Frauen anbaggern – alles nice to have. Aber brauchen tue ich das alles nicht. Wenn es sein muss, packe ich morgen meine Siebensachen in eine Reisetasche und fange von vorne an. Ohne mit der Wimper zu zucken, das schwöre ich dir. Ich habe nichts zu verlieren, und wenn man nichts zu verlieren hat, kann man alles erreichen.«

»Oder alles zerstören«, wandte Sina ein.

»Ja. Für diese Option entscheiden sich die armen Trottel, die sich mit einem Sprengstoffgürtel in die Luft jagen.« Einen Moment lang schwiegen sie, als hätten sie von nahen Verwandten gesprochen und als gebiete das die Pietät. Dann redete Ali Najjar mit derselben Verve weiter: »Die Deutschen haben Angst davor, etwas zu verlieren, das ist ihr Problem. Weil sie immer alles hatten. Die scheißen sich ja schon ins Hemd, wenn es unerwartet an der Tür klingelt.

Oder die Pendlerpauschale abgeschafft werden soll. Die scheißen sich sogar ins Hemd, wenn jemand mit Charisma den Raum betritt. Was bitte sollen uns die Deutschen vom Leben erzählen?«

Er breitete die Arme aus und zeigte Sina die leeren Handflächen. Noch in dieser Geste verharrend, verschwand die Selbstsicherheit aus seinem Gesicht, als hätte er bemerkt, dass seine Worte, nachdem sie Sina zunächst aufgebaut, jetzt wieder zusammengestaucht hatten. Er wechselte das Thema, kehrte zurück an die iranisch-türkische Grenze.

»Draußen drückte mir der Typ dann die Plastiktüte in die Hand und sagte, darin seien die Papiere und andere Dinge, die ich brauchen könnte. Ich solle gut darauf aufpassen. Er traute mir nicht viel zu, das sah ich in seinem Blick. Er brachte mich zum Bus. ›Ankara‹ stand auf einem Pappschild hinter der Windschutzscheibe geschrieben. Zum Abschied haute mir der Typ auf den Hinterkopf und sagte ›Khodahafez‹, Junge. Der Bus fuhr los, und ich sah den Mann zusammen mit einem anderen Kerl am Auto lehnen. Der Deckel des Kofferraums stand noch offen. Sie rauchten. Er hatte mich bereits vergessen. Er hatte den kleinen Hosenscheißer bereits vergessen, da war ich mir sicher.«

Sina musste sich inzwischen über den Tisch lehnen, um sein Gegenüber zu verstehen.

»Ich wollte nie wieder jemand sein, den man sofort vergaß. Kein Opfer, und niemand, den man vergaß. Das war mir in jede Zelle eingeschrieben, als ich am nächsten Tag in Ankara ausstieg.«

Die Bar hatte sich gefüllt, das Stimmengewirr hatte zugenommen und der DJ die Lautstärke aufgedreht. Wenige redeten noch miteinander oder waren noch nicht betrunken genug, um loszulassen. Die meisten Körper jedoch waren geschmeidiger geworden und gerieten zunehmend in Schwung. Die Aufwärmzeit war eindeutig vorüber, die Partynacht in die nächste Phase eingetreten und der Zenit nicht mehr fern. Sina lockten die Housebeats noch nicht, obwohl er den Alkohol schon deutlich spürte. Er richtete sich auf und blickte über die Köpfe hinweg Richtung Discokugel, wo er die Tanzfläche vermutete. Ein paar Leute machten dort zu einem Remix von Diana Ross' »Upside Down« ordentlich Stimmung. Kurz musste er nachdenken, wo auf der Welt er sich gerade befand. Jede Nacht, dachte er, passierte in allen Bars und Clubs rund um den Globus das Gleiche, es war immer dieselbe Dramaturgie. Zu denselben Liedern riss die Party Crowd die Arme in die Luft, tanzten Männer Frauen von hinten an, machten beste Freundinnen die Männer mit homoerotischen Spielchen verrückt. Überall das Gleiche. München, Dubai, Bali, Tokio, Sydney, Los Angeles, London. Und jeder Einzelne hielt sich für so individuell und selbstbestimmt, dabei wurden in diesem Stück immer dieselben Rollen verteilt und alle spielten mit.

Sina wandte sich wieder Ali Najjar zu, er wollte an die Geschichte anknüpfen, er wollte etwas über den Krieg wissen, noch mehr Vertrautheit schaffen, aber Ali Najjar war in ein Gespräch mit der Blondierten neben ihm geraten. Sina rechnete damit, seinem Chef jetzt live und in Farbe beim Aufreißen zusehen zu können, und studierte die beiden. Sie wirkte eifrig. Sie hatte sich mit dem ganzen Körper in seine Richtung gedreht, gab den Blickkontakt nur gelegentlich kurz auf, um weitere Informationen über ihn zu sammeln – war er gepflegt, trug er einen Ehering oder sonstigen Schmuck, wie war die Qualität seines Anzugs sowie der Schuhe –, und fuhr mit den Fingern unentwegt am Stiel ihres Martiniglases entlang. Das verriet ihre Anspannung, während sie ansonsten locker, gelöst und amüsierwillig herüberkam. Ali Najjar schien zwar zuzuhören und die Konversation mit Beiträgen am Laufen zu halten, aber er zeigte kein großes Engagement. Interessierte sich nicht im Detail für sie. Sina fragte sich, ob das seine Masche war oder ob sie ihm nicht gefiel. Sie hob sich nicht von den anderen ab, das nicht. Es brauchte jedoch nicht viel Fantasie, um sich unter dem engen kleinen Schwarzen einen wohlproportionierten Körper vorstellen zu können. Vielleicht kamen darunter eine figurformende Strumpfhose und ein Push-up-BH zum Vorschein. Aber die Proportionen stimmten. Ihr Gesicht war symmetrisch, durchschnittlich, also irgendwie schön, auch wenn man als aufmerksamer Betrachter wusste, dass man den Lichtverhältnissen und viel Make-up aufsaß. Diese Frau unterschied sich so sehr von den Frauen, die Sina sonst umgaben. Von Frauen wie Katharina. Katharina.

Hatte er jemals, seitdem sie ein Paar waren, so lange Zeit am Stück nicht an sie gedacht? Phasen des Schlafes ausgenommen vermutlich nicht. Wie sich ihre Schulterblätter zur Musik bewegt hatten, das war ihm zuallererst an ihr aufgefallen, damals in der fiesen Bar, in der sie gegen vier Uhr morgens mit ihrem Junggesellinnen- und Junggesellenabschied gelandet waren. Sina hatte in der Jukebox »Teardrops« von Womack & Womack ausgewählt und noch eine Weile nach weiteren Hits gesucht, und als er sich wieder umdrehte, sah er Katharina von hinten. Alleine tanzend mitten in der Bar mit dem Boden, der vor lauter verschüttetem Bier klebte. Niemand beachtete sie, alle waren völlig betrunken, alle unterhielten sich angeregt mit sich selbst in dem Glauben, sie unterhielten sich angeregt mit jemand anders. Sie trug ein blaues Kleid, das einen nennenswerten Teil ihres Rückens preisgab. Sie bewegte sich beeindruckend minimalistisch. Lediglich ihre Hüften und Schultern regten sich und ließen ihren ganzen Körper schwingen. Sina betrachtete das Spiel ihrer Rückenmuskulatur. Seine Kumpels hatten sich schon oft darüber lustig gemacht, auf was er an Frauen abfuhr, dass es nicht die Primärreize waren, auf die er ansprang. Er selbst fand das nicht, auch er stand auf schöne Formen und gute Proportionen, auch er konnte sich daran nicht sattsehen. Es konnte sich aber auch ebenso gut um Schlüsselbeine handeln. Oder um Katharinas Rücken.

Das Lied blendete aus, er setzte sich neben sie an die Bar und stellte fest, dass sie ihm vorne ebenfalls gefiel. Sie teilten ihre Erinnerungen an Womack & Womack, Sina brachte sie mit seinen Geschichten von ersten Engtanzpartys zum Lachen. Wie sich dabei ihre volle Oberlippe über die großen Schneidezähne schob, das betörte ihn. Das passierte nur, wenn sie maximal lachte, aus vollem Herzen, nur dann überwand die Lippe einen gewissen Punkt, einen Point of no return, und legte die weißen Zähne komplett frei. Große, eckige, weiße Schneidezähne. Er hatte sie lange nicht mehr gesehen.

Er war witzig gewesen an diesem Abend, an dem sie sich kennengelernt hatten. Er war der Halbperser und Designer mit den schönen Locken. Katharina war großzügig, verschwenderisch mit ihrem Interesse, frei von Urteilsbedürfnis. Sie war die Tochter aus gutem Haus, die, bei aller Rebellion, an den hohen Ansprüchen festhielt.

Der Bräutigam, Sinas Freund Christian, kotzte später in den Schirmständer, die Braut, Katharinas beste Freundin

Anni, die beiden waren inzwischen geschieden, rammte der Bedienung ihren Ellenbogen ins Auge, als sie bei Sonnenaufgang zu Neuer Deutscher Welle tanzten, ausgerechnet, als sie zu »Blaue Augen« gepogt hatten.

Sina lachte laut auf, als ihm die Szene wieder einfiel. Ali Najjar deutete mit dem Kinn auf ihn, wie ein Gangsta-Rapper, »Alles okay bei dir?«, schien er so zu fragen, aber Sina reagierte nicht.

Dieser witzige Zufall mit dem Ellenbogen und dem Lied, das war ihnen erst am nächsten Morgen beim Frühstück im Café aufgefallen. Sie hatte bei ihm übernachtet – ja, so spontan war sie gewesen –, allerdings ging bereits die Sonne auf, als sie auf seinem Bett landeten, heftig knutschten und kurze Zeit später ebenso heftig einschliefen, bis ihnen die Sonne ins Gesicht schien und sie weckte. Sie frühstückten in seinem Lieblingscafé um die Ecke und Katharina hatte, obwohl sie die Wimperntusche mit seiner Seife nicht herunterbekommen und diese sich wie graue Schatten um ihre Augen gelegt hatte, ihn sehr lebendig angesehen und Dinge hochgehalten. Den Salzstreuer, das Messer, den Aschenbecher. »Wie betrachtest du diesen Gegenstand«, hatte sie gefragt, »und diesen und diesen? Ich will wissen, wie ein Produktdesigner die Welt sieht. Ich frage mich immer, ob eigentlich alles ganz anders aussehen könnte und ob wir dann andere Menschen wären, andere Beziehungen führen würden, andere Träume hätten. Und dann versuche ich, mir vorzustellen, auf welche Weise unsere Welt anders gestaltet sein könnte, aber ich schaffe es nicht. Offenbar habe ich nicht genug Fantasie dafür.« Die Worte sprudelten aus ihr heraus.

»Ich bin auch keiner von diesen Revolutionären«, hatte er geantwortet, »im Alltag fallen mir eher Details wie Fugen und Nähte und Aufhängungen auf. Also eher Übergänge. Besonders gut oder besonders schlecht gemachte. Oder einfach besonders schöne Dinge.« Dabei hatte er an ihren Rücken gedacht.

»Also wenn wir einmal heiraten und Kinder kriegen und zusammen alt werden, wirst du immer dafür sorgen, dass wir es schön haben«, sagte sie. Sie lachte auf die spezielle Weise enthemmt, wie man es nur übermüdet und mit reichlich Restalkohol im Blut tat.

Ihm fielen die ganzen unfertigen Dinge in der Wohnung ein, die sie vor zwei Jahren mit dem Geld ihrer Eltern gekauft hatten und an denen sie täglich seufzend vorbeiging. Die Bilderrahmen und Bücher, die alle entlang der Wand auf dem Boden standen. Er hatte anfangs angekündigt, sich um Regalsysteme zu kümmern, sie aussuchen und bestellen zu wollen. Er hatte auch mehrmals damit begonnen. In Katalogen geblättert, sich durch Instagram geklickt. Doch wenn er die glatten, schönen Oberflächen in durchgestylter Umgebung sah, verlor er regelmäßig die Lust, mehr noch, etwas daran stieß ihn ab. Katharina fragte anfangs mit großer Neugierde nach, aber irgendwann ließ sie es bleiben. Er hatte sie enttäuscht. Das Versprechen, dass sie es immer schön haben würden, gebrochen. Er brachte es nicht einmal zustande, die Luft aus der Gummiinsel zu lassen und sie in den Keller zu bringen. Er hatte die Bedeutung ihrer Aussage damals im Frühstückscafé unterschätzt, und er hatte sie enttäuscht.

Sina entgegnete ihr damals, erleichtert darüber, dass ihm etwas Schlagfertiges eingefallen war: »Zumindest die Übergänge dürften passen.«

Sie hatten auch gepasst, dafür hatte er, immerhin, gesorgt. Zusammenziehen, heiraten, Kind kriegen, alles fugenlos, wie aus einem Guss. Aber nun, so kam es ihm vor, wusste er nicht, in was er übergehen sollte. In einen Tango- oder Tantrakurs? Ihm schauderte bei dem Gedanken daran.

Sina blendete alles um sich herum für einen Moment aus. Ali Najjar und die Blondine, die Stimmen, die Lacher, die Beats. Er blickte hinaus auf die unzähligen Lichter. Dubai, hatte er auf einem alten Foto gesehen, war in den siebziger Jahren ein paar Häuser in der Wüste gewesen. Alles, was heute war, hatte sich aus diesem Anfang gebildet. Aus ein paar Häusern, wenigen Sätzen. Katharina und er, sie mussten zurück zum Anfang und diesen Sätzen, die bereits alles enthalten hatten. Angetrunken wie er war, erschien ihm dieser Gedanke wie eine Offenbarung.

Er tastete vergeblich nach seinem Handy in der Hosentasche und ärgerte sich, dass er es nicht eingesteckt hatte, er hätte diese Erkenntnis in diesem Moment gerne mit Katharina geteilt.

Stattdessen trank er das Glas in einem Schluck leer, stand auf, wobei er fast den Barhocker umgeschmissen hätte, und schlängelte sich an den Grüppchen vorbei auf die Tanzfläche, die sich gerade wieder leerte. Der DJ spielte einen Remix von »So weit wie noch nie«, doch Sina wunderte nichts mehr. Er tanzte enthemmter als sonst, kaum einen halben Meter von der Fensterfront entfernt, zu seinen Füßen die Skyline und die Lichter, die Lichter von Millionen Hotelzimmern, Großraumbüros und Tresorräumen. Gemeinsam sind wir alle eine gigantische Discokugel, dachte er. Ali Najjar tauchte ebenfalls auf der Tanzfläche auf, die drei Frauen im Schlepptau. Er tanzte gut. Er schwang die Hüften, sodass jeder in der Nähe unweigerlich dasselbe tat. Noch bemerkenswerter fand Sina allerdings Ali Najjars Mimik. Er passte seinen Gesichtsausdruck seinen Tanzeinlagen an. Er schaute erstaunt, ernst, amüsiert, wie ein Slapstick-Star. Sina bekam jedes Mal einen Lachkrampf, wenn er ihn ansah.

Er kriegte gar nicht mit, dass sich ihm die Schwarzhaarige mit dem Bob näherte.

»Du bist auch Iraner«, schrie sie in sein Ohr.

Wie immer, wenn ihm jemand diese Frage stellte, fühlte er sich wie ein Hochstapler. Dennoch nickte er, entschleunigte seinen Körper.

»Dann bist du auch Schiit.«

Er zögerte, machte eine Kopfbewegung, die »teils, teils« ausdrücken sollte. So weit hatte das Interesse seines Gegenübers noch nie gereicht.

»Ich bin Libanesin«, schrie sie weiter, »Schiiten haben so eine starke Spiritualität.«

Sina wusste nicht, was er dazu sagen sollte. Sein Vater war Monarchist. Er selbst hatte in seinen Zwanzigern zwar ein paar Bücher über den Iran gelesen und sich Wissen angeeignet. Aber er spürte nichts.

Er wollte sie nicht allzu offensichtlich abblitzen lassen und da ihr Religion offenbar etwas bedeutete, fragte er zurück, bemüht, die Worte auf Englisch sauber auszusprechen:

»Und was bist du?«

»Christlich-Orthodox.« Sie sah ihn erwartungsvoll an.

»Ich war schon mal im Libanon«, sagte er.

»Ehrlich? Hat es dir gefallen?«

»Ich habe es geliebt.«

»Wirklich? Was hast du geliebt?«, schrie sie ein wenig zu laut in sein Ohr. Sina wich zurück, sie entschuldigte sich mit einer Handgeste.

Er dachte nach, Ali Najjar beim Tanzen betrachtend. Es

war so lange her. Es war eine der ersten Reisen gewesen, die Katharina und er unternommen hatten. Balbek hatte ihn umgehauen. Beirut, die Stimmung an der Corniche bei Sonnenuntergang. Ashrafieh. Sex mit Katharina in einem Hotel, das in einem alten Leuchtturm im Süden des Landes untergebracht war. Das Meer zu ihren Füßen. Er hatte das Rauschen durch das offene Fenster gehört und bei Sonnenaufgang den Muezzin.

»Im Libanon gehört alles zusammen. Im Guten wie im Schlechten. Moslems und Christen. Trauer und Freude. Krieg und Frieden. Das Leben dort ist konzentrierter. Das habe ich geliebt.« Auch Katharina und er waren sich auf dieser Reise sehr nah gewesen.

Sie winkte ab. »Das Gerede kenne ich. Ihr, die ihr im Westen aufgewachsen seid, findet es alle aufregend, hemmungslos Nächte in Clubs durchzumachen und dann an Häusern mit Einschusslöchern vorbei zurück ins Hotel zu fahren. Das gibt euch irgendetwas.«

Sina sah sie verunsichert an. Hatte er sie richtig verstanden? Katharina und er waren in keinem einzigen Club gewesen.

Er lächelte, deutete auf seine Ohren, zuckte mit den Schultern und bewegte sich zu einer housigen Frauenstimme in die Mitte der Tanzfläche, wo Ali Najjar gerade limboähnliche Bewegungen machte. Sina spreizte Zeige- und Mittelfinger erst vor seinen Lippen, dann ließ er sie wie Beine in der Luft hinausspazieren.

Wenige Minuten später standen sie im Aufzug und schwiegen. Zu Sinas Überraschung waren sie gegangen, ohne sich von den Frauen zu verabschieden. Sina hätte noch bleiben können, aber mit Gehen war er auch einverstanden gewesen. Es war ihm gleich, fiel ihm auf, wo er sich mit Ali Najjar aufhielt. Ali Najjar strahlte so stark, dass alles drum herum verblich.

»Wie geht es jetzt weiter?«, fragte er ihn, nachdem sie sich draußen vor dem Hotel ihre Zigaretten angezündet hatten.

»Mit dem Universum oder mit uns beiden?«

»Mit uns dreien.«

»Du triffst ihn morgen, am frühen Abend.«

»Warum das ganze Theater? Warum ich?«

»Ich kann bei der ganzen Sache nichts gewinnen. Und dir macht das Theater doch Spaß, oder warum bist du sonst mitgekommen?« Ali Najjar sah ihn direkt an. Sina hielt dem Blick nicht stand und betrachtete seine Zigarette.

»Du könntest ihn kennenlernen.«

»Interessiert mich nicht.« Ali Najjar drückte die Zigarette aus, obwohl er noch ein paar Mal daran hätte ziehen können, dann signalisierte er dem Portier, dass sie ein Taxi brauchten.

Auf der Rückbank sitzend schwiegen sie einander an. Auch darüber, dass Ali Najjar die Fahrt bezahlte, verständigten sie sich wortlos, ebenso stiegen sie in den Aufzug, den Sina im zweiten Stock verließ. Er blieb stehen, bis sich die Tür zuschob, schickte ein »Tschö mit Ö« durch den letzten Spalt und hörte durch die geschlossene Tür ein »Ciao mit Au«. Er ging in die falsche Richtung, verlief sich in den Fluren, fand zufällig die richtige Tür, tigerte eine Weile durch sein Zimmer, schickte Katharina die Nachricht »Wir müssen zurück zum Urknall«, trank die Minibar leer, aß auch die Tafel Nussschokolade auf und schlief im Morgengrauen vor dem Fernseher ein.

NA, SIEHST EIN WENIG ZERSTÖRT AUS. Bestell dir mal einen Kaffee, die Frühstückszeit ist gleich rum.«

...

»Oh shit, den Geburtstag deiner Tochter? Das wird sie dir ewig übelnehmen.«

...

»Ist aber so, sorry. Wie alt ist sie denn geworden?«

...

»Und, schlau?«

...

»Gut in der Schule?«

...

»Ich? Geht so. Mathe fiel mir leicht, Physik und Englisch auch, Kunst sowieso. Deutsch – ging so, da haben sie bei mir immer ein Auge zugedrückt. Ich habe ja erst mit vierzehn Deutsch gelernt, zwar recht schnell. Aber *der* Türgriff, *die* Türklinke, bitte, wie soll man so was checken, wenn man das nicht von klein auf eingehämmert bekommt. Na ja, und auf gewisse Dinge hatte ich einfach keinen Bock. Ethik, Sozialkunde, Erdkunde hat mich alles nicht interessiert. Aber ich hatte Glück, der Lehrer, Herr Bunsen hieß er, mit dem hatte ich einen Deal. Er ließ mich während des Unterrichts in Ruhe, und ich präsentierte ihm gelegentlich ein paar Entwürfe.«

...

»Ach, alles Mögliche. Zum Beispiel eine Einrichtung für Iraner im Ausland, die mal orientalisch auf dem Perserteppich mit Polster im Rücken sitzen möchten, mal westlich, mit Tisch und Stuhl. Ich habe eine Esstischgruppe erfunden, die man zusammenfalten und an die Wand hängen konnte, und die dann aussah wie moderne Kunst.«

…

»Stimmt, ich mag Dinge an Wänden. Oder an der Decke. Hauptsache, sie stehen oder liegen nicht im Weg herum. Ich mag freie Bodenfläche. Das ist vermutlich meine iranische Kindheit. Als ich dann älter war und mich schon mit Design beschäftigte, versuchte ich mich an so Sachen wie einem Samowar. Klare Formen, wie bei Dieter Rams.«

…

»Ja, das sah auch merkwürdig aus. Wie ein weißer Silo. Der Gedanke, daraus Tee serviert zu bekommen, befremdete mich total. In meiner Vorstellung schmeckte der Tee nach nichts. Mich kotzt dieser universelle Anspruch von Leuten wie Rams an.«

…

»Haha, genau. Während andere ihn ihr ganzes Studium lang vergötterten, hatte ich Rams für mich ziemlich schnell abgehakt. Viel zu willfährig. Wie übrigens deine Thermoskannen. Aber lassen wir das jetzt. Angefangen habe ich mit ziemlich viel Quatsch. Eines meiner frühen Werke war ein Add-On fürs Auto, das Menschen, die unerlaubt den Kofferraum öffnen, Säure ins Gesicht spritzt. Das hat Herrn Bunsen höllisch interessiert. Er war in seiner Studentenzeit vermutlich mal so ein Steinewerfer, so ein Möchtegern-Revoluzzer gewesen. Ganz schockiert war er natürlich über meinen allerersten Entwurf für eine Fabrik, die Mullahs und Revolutionswächter tötet und zerstückelt und am Ende zu Hundefutter verarbeitet in kleinen Dosen vom Band rollen ließ. Inklusive Wiederverwertungsanlage für den Ausschuss und allem möglichen Schnickschnack. Das war schon ziemlich detailliert. Ich hielt das für originell, von Auschwitz wusste ich ja noch nichts. Den Entwurf entdeckte Herr Bunsen zufällig, als er durch die Reihen ging, frustriert, weil alle vor sich hindösten. Er befahl mir, nach dem Unterricht zu ihm zu kommen. Erst durfte ich mir anhören, wie unbeteiligt ich sei, komplett abwesend, dass er mir mündlich eine Fünf würde geben müssen und so weiter. Dann bat er darum, meine Zeichnung sehen zu dürfen. Ich gab sie ihm. Er wollte, dass ich sie ihm erkläre. Ich tat es. Anschließend schaute er mich mit riesigen Augen an. Riesigen Augen, sie sprengten beinah die Gläser seiner randlosen Brille. ›Ali, wie kommst du denn auf so was?‹, fragte er mich. Ich erzählte ihm vom Krieg im Iran und von den Jungs aus unserer Schule, die schon im Krieg gefallen waren. Ich erzählte ihm, wie die Schüler zwei Klassen über mir in den Bus gestiegen waren. Als führen sie ins Schullandheim. Wir Jüngeren verabschiedeten sie. Ich beneidete und bewunderte die Jungs in ihren Uniformen, obwohl meine Mutter mir tagtäglich den Kopf wusch, um mich von der Kriegspropaganda der Lehrer reinzuhalten. Einer von den Älteren hatte vorher in großer Runde verkündet, all seine Sünden wären mit diesem Schritt vergeben. Ein anderer, Majid hieß er, wohnte im Nachbarhaus. Er besuchte mich manchmal nach der Schule, ein schmächtiger Junge, immer ein wenig kurzatmig. Spielte auch nie Fußball mit uns. Er hatte mir ein paar Tage zuvor zugeflüstert, er fürchte sich vor nichts, ehrlich, nicht vor den Irakern, nicht vor Granaten, nicht vor dem Schmerz, nur vor der Atemnot. Als er einstieg und mir noch einmal zuwinkte, meinte ich zu sehen, dass er sich fürchtete. Er blickte mit den großen Augen in seinem hageren Gesicht unentwegt um sich, als könne jederzeit alles passieren, und das stimmte vermutlich auch. Ich war nicht sicher, ob ich seine Furcht erkannte, weil ich von ihr wusste, oder ob er der Einzige war, der sich fürchtete. Meine Mutter hatte an diesem Tag etwas früher als sonst vor dem Schultor gestanden. Wir schauten gemeinsam zu, wie die Familien ihre Söhne verabschiedeten. Das heißt, meine Mutter wandte sich immer wieder ab. Sie hielt es nicht aus. Manche Eltern bemühten sich, zuversichtlich zu wirken. Eine Mutter wiederholte gebetsmühlenartig den Satz ›Du bist ein Instrument Gottes, er ist allmächtig, alles, was Gott will, wird geschehen‹. Manche wischten sich verstohlen Tränen aus dem Gesicht, möglichst unauffällig. Die Pasdaran beobachteten alles ganz genau. Ein Mullah jaulte immer wieder Dinge wie ›Solange ihr den Glauben im Herzen traget, werdet ihr siegen‹. Ein paar Väter und Mütter versuchten, die Unerträglichkeit des Ganzen mit praktischen Tipps zu überspielen. Eine Frau ermahnte ihren Sohn, möglichst viel Obst zu essen. Obst! Das war ein Schauspiel, ich sage es dir. Das müsste man Schauspielschülern mal als Aufnahmetest geben, die sollen mal Mütter und Väter in solch einer Situation spielen. Das kann man nämlich gar nicht spielen, weil das in der Realität schon übelst gespielt ist. Ich wette, die meisten würden hysterisch lachen, das ist doch immer so in deutschen Theatern, wenn der Dramatiker im Text nicht mehr weiterweiß, oder wenn es droht, zu existenziell zu werden, müssen sich alle in so ein hysterisches Lachen hineinsteigern. O Mann, wie ich dieses Lachen hasse, ich kann es dir gar nicht sagen, für mich ist es der Inbegriff alles Deutschen: schlecht gespieltes, hysterisches Theaterlachen.

Je länger dieses Schauspiel dauerte, desto mehr versteinerte die Miene meiner Mutter. Nachdem alle noch einmal den Koran geküsst hatten und bevor sich die Tür des Busses schloss, rief einer der Pasdaran zu uns anderen Schülern heraus: ›Ihr werdet die Nächsten sein, denen unser geliebter Imam die Chance schenkt, gegen den Teufel in den Krieg zu ziehen. Inshallah.‹ Der Bus fuhr los, verließ das Schulgelände und bog um die Ecke. Da erst schrie ein Vater auf und begann, sich selbst auf den Kopf zu schlagen. Und die Mutter mit dem Obst schluchzte laut und hämmerte sich gegen die Brust. Eine andere Mutter sackte zusammen und musste von ihren Töchtern gehalten werden. Aus ihrem Mund drang kein einziger Laut, aber ihr Gesicht war total verzerrt.

Meine Mutter fing an, die Leute zu beschimpfen. Weshalb sie alle herumgestanden seien und dabei zugesehen hätten, wie ihre Kinder zur Schlachtbank geführt würden, was in sie gefahren sei, ob sie dermaßen verblendet oder bloß feige oder scharf auf den Märtyrerbonus wären, dass sie sich auflehnen müssten, alle gemeinsam. Niemand schien ihr zuzuhören, alle schienen von ihrer Trauer überwältigt und mit sich beschäftigt, aber trotzdem gelangten die Worte meiner Mutter an ihr Ziel, in die Herzen, oder vermutlich waren diese Worte schon längst dort gewesen, aber nie gehört worden. Jedenfalls reagierten die Eltern auf meine Mutter, sie schluchzten noch lauter, hauten sich selbst noch gnadenloser. Sie fachte die Trauer an, so wie es die Prediger bei der Aschura machen, bis sich alle blutig schlagen. Und dann, mitten in ihrer Tirade, blieb ihr Blick an einem Punkt hängen. Sie verstummte mit einem Schlag. Ich folgte ihrem Blick. Der Schuldirektor stand im ersten Stock am offenen Fenster mit einem Glas Tee in der Hand. Er lächelte. Es gibt so ein Lächeln, das kenne ich nur von iranischen Revolutionsgardisten. Es sagt: Wenn wir uns das nächste Mal begegnen, dann trägst du eine Schlinge um den Hals. Weil, egal, was du tust, ich werde dich in deiner Skrupellosigkeit überbieten. Das Blut gefriert einem in den Adern, ich schwöre es dir.

Meine Mutter packte mich am Oberarm und zerrte mich fort.

Das war mein letzter Schultag.

...

Nein, ganz so ausführlich erzählte ich das Herrn Bunsen natürlich nicht. Ich war ja noch nicht lange in Deutschland, mein Deutsch hätte dafür gar nicht ausgereicht.

...

Er legte mir eine Hand auf die Schulter und beugte sich zu mir. Er kam mir so nah, ich sah die braunen Ränder an seinen Zähnen und roch den Kaffeeatem. Er trug immer denselben Pullover, so ein Strickding in allen möglichen Schlammfarben mit hohem Polyacrylanteil. Gibt es so Lehrer heute noch? Herr Bunsen muffelte jedenfalls immer ganz leicht nach Schweiß, Kaffee und Zigaretten. Er sprach sehr langsam und erklärte mir, dass er mich von nun an in Ruhe ließe, damit ich meine Erfindungen zeichne könne. Er wünschte sich Erfindungen, fügte er hinzu, die dem Menschen wirklich dienlich seien. Ich war sehr froh, als er die Hand von meiner Schulter nahm und ich einen Schritt zurücktreten konnte.

Danach ließ er mich tatsächlich jede Stunde unbehelligt zeichnen. Am Ende des Schuljahres gab er mir dann mündlich in allen drei Fächern eine Zwei. Einer aus meiner Klasse beschwerte sich. ›Nichts gegen Ali, aber ich habe ihn kein einziges Mal etwas sagen hören.‹ Herr Bunsen erhob sich von seinem Stuhl am Lehrerpult und sagte: ›Der Ali war im

Krieg und ist über die Berge nach Deutschland geflüchtet, er weiß mehr über Ethik, Sozialkunde und Geografie, als wir alle zusammen.‹ Die ganze Klasse drehte sich zu mir um. Alle sahen mich an. Die Mädchen sahen mich das erste Mal überhaupt an, glaube ich. Diese Mischung aus Respekt, Bewunderung, Furcht, Neugier, die war unglaublich. Erst schüchterten mich die Blicke ein. Mir wurde heiß, kalt, meine Haut glühte. Bis zu diesem Tag hatte ich mich an die Ratschläge meiner Mutter gehalten und versucht, nicht aufzufallen. Die Kinder in meiner Schule waren nicht doof zu mir, aber sie hielten Abstand. Die signalisierten mir ganz klar: Du gehörst nicht dazu. Doch dann, während da alle so verdreht auf ihren Stühlen saßen und mich musterten, merkte ich, wie sich etwas veränderte. In mir oder an mir. Als wüchse mir eine neue Haut. Eine neue Membran zwischen der Umwelt und mir. Daran, dass alle Abstand hielten, änderte sich nichts, aber jetzt gebot ihnen die Ehrfurcht Abstand. Zugleich schien es ein lohnenswertes Wagnis, sich mir zu nähern. Sie wagten das anfangs nur, wenn sie mit mir alleine waren. Auf dem Schulweg oder nach dem Pausenklingeln, wenn die meisten schon hinausgegangen waren. Sie suchten alle nach Gelegenheiten, mit mir allein zu sein, und manche fragten mich dann nach dem Krieg. Ganz behutsam, als würde ich bei einem falschen Wort zu bluten beginnen. Ich erzählte ihnen, was sie hören wollten, aber die Stille, die jedes Mal daraufhin entstand, hielt ich nicht aus. Ich ging dazu über, nur gewisse Details zu erzählen. Unblutige Details, lässig aufeinander abgestimmt. Ich erzählte, dass ich im Sportunterricht gelernt hatte, eine Kalaschnikow auseinanderzunehmen und wieder zusammenzusetzen. Ich wusste natürlich, wie ich das sagen musste, damit es sie nicht ängstigte. Ich designte ihnen quasi einen Krieg. Da war die Stimmung gleich viel besser. Meistens wurde ich danach auf eine Party eingeladen. Ja, so war das. *Ja, so hatte es angefangen.*

…

»Das fragen mich die Leute eigentlich nur, wenn sie betrunken sind. Die Frage ist immer da, ich sehe sie in den Augen meiner Gesprächspartner flackern. Aber aussprechen tun sie sie erst, wenn sie schon ein paar gehoben haben. Hast du dir schon einen an deiner Minibar genehmigt oder was? «

…

»War nur ein Witz.«

…

»Ja, mach, sie räumen schon ab.«

»Baked beans, very British. Also heute dann 18 Uhr. Abfahrt hier um 17.30 Uhr. Ich komme dieses Mal nicht mit.«

…

»Wird er. Er weiß, es ist seine letzte Chance. Was machst du heute?«

…

»Das ist der totale Overkill. Aber dort findest du bestimmt etwas, mit dem du dir das Herz deiner Tochter zurückkaufen kannst.«

…

»Mails beantworten. Mein Postfach läuft über. Vielleicht springe ich mal in den Pool. Also, mach's gut.«

»Sina, warte. Bringst du mir ein Puzzle mit, mindestens 1000 Teile, besser 2000 oder 3000, Dubai bei Nacht oder bei Tag oder mit Regenbogen? Für meinen Sohn. Hier, das sollte reichen. Danke.«

Die Bohnen lagen ihm im Magen. Er hatte zu viele davon gegessen, und zu viel Omelett und Müsli obendrein. Das hatte er von seiner Mutter. »Iss dich ordentlich satt, dann sparen wir uns das Mittagessen«, hatte sie ihm jeden Morgen am Frühstücksbuffet zugeraunt, wenn sie verreist waren. Dreimal Halbpension Costa del Sol, zweimal Kreta. Und sie hatten auch stets sehr viel Energie darauf verwendet, Schokohörnchen, Bananen und Käsebrötchen in ihren Taschen aus dem Frühstücksraum hinauszuschmuggeln. Das, wenigstens, hatte er sich abgewöhnen können.

Er stellte seinen Rucksack wieder ab und ließ sich aufs Bett fallen. Die Schuhe behielt er an, er wollte sich nur eine kurze Verdauungspause gönnen. Er griff nach seinem Handy auf dem Nachttisch und schaltete es ein. Vier neue Nachrichten von Katharina leuchteten auf und eine Bilddatei. Erst »Bitte sag mir, wo du bist, sonst gehe ich morgen zur Polizei!« und an dritter Stelle »Ich brauche dich jetzt!!!«. Dazwischen eine sehr lange Nachricht. Sina las sie zweimal. Legte das Handy auf seiner Brust ab. Las sie ein drittes Mal. Binnen Sekunden setzten sich die vergangenen Jahre ihrer Beziehung zu einem vollständigen Bild zusammen. Nur diese eine Information hatte ihm gefehlt. Nein, hatte sie nicht, gestand er sich ein. Sie hatte schon die ganze Zeit in der Luft, in ihrer Wohnung herumgewabert, aber er hatte sie verscheucht, wenn sie ihm zu nahe gekommen war. Die Information. In schuhkartonähnlichen Neubauwohnungen schwirrte sie einem vermutlich schneller vor der Nase herum, zumal die meist komplett vollgestellt waren, mit Wohnwänden und riesigen Flatscreens. Dort ließen sich derartige Informationen nicht so leicht ignorieren, den Bewohnern blieb so wenig Platz zum Ausweichen. In Altbauwohnungen konnten sie immer besonders lange herumwabern, bevorzugt stiegen sie wie warme Luft auf und klebten unter der Zimmerdecke, die so weit weg war, so weit oben. Wie in ihrer großzügigen, spärlich eingerichteten Wohnung im Glockenbachviertel mit drei Meter fünfzig Raumhöhe.

Sina tippte ein paar Wörter in die Nachrichtenzeile, löschte sie aber gleich wieder. Er blickte an die Decke und sah Anahita vor sich, wie sie auf Katharinas Schoß saß und sich bereitwillig darüber hinwegtrösten ließ, dass ihr Vater an ihrem Geburtstag nicht da sein würde. Wer waren die beiden? Wer waren sie drei? In welcher Beziehung standen sie zueinander, würden sie in Zukunft zueinanderstehen? Welches Band hielt sie zusammen, wenn sie täglich ausschwirrten, in die Schule, in die Uni, ins Büro, und Dinge erlebten, die sie nicht miteinander teilen konnten, theoretisch vielleicht schon, aber praktisch nicht? Freudiges, ja auch, aber vor allem Aufwühlendes, Bedrückendes, Verletzendes, das sich wie eine unsichtbare, im besten Falle schützende Schicht um sie herumlegte, sie formte und prägte, ohne dass sie etwas voneinander mitbekamen? Doch schon, sie bekamen etwas voneinander mit, aber erst am Ende, als dicke Schlussrechnung, wenn es vermutlich schon zu spät war. Voilà, deine Frau liebt einen anderen und deine Tochter ist essgestört. Bezahlung sofort und in bar, Kartenzahlung nicht möglich.

Er las die Nachricht noch einmal. Er schluckte. Er hoffte, dass es sich um eine Zwischenbilanz handelte.

WhatsApp hatte das Bild heruntergeladen. Es zeigte einen Schneewittchensarg. Er stand auf ihrem Küchentisch.

»Den hatte ich dir eigentlich zu Weihnachten schenken wollen«, hatte Katharina dazugeschrieben, »aber er ist gestern erst angekommen.«

Ein Schneewittchensarg. Vor ungefähr zehn Jahren hatte er einmal mit dem Gedanken gespielt, sich einen zu leisten. Es war ihm dann doch zu klischeemäßig erschienen. Sina zoomte den Plattenspieler heran. Er schien gut erhalten. Der Tonarm war aus Aluminium und gebogen, das musste das letzte Modell aus der Phonosuper-SK-Reihe sein. Die ersten Modelle gefielen ihm besser, Braun hatte sie noch mit einem weißen, geraden Tonarm versehen. Aber egal, dafür musste Katharina mindestens sechshundert Euro ausgegeben haben. Dabei besaß er nur zwei Platten, er konnte also abwechselnd »Der gestiefelte Kater« und die Beatles hören.

Er hatte ihr zu Weihnachten die Opernkarten geschenkt. Er hatte keine Freude in ihren Augen gesehen. Er hatte sich nicht gewundert, er hatte sich daran gewöhnt, keine Freude in ihren Augen zu sehen. Dann waren sie in die Oper gegangen, sie ihm zuliebe, dabei hatte sie den Abend anders verbringen wollen. Das war ihr Weihnachtsgeschenk gewesen, neben ihm in der Oper sitzen und verheimlichen, dass sie lieber woanders wäre. Er hatte sich noch Hoffnungen auf Sex gemacht. Als verstünde er erst jetzt den Inhalt ihrer Nachricht, überkamen ihn die Tränen und er schluchzte laut auf. Er sehnte sich mit einem Mal unbändig nach Anahita. Wann hatte er sie das letzte Mal in den Arm genommen? Vor zwei Tagen, morgens, sie hatte allerdings ihre Schultasche schon auf dem Rücken gehabt und einen weiteren Rucksack unterm Arm getragen für den Fall, dass sie bei ihrer Freundin übernachten musste. Wo hatte sie letztlich übernachtet? Er wusste es nicht. Sie war so beladen gewesen, er hatte nur ihre Arme drücken und die Tasche tätscheln können, es war keine echte Umarmung gewesen, nur eine halbe, umständliche, formale, außerdem war er in Gedanken bereits mit dem bevorstehenden Akt, dem Haare abrasieren, beschäftigt gewesen. Und gestern hatte er ihren Geburtstag vergessen. Die nächste Tränenwelle rollte heran. Er drehte sich auf den Bauch und weinte in sein Kissen. Er weinte heftig, ohne sich zurückzuhalten. Als Kind hatte er sich manchmal danach gesehnt, so zu weinen, es aber nie gekonnt. Er hatte sich davor gefürchtet, von seiner Mutter dabei überrascht zu werden, so wie er sie zwei, drei Mal beim Weinen überrascht hatte. Nur einer in der Familie darf so weinen, hatte er gedacht, andernfalls bricht alles zusammen. Jetzt war er derjenige, und er hatte keinen blassen Schimmer, welche Gefühle sich in seiner Frau und seiner Tochter in diesem Moment regten. So ging es schon seit Jahren, aber er musste sich erst den Schädel rasieren und nach Dubai fliegen, um das zu verstehen.

Aber Katharina sorgte sich um ihn, beruhigte er sich, er war ihr nicht egal. Sie wolle reden, hatte sie geschrieben. Sie hatte sich an damals erinnert und ihm einen Schneewittchensarg bestellt, dafür hatte sie sicherlich mehrere Wochen recherchiert und Angebote verschiedener Händler eingeholt. Sie hatte sich an ihn als Designer erinnert, den sie kennengelernt hatte. Sie hatte sich sicherlich ans Kennenlernen erinnert, an Womack & Womack, an den Salzstreuer. An das Tandem.

Das Tandem hatten sie bei einem ihrer ersten Dates beim Sperrmüll gefunden. Es hatte halb unter einer alten Matratze gelegen und noch einwandfrei funktioniert, sogar die Lichter gingen an. Sie hatten es sogleich bestiegen, ohne

Zögern oder Zaudern, und waren mit dem Enthusiasmus Frischverliebter in die verrosteten Pedale getreten. Sie waren den ganzen Abend damit durch die Stadt gefahren, von Bar zu Bar, und hatten die Blicke der Hipster genossen; die Idee, auf einem Achtziger-Jahre-Tandem die Nacht zu erobern, war ihnen noch nicht gekommen. Dabei erwies es sich als das perfekte Gefährt. Katharina übernahm die Führung, Sina saß hinten, trank aus einer Flasche Bier und ließ Biergärten und Cafés an sich vorbeiziehen, Lampions, Gelächter, übereinandergeschlagene Beine. Manchmal hörte er auf zu treten, um zu sehen, wie sie sich mehr anstrengen musste, wie ihre Rückenmuskulatur stärker zu arbeiten begann und sich die gebräunte Haut wellenartig auf und ab bewegte, er musste an Sanddünen in der Wüste denken und an die Motorhaube des Jaguars E-Type. Er nahm gleich einen weiteren tiefen Schluck aus seiner Bierflasche. Wie geschmeidig ihr Körper arbeitete, Muskel und Gelenke ineinandergriffen, es war unglaublich, dachte er, ebenso wie die Tatsache, dass sie unter einem Haufen alter Möbel dieses voll funktionstüchtige Tandem gefunden hatten. Dass Katharina sich an diesem Abend, als sie vor ihrem Kleiderschrank gestanden und überlegt hatte, was sie anziehen sollte, wieder für ein rückenfreies Kleid entschieden hatte.

Heute wusste er, dass sie fast nur rückenfreie Kleider trug. Im Grunde ihres Herzens war sie treu.

Es war noch nichts verloren. Er hörte auf zu weinen, aber die Anspannung blieb.

Er stand auf, ging ins Bad, schüttete sich Wasser ins Gesicht und holte sich einen runter. Er rief sich verschiedene Bilder aus den zahlreichen Pornos in Erinnerung, die er in jüngster Zeit konsumiert hatte. Gelegentlich schoben sich

Bilder dazwischen, die das Ganze verzögerten; Katharina in ihren neuen schwarzen Dessous und Ali Najjars Hände.

Während er das Sperma von der Waschtischplatte aus rotschwarz gesprenkeltem Granit wegwischte, sehnte er sich wie jedes Mal danach, in Wasser einzutauchen. Der Pool fiel ihm ein, das Türkisblau, das hier in Dubai allerdings bleicher wirkte als in Europa. Das musste an den Aerosolen liegen. Er ging zurück ins Zimmer, schaute auf die Uhr. Er musste bis siebzehn Uhr ein Geschenk für Anahita und ein Puzzle für Ramtin besorgt haben und zurück im Hotel sein. Er schob die Vorhänge ein wenig zur Seite und sah, wie Ali Najjar, mit den Armen am Beckenrand, rücklings im Wasser lag. Er schien seine Zehen zu betrachten. Sina steckte sein Portemonnaie ein, schnallte sich den Rucksack auf und verließ das Hotelzimmer.

Vier Stunden später kehrte er mit zwei Harlekinanzügen zurück. Einteiler mit Rhombenmuster und dazu passenden Narrenkappen, in Schwarz-Weiß, Größe 116, und in Rot-Weiß, Größe 156. Puzzle hatte er keines gefunden. Mehrere Male war er schon mit Spielzeug auf dem Weg zur Kasse gewesen und hatte wieder kehrtgemacht, nicht in der Lage, sich für irgendetwas zu entscheiden. Da waren ihm die Harlekinanzüge ins Auge gefallen und er hatte sich erinnert, dass Jacques Chirac Saddam Hussein am Ende des Staatsbesuchs 1975 in Paris zwei Harlekinanzüge für dessen Töchter mitgegeben hatte – der einzige Fakt aus einem Enthüllungsbuch über den Iran-Irak-Krieg, den er sich gemerkt hatte. Vermutlich, weil die Kostüme das Einzige waren, für das sein Vorstellungsvermögen gereicht hatte. Die ganzen Gräueltaten, vergessen. Er war so erbärmlich. Wie ferngesteuert hatte er in diesem Spielzeugladen im letzten Winkel der Mall nach den Anzügen gegriffen und gezahlt.

Er breitete sie auf dem Bett aus, betrachtete sie und fragte sich, was in ihn gefahren war. Anahita hatte überhaupt nichts für Harlekins übrig, Clowns ängstigten sie, sie ging nicht einmal besonders gerne in den Zirkus. Sie würde sein Geschenk hassen.

Er setzte sich aufs Bett, und bevor er sich weiter in diese Gedanken hineinsteigern konnte, meldete sich sein Körper mit voller Wucht. Die Kraft wich komplett aus seinen Beinen, sein unterer Rücken fühlte sich an, als trüge er statt Nieren Bowlingkugeln mit sich herum, die Haut in seinem Gesicht spannte, in seinem Kopf hallten die verkaufsfördernden Beats schmerzartig nach. Er war einmal die gesamte Dubai Mall abgelaufen, verzweifelt über sein Leben und all den Ramsch, den Asien produzierte. Das alles hatte ihn wieder pessimistischer gestimmt.

Er schrieb Katharina die Worte zurück, die er sich während der zwanzigminütigen U-Bahnfahrt, eingequetscht zwischen zwei indischen Programmierern, zurechtgelegt hatte, und bereitete sich darauf vor, gleich wieder aufstehen zu müssen, um Ali Najjar in der Lobby zu treffen. Er stellte sich vor, wie es wäre, dort in einem Harlekinanzug aufzutauchen, als gäbe es nichts Selbstverständlicheres. »So viel zur Gestaltbarkeit der Situation«, würde er zu Ali Najjar sagen. Sinas Gesicht hellte sich kurz auf, dann versank es wieder in Finsternis. Er musste dieses Theater hier jetzt so schnell wie möglich zu Ende bringen.

Bevor er die Zimmertür hinter sich zuzog, fiel sein Blick noch einmal auf den rot-weißen Anzug. Anahita würde ihn hassen.

Ali-Reza blickte in den Spiegel, fuhr mit der flachen Hand noch einmal links und rechts den Scheitel entlang und brachte mit dem Zeigefinger die abstehenden Augenbrauenhärchen auf Linie. Dann betrachtete er sich eine Weile reglos. Hemden mit Kragen standen ihm gut, er würde ab jetzt häufiger welche tragen. Überhaupt wirkte er wie jemand anders. Die Schwere war von ihm abgefallen, der Krieg stand ihm nicht mehr ins Gesicht geschrieben. In diesem Moment sah er nicht das Giftgasopfer, den verhinderten Märtyrer und gebrochenen Veteranen, sondern nur einen Mann im besten Alter, der sich ein Hotelzimmer in Dubai genommen und amüsiert hatte.

Als hätte er sein ganzes Schicksal abgeschüttelt, so kam es ihm vor. Er wusste nicht, wie er es jemals wieder annehmen sollte, aber darüber wollte er sich jetzt nicht den Kopf zerbrechen. Konnte er auch gar nicht, die gute Laune in ihm wälzte alles nieder. Das Lächeln in seinem Gesicht, es schien festgetackert, und war doch echt. Er hatte am Morgen nicht geduscht, weil er fürchtete, das Wasser könne seine neue Aura hinwegspülen.

Und den Duft von Dinas Parfüm. Er hatte sie gestern Abend wieder in der Bar getroffen. Wieder war sie mit auf sein Zimmer gegangen. Sie hatte sich abermals auf ihn draufgelegt. Sie hatte ihn außerdem gestreichelt, am ganzen Körper und mit großer Sorgfalt. Sie mochte ihn, das spürte er. Er liebte sie innig, stellvertretend für alles Weibliche. Nach der zweiten Nacht zweifelte er nun nicht mehr daran, dass er tatsächlich Orgasmen erlebt hatte. Der Moment, in dem das Zittern in ein warmes, gleichmäßiges Fließen überging und das Feuerwerk in seinem Kopf explodierte, das musste ein Orgasmus sein. Er hatte Dina seine Gefühle beschrieben, und auch sie bestärkte ihn in seinem Glauben.

Am Morgen hatte er ihr hundert Dirham für ein neues Kleid schenken wollen. Sie hatte abgelehnt. Er hatte natürlich mehrmals insistiert, sie drei bis vier Mal aufgefordert, es zu nehmen, doch insgeheim hatte er sich gefreut, dass sie bei ihrem Nein geblieben war. Zum einen hatte ihn die ganze Zeit der Verdacht begleitet, dass Dina sich auf ihn eingelassen hatte, weil sie sich Geld von ihm erhoffte. Zum anderen neigten sich die Ersparnisse, die Maryam ihm hinterlassen hatte, allmählich dem Ende zu. Wie gut, fiel ihm ein, dass Maryam Kamran noch für eine Weile im Voraus bezahlt und bei ihm ein kleines Budget für unerwartete Aufwendungen deponiert hatte. Dennoch, nach der Rückkehr aus Dubai würde er bald pleite sein.

Doch das trübte seine Stimmung nicht, im Gegenteil. Voller Selbstbewusstsein und mit Dinas Duft in der Nase verließ er das Zimmer. Er rollte den langen Gang Richtung Aufzug entlang, bereit, ihm, dem Anderen, gegenüberzutreten. Wie weggeblasen die Furcht und die Abneigung und der Widerwillen. Wie sehr, dachte er sich, als sich der Aufzug öffnete, konnte der Verlauf einer Situation davon abhängen, ob man vorher einen Orgasmus hatte oder nicht.

»Too hot. The water. It's too hot.«

Das gibt es doch nicht, er versteht mich nicht!

...

»Yes, too hot. Cold water, please, yes.«

Na endlich. Ich hätte mir fast die Füße verbrüht. Der versteht ja überhaupt kein Englisch! Ich konnte damals auch nicht viel Deutsch. Aber wenn jemand auf die Fußwanne deutete und sein Gesicht verzog, dann war alles klar. Mimik spricht ja wohl überall auf der Welt dieselbe Sprache. Die Leute werden echt immer dümmer. Nach zwei Wochen in dem Kosmetiksalon konnte ich alle Gegenstände benennen. Frotteebezug, Absauggerät, Nagelfräser, alles kein Thema. Eigentlich hatten sie mich nur zum Putzen, Bezüge wechseln und dergleichen eingestellt. Zu einem Hungerlohn natürlich. Wie viel zahlten sie mir? Fünf Mark? Keine Ahnung. Nach zwei Wochen bediente ich schon den Sterilisator und bestückte die Rollwägen. Die Chefin bot mir nach vier Wochen eine Ausbildung an. Nein, lehnte ich ab, ich mache die Schule zu Ende, werde Designer und entwerfe Autos und vielleicht neue Geräte für Ihren Salon. Schöne Geräte, dachte ich, die nicht nach Krankenhaus aussehen, und schielte hinüber zu den eckigen Dingern mit Reglern und Schläuchen. Sie warf den Kopf zurück und lachte.

Bald danach bat mich ein Stammkunde – er war jünger als die anderen Männer, Männer kamen normalerweise nur, wenn sie alt waren und an Diabetes litten, er dürfte so alt gewesen sein wie ich jetzt –, er bat mich, ihm die Füße zu massieren, und hielt mir einen Zwanzigmarkschein hin. Ich nahm den Schein. Mit leichtem Widerwillen zwar, aber ich nahm ihn. Ich wollte nicht unhöflich sein, außerdem waren zwanzig Mark echt viel Geld. Ich kniete mich hin und ergriff mit beiden Händen einen Fuß. Es war kein Ekel, den ich empfand. Ich ertrug nur diese Unordnung nicht: die aufgeweichten Hautschuppen überall, die unregelmäßigen Risse in der Hornhaut an der Ferse. Ich sah auf, um ihm zu sagen, dass ich ihn besser nach der Behandlung massiere. Sein Gesichtsausdruck war es, der mich ekelte. Ich ließ den Fuß ins Wasser plumpsen und rannte davon. Ich rannte hinaus aus dem Kosmetiksalon, aus dem Hotel. Auf der Straße blieb ich stehen. Ich warf den Zwanzigmarkschein weg und ging nach Hause. In meinem Zimmer legte ich mich bäuchlings aufs Bett. Soheil nebenan hörte »Papa don't preach«, wie seit Tagen schon. Er war zwei, drei Jahre älter als ich und besaß einen Kassettenrekorder, so einen kleinen Ghettoblaster. Uns anderen Jungs kam das unerhört vor. Mâmân hatte mich, als wir das letzte Mal telefoniert hatten, gefragt, ob einer von den Jungs auffällig sei. »Soheil« hatte ich gesagt, »er hat einen Kassettenrekorder«. Ob einer besonders unauffällig sei, wollte sie weiter wissen. »Ja, Omid.« Und ob einer weder das eine noch das andere sei. Ich dachte länger nach, kam auf Hutan. Ich mochte ihn. Manchmal liefen wir von der Bushaltestelle aus zusammen zurück zum Wohnheim. Einmal kackte mir dabei ein Vogel auf den Kopf. Ich nahm das persönlich. Fast hätte ich angefangen zu heulen. Ich wusste, das war lächerlich, aber wenn man sich irgendwo fremd fühlte, nahm man alles persönlich, selbst einen Vogelschiss auf dem Kopf. Hutan zog eine alte Serviette aus seiner Jackentasche, ich senkte den Kopf und er machte den Scheiß weg. Wir redeten nicht darüber, und er erzählte es niemandem. Das hatte ich gemocht.

»Halte dich von allen dreien fern«, sagte Mâmân, »von Hutan, Soheil und Omid. Erzähl niemandem von dir, aber am allerwenigsten diesen dreien.«

»Wieso?«

»In diesen Zeiten kann man einfach niemandem trauen.«

An dieses Gespräch dachte ich, während ich hörte, wie Soheil nebenan mehrmals am Kassettenrekorder herumdrückte. Auf diesen großen, schwergängigen Tasten, für die brauchte man noch richtig Kraft. »Papa don't preach«, wieder von vorne. Ich lag auf dem Bauch am Bettrand und blickte auf den beige-braun-melierten Teppichboden. Ich drehte mich auf die Seite und sah an die Wand. Die Raufasertapete machte mich ebenfalls fertig. Ich sehnte mich nach glatten, monochromen Oberflächen. Das war mir damals nicht klar, das war damals mehr so eine diffuse Sehnsucht. Ich versuchte, die Oberflächenstruktur zu ignorieren und die Wand nur als große, weiße, begrenzende Fläche zu sehen. Auf der anderen Seite lag Soheil in seinem Bett. Das wusste ich, er verbrachte seine ganze Freizeit darin. Und starrte von der anderen Seite an die Wand. Wäre die Wand durchsichtig gewesen, hätten wir einander angestarrt. Er brauchte nicht zu arbeiten. Seine Familie stammte zwar aus der Provinz, aber der Vater dürfte Land besessen haben, er schickte ihm jedenfalls monatlich Geld. Ich beschloss, mir einen Job zu suchen, bei dem ich morgens oder nachts putzen konnte und nichts mit Menschen zu tun hatte. Wie jeden Donnerstag telefonierte ich an diesem Abend mit Mâmân. Nein, Stopp, ich glaube, wir hatten zu diesem Zeitpunkt zwei Wochen nicht telefoniert. Ich erinnere mich, wie ich beinah überquoll vor lauter Mitteilungsbedürfnis. Es gab niemanden, mit dem ich reden konnte. Ich hatte mich darauf eingestellt, dass sie mich fragen würde, was los sei, weil meine

Stimme anders klang. Ich hatte mir vorab genehmigt zu klagen. Nach mehrmaligem Nachfragen und Insistieren natürlich erst, aber dann schon. Ich hatte mir ausgemalt, wie ich ihr davon erzählen würde, dass ich jeden Morgen ab vier Uhr wach lag, dass das Obst nach nichts schmeckte, dass man auf der Straße kaum Menschen sah, dass ich nicht verstand, was diese Sozialarbeiter von mir wollten, dass niemand in der WG die Klobürste verwendete …

… vielleicht kommt hier bald mal jemand …

»Hello? Anybody there? Hello!«

Niemand.

Dass ich mich einsam fühlte, hätte ich ihr niemals gesagt. Habe ich nie. So direkt jedenfalls nicht. Aber an diesem Tag war ich kurz davor, mich gehen zu lassen und ihr all die anderen Dinge über Deutschland und mein Leben zu erzählen. Aber sie fragte nicht nach. Sie fragte wie immer am Anfang, wie es mir gehe und ich antwortete »gut«. Danach: nichts mehr. Sie erzählte auch nicht viel von sich. Sie wirkte erschöpft an diesem Donnerstag. Ihre Stimme klang kehlig. Als ob sie nicht ausreichend Luft bekäme. Ich saß in der Telefonecke im Flur, auf einem Sofa, auf dem ich jedes Mal Katzen- oder Hundehaare fand, ich weiß es nicht, in der WG hielten wir jedenfalls keines von beiden. Soheil ging mit einer Fertigpizza an mir vorbei in sein Zimmer. Während Mâmân und ich einander über 5000 Kilometer hinweg anschwiegen, fragte ich mich, ob er seine neue Jeansjacke auch nachts anbehielt. Die Rückenansicht der Jacke zeigte Stars & Stripes. Sie war von Levi's, glaube ich. Sie musste mindestens achtzig Mark gekostet haben. Er hatte sie zwei Wochen zuvor gekauft, und seitdem aß er nur noch Fer-

tigpizza. Die billigste von Aldi. Er war ein Märtyrer, für diese Levi's-Jeansjacke hatte er alles getan. Ich war neidisch, obwohl ich sie niemals angezogen hätte, sie war zu eng geschnitten und die Ellenbogenschoner aus braunem Wildleder waren mir eindeutig too much …

… so, jetzt wird es aber Zeit, meine Füße sehen schon aus wie Wantan.

»Heeeello?«

Na endlich. Wie spät ist es eigentlich?

»You know the time?«

…

»Thanks.«

Hoffentlich ist Sina nicht in einen Stau geraten oder sonst etwas. Jetzt sollte er den Typen treffen. Er hat eben richtig, richtig fertig ausgesehen. Er hatte überhaupt keinen Bock mehr. Überhaupt keinen. Er wirkte beinah verzweifelt. »Was ist«, sagte er, »wenn der Typ mich auffliegen lässt?«

»Weißt du«, beruhigte ich ihn, »für Perser ist lügen nichts Schlimmes. Schlimm ist es, jemanden beim Lügen zu erwischen. Alles klar?« Sina nickte, aber er machte einen jämmerlichen Eindruck.

Hoffentlich zieht der Typ keine Show mit ihm ab. Wie auch immer, vor halb acht kehrt er sicher nicht zurück ins Hotel. Habe ich ihm meine Zimmernummer gesagt? Wenn der Thaiboy einen Zahn zulegt und mehr als einen Millimeter Hornhaut pro Minute entfernt, dann kann ich mir noch die Augenbrauen zupfen lassen. Ich will gut aussehen, wenn mir Sina

Mâmâns Brief überreicht. Der erste und letzte Brief. Wir haben uns damals keine Briefe geschrieben, immer nur telefoniert. Was sie das gekostet haben muss, in den Achtzigern waren Anrufe ins Ausland noch richtig teuer.

Iran befand sich noch immer im Krieg, aber der Krieg spielte keine Rolle in unseren Gesprächen. Im Gegenteil, sie mied das Thema. Nur manchmal, wenn sie etwas aus ihrem Alltag erzählte, erwähnte sie die Coupons für die rationierten Lebensmittel. Wie nannten die Iraner die noch mal? Kopen, ja, Kopen. Anfangs, in den ersten Wochen und Monaten, versuchte sie noch, mich durch das Telefon aufzuheitern. Sie konnte so witzig sein. Einmal erzählte sie mir, dass sie sich vor einem Geschäft an einer Schlange angestellt hatte. Einfach so, gedankenlos, aus reiner Gewohnheit. Dann war sie an der Reihe gewesen und jemand hatte ihr eine Schaufel in die Hand gedrückt. »Stell dir vor, ich habe mich für eine Schaufel angestellt. Was soll ich mit einer Schaufel anfangen!« Sie lachte. Ich lachte mit. Sie, ihr verdutztes Gesicht, Schaufel in der Hand – das war komisch. Sie besaß keinen Garten und seitdem sie die Fünfzimmerwohnung ihrer Eltern verkauft hatte, um meine Flucht zu finanzieren, verfügte sie nicht einmal mehr über einen Balkon. Ihre neue Wohnung bestand aus drei Zimmern, von dem eines kaum die Bezeichnung Zimmer verdiente. Auf den Bänken der zu schmal geratenen Fenster hatten gerade einmal ein paar kleinere Blumentöpfe Platz.

Aber an diesem Donnerstag hatten wir beide nichts Witziges zu erzählen. Die Euphorie darüber, dass ich es unversehrt nach Deutschland geschafft hatte, war aufgebraucht.

Soheil war mit Jeansjacke und Fertigpizza in seinem Zimmer verschwunden, Mâmân und ich schwiegen weiterhin. Ich nahm ein weißes, kurzes Haar vom Polster und hielt es mir vor die Augen. »Geht es dir gut?«, fragte ich. Sie antwortete: »Ja, ich bin nur müde, und die Luft ist so schlecht hier. Ich habe Kopfschmerzen. Ich lege mich jetzt hin. Geh du auch rechtzeitig schlafen. Du musst morgen in die Schule. Und denk dran, regelmäßig Obst zu essen.«

Ich legte auf. Madonna ertönte aus Soheils Zimmer. »True Blue«. Eigentlich hatte ich Madonna satt, aber in diesem Moment tat mir ihre Stimme gut. Mâmân hatte angefangen, ihre Liebe zu rationieren.

Normalerweise ermahnte sie mich immer am Ende jedes Telefonats, dass ich fleißig sein solle, höflich und immer ordentlich angezogen. Die Deutschen sollen einen guten Eindruck von dir haben, sagte sie bei jeder Gelegenheit. Anfangs, verunsichert wie ich war, folgte ich ihr brav. Dann, ich meine wenige Wochen nach diesem Gespräch, dieser Tag in der Schule, an dem der Geografielehrer die Noten verteilte. Dann verstand ich etwas, das Mâmân nicht verstehen konnte. An diesem Tag wurde ich von jetzt auf eben erwachsen.

Soheil sitzt jetzt für die FDP im Bundestag. Ich entdeckte ihn vor wenigen Wochen in der FAZ, großes Porträtfoto. Alt ist er geworden. Sein Gesicht wirkt so in die Länge, nach unten gezogen. Und die Haare sind ihm auch schon ausgegangen. Ich musste zweimal hinsehen. In dem Interview ging es um Integration. Um Bringschuld. Dass es hier jeder schaffen kann. So wie er, der mit sechzehn alleine vor dem Militärdienst nach Deutschland geflohen war, Abitur machte, Medizin studierte, in die Politik ging. »Weil in der Einwanderung so vieles schiefläuft, hatte ich das dringende Bedürfnis, meine Erfahrung einzubringen und meiner neuen Heimat etwas zurückzugeben.«

Soheil war kein schlechter Typ gewesen, aber er hatte immer etwas von einem Aal gehabt. Von einem Aal im Aquarium.

»Face and lip peeling please. And eyebrows. Yes, now.«

…

»Just clean them up, you understand? No shaping. NO SHAPING, ok? I sue you, if I look like a whore.«

…

»Nichts, fang einfach an. Just do it.«

Dreiundzwanzig heraldische Lilien auf weinrotem Teppichbodengrund konnte er von seinem Chesterfield aus sehen, ohne den Kopf zu bewegen. Er hielt den Blick gesenkt und fixierte die Lilie direkt vor seinen Schuhspitzen mit einer Intensität, als verfüge sie über die Macht, ihn wegzubeamen. An einen anderen Ort, egal wohin, und wenn schon nicht seinen Körper, dann wenigstens seine Seele, Hauptsache, er musste nicht länger bei Bewusstsein diesem Mann gegenübersitzen und die Worte schlucken, die unaufhörlich aus dessen Mund drangen. Sie waren, wenn auch nicht für ihn bestimmt, so doch an ihn gerichtet. Jedes einzelne Wort treffsicher, ob Sina es nun verstand oder nicht. Sina fühlte sich mit Unverdaulichem abgefüllt. Er fragte sich, wie lange es noch dauern würde, wie lange es schon dauerte. Er hatte jedes Zeitgefühl verloren, traute sich jedoch nicht, nach seinem Handy zu greifen, um die Uhrzeit zu erfahren. Selbst die Bedienung, die sich ihnen zwei Mal genähert hatte, hatte sich unverrichteter Dinge wieder zurückgezogen.

Er schaute kurz auf, direkt in die Augen des Mannes, doch er hielt dessen Blick nicht lange stand. Er meinte förmlich zu spüren, wie sich sein Gehirn daran abarbeitete, all die widersprüchlichen Informationen zu harmonisieren, und das gelang besser, wenn er zumindest seinem Sehsinn eine Pause auf der Lilie gewährte. Seine Nase roch weiterhin das süßliche Parfüm, das der Mann verströmte, zwar nicht stark, aber eindeutig vanillig. Seine Ohren vernahmen weiterhin die Worte. Worte der Anklage, zweifelsfrei, zwar leise und beherrscht gesprochen, aber bestimmt. Diese Worte waren viele Jahre gereift, wie ein dreißigjähriger Whisky, und Sina musste ihn jetzt schlucken, ob er ihm schmeckte, ob er in der Kehle brannte oder nicht. Aber er war offenbar nicht hart genug dafür.

Nur ganz am Anfang, als er in die Lobby hineingerollt und Sina aufgestanden war, verunsichert, weil nie von einem Querschnittsgelähmten die Rede gewesen war, hatte der Mann irritiert gewirkt und innegehalten. Sina war überzeugt gewesen, dass er die Maskerade durchschaut hatte und ihn auffliegen lassen würde. Doch dann hatte sich der Gesichtsausdruck des Mannes gewandelt, er war entschlossen auf Sina zugerollt und hatte ihm gegenüber am Tisch eingeparkt, wobei er mehrmals hin und her rangiert hatte und einmal gegen den dunkelbraunen Holztisch gestoßen war. Er musterte sein Gegenüber eine Zeit lang schweigend. Nur seine Augenbrauen zuckten gelegentlich. Ali Najjar hatte gesagt, dass der Mann in seinem Alter sei, doch Sina hätte ihn zehn Jahre älter geschätzt. Nicht nur wegen seines graumelierten Haares und Bartes. Seine geduckte Haltung, seine schmalen Schultern und dünnen Ärmchen ließen ihn gebrechlich wirken. Oder wie ein geprügeltes Kind, dachte Sina im nächsten Moment. Auch die Augen in dem fahlen, durchfurchten Gesicht hatten etwas Kindliches, Naives.

»*Salam*«, hatte Sina schließlich gesagt, »Ali-Reza?«

Der Mann hatte genickt. Ganz langsam. Etwas schien in ihm vorzugehen, eine grundlegende Veränderung, eine Transformation. Sina meinte, ihm dabei zusehen zu können, wie Neugier und Offenheit aus seinem Gesicht wichen, wie er dichtmachte und den Blick nach innen richtete.

Dann hatte er angefangen zu reden.

Die Worte handelten vom Krieg, so viel konnte Sina sich zusammenreimen. Und der Mann schilderte mindestens eine konkrete Szene. Sina erkannte die Wörter »Boden« und »langsam«. Und er hörte, wie der Mann jemanden imitierte, der Befehle ausgab. Seine Hände lagen dabei in seinem Schoß und sein Gesichtsausdruck veränderte sich nicht. Die Worte selbst schienen derart mächtig, dass sie keinerlei Verstärkung durch Mimik und Gestik bedurften, mehr noch, Mimik und Gestik hätten ihrer Glaubwürdigkeit geschadet, weil sie sie ins Unglaubliche gesteigert hätten.

Der Mann sprach in kurzen Sätzen, die manchmal unnatürlich kurz wurden, wie ein Stakkato. Trotz der kurzen Sätze schien es ihm immer wieder an Sauerstoff zu mangeln. Sein Torso verkrampfte sich manchmal, aber er redete weiter, als dürfe er um keinen Preis aufhören. Diese Momente ertrug Sina kaum. Es war, als träfen ihn die Schilderungen, die er sprachlich, als Schallwelle nicht entziffern konnte, auf einem anderen Weg ins Mark. Ja, wirklich ins Mark. Mehrmals richtete er sich auf und streckte die Wirbelsäule in der Hoffnung, das Kribbeln würde aufhören. Es half nicht. Er war in Geiselhaft.

»Es geht nicht um dich, du bist nicht gemeint«, beschwor er sich, wenn es ganz schlimm wurde, »du bist nur ein Dummy, nicht die Zielperson«, und ihm fiel ein, wie Ali Najjar das Wort »Zielperson« in der Telko mit dem Kunden gebraucht hatte. Was nur hatte Ali Najjar auf dem Kerbholz, dachte Sina und korrigierte sich gleich in Gedanken. »Kerbholz« klang nach Steinschleuder und eingeschmissener Fensterscheibe, aber hier war etwas zu Bruch gegangen, was sich nicht mehr reparieren ließ. Das Vergehen musste so monströs sein, dass es nach und nach alle Bilder auslöschte, die Sina sich bislang von Ali Najjar gemacht hatte. Übrig blieb der Umriss eines Mannes, und darinnen nichts als Dunkelheit. Tiefe, dreidimensionale Dunkelheit.

Sina fixierte die Lilie. Die Stimme des Mannes, sie erreichte ihn jetzt nicht mehr, denn Verzweiflung stieg in ihm auf und zog eine Mauer um ihn herum hoch. Was in aller Welt hatte ihn nur hierhergeführt? Wie hatte er sich von einem Menschen wie Ali Najjar blenden lassen, woher die kindliche Bewunderung, die Bereitschaft, alles stehen und liegen zu lassen, sich sogar den Schädel zu rasieren? Wie arm war er, dass er eingewilligt hatte, ohne sich zu erkundigen, um was es überhaupt ging? Er sollte zu Hause, bei seiner Familie sein. Das Wort Familie versetzte ihm einen Stich. Wann war sein Leben aus dem Ruder gelaufen? Als Katharina klar wurde, dass er die Regalsysteme niemals besorgen und montieren würde? Wann hatte er den Kontakt zu Anahita verloren? Als er ihr die Holzkreisel in die Schatzkiste gelegt hatte? Er erinnerte sich an ihr enttäuschtes Gesicht, als der Deckel aufging. Was war nur in ihn gefahren, er hätte wissen müssen, dass Neunjährige mit Holzkreiseln nichts anfangen können. Und als Nächstes würde er mit dem Harlekinanzug ankommen. Er hielt sich die Hände vors Gesicht.

Er sehnte sich danach, Anahita und Katharina anzusehen. Wirklich anzusehen. Ihm kam es vor, als hätte er sie vor einer Ewigkeit das letzte Mal angesehen. Er wollte sie in den Arm nehmen. Sie sollten im Bett liegen, gemeinsam frühstücken, Croissants essen, das Bett vollkrümeln und einander kitzeln, bis ihnen die Puste ausging, sie sollten in Matschpfützen springen, sich hinter Bäumen verstecken, Rennen mit Einkaufswagen machen, das alles, was man als

Familie veranstaltete. Der Gedanke an die vielen Dinge, die sie nicht getan hatten, schmerzte ihn, der Gedanke an die Familie, die sie nie sein würden, wenn sie überhaupt noch Familie waren, und er fragte sich, weshalb sie all die Dinge nie getan hatten. Weil sie sie waren und auch zu dritt niemand anders sein konnten. Auch zu dritt blieben Katharina und er in sich gefangen, und Anahitas Gefangenschaft war bereits vorherbestimmt. Auch er bestimmte, wie sie künftig gefangen sein würde.

Panik überkam ihn. Er sprang auf. Der Mann sah ihn an. Er hatte sich trotz des schummrigen Lichts in der Lobby eine Sonnenbrille aufgesetzt und sprach nicht mehr. Sina konnte nicht sagen, ob er schon länger geschwiegen hatte oder jetzt inmitten seiner Rede verstummt war.

»I'm not Ali Najjar«, sagte Sina, als sei es ihm gerade erst bewusstgeworden.

»I'm not Ali Najjar«, sagte der Mann, kein bisschen überrascht.

»No, I'm not Ali Najjar«, wiederholte Sina. Er setzte sich wieder. Er hielt die flachen Hände parallel zueinander vor sich, wie zwei Fallbeile, die mit zehn Zentimeter Abstand hinuntergingen. »My name is Sina. Sina Khoshbin.«

»I'm not Ali Najjar, my name is Ali-Reza. Ali-Reza Bayati.«

Sina verstand nicht, was ihm der Mann sagen wollte. Und er war sich nicht sicher, ob der Mann verstand, was *er* ihm sagen wollte.

Der Mann schob den Tisch mit einer Hand zur Seite – der Tisch war, entgegen seiner Anmutung, offensichtlich aus billigem Span – und rollte so nah an ihn heran, dass seine Knie fast Sinas berührten. Sina sah sich in den leicht verspiegelten Brillengläsern und erschrak. Er hatte vergessen, dass er kahl war. Seine Augen wirkten unnatürlich groß, die Falten zwischen Nasenflügel und Mundwinkel schnitten tief in sein Gesicht. Er konnte sich nicht länger ertragen und wollte gerade den Blick abwenden, als links und rechts unter den Brillengläsern Tränen zum Vorschein kamen. Erst tasteten sie sich vorsichtig einen Weg die Augenfältchen entlang, dann stürzten sie die Wangen hinab und landeten in den Barthaaren. Sina sah noch einmal genauer hin und erkannte hinter seinem Spiegelbild die Augen des Mannes. Randvoll mit Flüssigkeit fokussierten sie ihn, und für einen kurzen Moment lang vergaß er, dass er hier falsch war, dass jemand anders hier sitzen und in diese Augen blicken sollte. Das spielte keine Rolle mehr. Alles Trennende löste sich auf, nichts existierte mehr bis auf das Leid dieses Mannes, das Sina in diesem einen kurzen Moment nicht mehr von seinem unterscheiden konnte. Auf eine bizarre, vielleicht sogar kranke Weise, das konnte er nicht mehr einschätzen, beglückte ihn das.

»You are not Ali Najjar. I'm not Ali Najjar. Who is Ali Najjar?«, fragte Ali-Reza.

»My lifelong nightmare«, sagte Sina.

Ali-Reza nickte und legte ihm die Hand auf die Schulter. »I know.«

Alles in Sina verstummte. Ruhe kehrte ein. Er atmete tief ein, tief aus, roch Vanille und sah Ali-Reza an.

»I am sorry. I didn't know«, sagte er, »I didn't know.«

Noch einige Tränen rollten Ali-Rezas Wangen hinab, erst schneller, dann wieder langsamer. Bis sie versiegten, saßen sie einander still gegenüber, nur kurz gestört durch die Bedienung, die ihnen in ihrer diskreten Art einen Stapel Servietten auf den Tisch legte.

»Man kann es sich nicht immer aussuchen«, sagte Kamran gedankenverloren. Er legte Ali-Rezas Hemd, das er gerade zusammengefaltet und noch einmal glattgestrichen hatte, in den Koffer.

»*Ich* kann es mir nicht aussuchen. Der andere schon, der kann sich alles aussuchen.« Ali-Reza folgte mit seinem Blick Kamrans Handbewegungen. »Der andere kann sich aussuchen, wo er lebt, er kann sich aussuchen, wen er liebt und von wem er geliebt wird, woher sein Staubsauger und woher sein Wein kommt. Er kann sich sogar aussuchen, ob er selbst zu einem vereinbarten Treffen erscheint oder einen Stellvertreter schickt.«

Der Zorn darüber flackerte erneut auf.

Ali-Reza hatte nach dem Treffen lange gebraucht, um ihn zu bändigen. Er hatte in seinem Zimmer auf ein Kopfkissen eingeschlagen, er hatte Klopapierrollen gegen das Fenster geworfen und den Karton mit den Kosmetiktüchern zerfetzt. Sein Bedürfnis, dem anderen gegenüberzusitzen und von Angesicht zu Angesicht zu erzählen, was er im Krieg durchlitten hatte, hatte ihn jahrelang, jahrzehntelang umgetrieben. Er hatte jede Nacht vor dem Einschlafen im Kopf Sätze formuliert, hatte sich vorgestellt, wie der andere reagieren würde, hatte alle möglichen Varianten durchgespielt, sich dessen Gesicht feindselig, abweisend, entsetzt, mitleidsvoll, ja sogar tränenüberzogen vorgestellt. Und sich überlegt, wie er jeweils damit umgehen würde. Er hatte stundenlange Dialoge mit sich selbst geführt und war zu der

Einsicht gelangt, dass er Größe zeigen wolle. Doch er hatte nicht gedurft.

Ali-Reza wusste nicht, wohin mit seiner Wut. Er hämmerte sich mit den Fäusten auf die Brust. Erst auf das Hemd, dann auf die nackte Haut. Er versuchte zu weinen. Aber wenn er sie brauchte, wirklich brauchte, blieben sie aus, die Tränen. Irgendwann verließ ihn die Kraft und er sackte in sich zusammen. Sein Kopf schien ihm mit einem Mal unhaltbar schwer. Er rollte mit Mühe rückwärts, bis er mit den Reifen an der Wand anstieß, rastete die Bremse ein und legte den Kopf zurück.

Das wäre seine Chance gewesen, dem anderen zu begegnen, und sie war verstrichen. Eine weitere würde sich ihm nicht bieten. Der andere war wieder einmal und vermutlich endgültig davongekommen. Weder nervlich noch finanziell hatte er die Puste, ein weiteres Treffen zu arrangieren. Und sein einziges Lockmittel, den Brief, hatte er soeben aus den Händen gegeben.

Dabei hätte er Größe zeigen wollen. Er hatte dem anderen keine Vorwürfe machen oder Schuldgefühle wecken wollen. Oder nur ein wenig, aber nicht vorrangig. Der andere wusste ja nichts von alldem, Maryam hatte ihm nie die Wahrheit gesagt, dieser würde sie jetzt, vielleicht in diesem Augenblick, wenn er gerade den Brief seiner Mutter las, erfahren. Ali-Reza konnte ihn nicht zur Rechenschaft ziehen. Der andere hatte sich mit gerade einmal vierzehn Jahren der jahrelangen Gehirnwäsche gebeugt und seine Unterschrift auf eine Liste gesetzt im Glauben, er besiegele sein eigenes Schicksal. Oder nicht einmal das, vermutlich hatte er in diesem einen Moment die Tragweite seiner Handlung unterschätzt. Er war nicht einmal fähig gewesen, diese für sein eigenes Leben einzuschätzen. Wie hätte man von ihm erwarten können, die Tragweite seiner Unterschrift für das Leben anderer zu bedenken? Ali-Reza konnte ihm nichts anlasten.

Und dennoch. Der andere war einfach nach Deutschland abgehauen und hatte es sich dort schön eingerichtet, ignorierend, dass zu Hause der Krieg tobte und andere seinen Platz besetzen mussten. Während er es sich bei den Deutschen auf Designersesseln gemütlich machte und so tat, als sei er einer von ihnen, starben sie wie die Fliegen, kontaminiert von Saddams »Pestiziden« landeten sie nach jahrelangem Überlebenskampf schließlich auf dem Rücken und streckten die Beine von sich. Ali-Reza wollte, dass der andere wusste, was passiert war. Was sein eigentliches Schicksal gewesen wäre. Dass der Krieg nicht nicht stattgefunden hatte, weil er, der andere, ihm entkommen und stattdessen auf Partys gegangen war und mit blonden Mädchen geschlafen hatte.

Das alles stimmte auch. Aber Ali-Reza hatte Größe zeigen wollen.

Er blickte sich im Zimmer um. Resigniert betrachtete er sein Werk. Von den Klopapierrollen hatten sich zwei entwickelt und Bahnen quer durch das Zimmer gezogen. Die Box mit den Kosmetiktüchern sah aus, als hätte sich ein wildes Tier darüber hergemacht. Auf dem Bett und auf dem Boden lagen Fetzen von Karton und Papiertüchern verstreut. In dem Chaos in ihm und außerhalb von ihm kristallisierte sich ein Gedanke heraus; er hatte den anderen auch treffen und ihm alles erzählen wollen, um die Geschichte endlich an denjenigen weiterzureichen, dem sie eigentlich gehörte. Er hatte sie zwar durchleben, jeden Schmerz, jede Angst und Trauer aushalten müssen. Aber als ihm irgendwann klar wurde, dass ihm all dies anstelle eines anderen passiert war, hatten sich diese Gefühle von ihm entfernt. Sie waren fortan nicht mehr seine gewesen. Er verlor jegliche Macht über sie, sie entzogen sich ihm und warteten ab diesem Zeitpunkt auf ihren rechtmäßigen Besitzer. Und nachts, in seinen Albträumen, ertönte von da an immer ein lautes Lachen. Wie ein Soundtrack, der den Horror ins Unerträgliche steigerte. Hatte er vorher alle Schmerzen tapfer als sein Schicksal angenommen, breitete sich von diesem Zeitpunkt an Bitterkeit aus.

Immerhin, er hatte sich diesem Sina mitteilen können. Während er gesprochen hatte, hatte es an Bedeutung verloren, zu wem er sprach. Genugtuung verschaffte ihm, dass seine Worte diesen Menschen getroffen, ihn schockiert hatten. Er erinnerte sich an den Ausdruck im Gesicht dieses ihm fremden Menschen, als dieser aufgesprungen, nicht mehr auf dem Sessel zu halten gewesen war ob des Grauens, das er ihm geschildert hatte. Es hatte in diesem Moment tatsächlich keine Rolle gespielt, wer dieser andere gewesen war. Er hatte in ein bewegtes Antlitz gesehen, allein das zählte. Er war einzigartig für ihn gewesen. Sie waren einzigartig füreinander gewesen, hatten einander maximal verletzlich gegenübergesessen. Überwältigt von der Nähe hätte er dem Fremden in diesem Augenblick alles anvertraut. Er hatte den Brief hervorgeholt und ihn auf den Tisch gelegt.

Unmittelbar danach, im Lift nach oben und auf dem Gang, war er seltsam ruhig und zufrieden gewesen. Erst, als er sich allein auf dem Zimmer wiedergefunden hatte, war ihm die Dreistigkeit, die Feigheit des anderen bewusstgeworden. Und seine eigene Ohnmacht. Da plötzlich war der Zorn in ihm hochgekocht.

Kamran hatte ihn etwas später in seinem Rollstuhl sitzend vorgefunden, den Kopf zurück an die Wand gelehnt, das Hemd aufgerissen, die Arme, völlig entkräftet, rechts und links herabhängend.

Er hatte sich sofort darangemacht, die Unordnung zu beseitigen. Ali-Reza hatte es beruhigt, ihm dabei zuzusehen, wie er erst alles Herumliegende in den Mülleimer stopfte und dann begann, seine Kleidung zusammenzulegen. Ihn beruhigten die gekonnten Handgriffe, mit denen Kamran seine Hosen und Hemden faltete und wie er sie am Ende jedes Mal glattstrich.

Kamran hielt sich nun schon seit geraumer Zeit im Bad auf.

»Und Sie sind sich ganz sicher, dass es nicht er war?«, rief er hinaus.

»Ja.«

»Haben Sie zu erkennen gegeben, dass Sie das alles durchschauen?« Kamran kam mit dem Kulturbeutel aus dem Bad und blieb vor Ali-Reza stehen. Dieser unterhielt sich nicht gerne mit Menschen, mit denen er sich nicht auf Augenhöhe befand. Er wandte den Kopf Richtung Spiegel. Kamran drehte den Kopf ebenfalls in diese Richtung.

»Erst nicht. Ich musste das Spiel mitspielen, wir müssen schließlich heute Nacht den Flug zurück nehmen. Ich kann nicht sagen, ›Schick mir gefälligst den Echten vorbei, vorher übergebe ich den Brief nicht, wir lassen den Flug verfallen und buchen einfach einen neuen‹. Weißt du, was das für uns beide gekostet hätte? Apropos, wie viel Geld ist in meiner Notfallkasse?«

Kamran fixierte einen Punkt auf dem Boden und schwieg.

»Du weißt schon, das extra Geld, das Maryam dir gegeben hat.«

Kamran ging mit dem Kulturbeutel zum Koffer. »Nicht mehr viel. Das Hotel berechnet das Frühstück extra, und in der Bar haben Sie auch etwas mehr ausgegeben, als erwartet.« Er schien den Inhalt des Koffers, der auf dem Bett stand, genauestens zu inspizieren.

Ali-Reza beobachtete ihn durch den Spiegel. Kamran hielt den Kulturbeutel noch immer unterm Arm. Er kam offensichtlich nicht auf die Idee, ihn im Koffer zu verstauen. »Was genau heißt ›nicht mehr viel‹?«, fragte Ali-Reza.

»Eigentlich gar nichts mehr«, nuschelte Kamran.

»Ich sage ja, ich kann es mir nicht aussuchen. Ich bin pleite. Ich musste ihm den Brief überreichen und kann jetzt nur hoffen, dass er ihn an den anderen weiterreicht.« Ali-Reza seufzte. Er hatte die Enttäuschung noch nicht verarbeitet, und mit den praktischen Konsequenzen war er komplett überfordert.

»Wer ist dieser andere und was hat er mit Ihren Geldsorgen zu tun?«

»Er schuldet mir einiges.«

»Erzählen Sie weiter. Erst haben Sie das Spiel mitgespielt, und dann?« Kamran kam mit dem Kulturbeutel zurück. Dieses Mal stellte er sich neben Ali-Reza und suchte den Augenkontakt gleich im Spiegel.

»Er, Sina hieß er, *er* hat irgendwann nicht mehr ausgehalten, was ich ihm erzählte. *Er* hat sich mir offenbart.«

»Ein guter Mensch.«

Ali-Reza nickte. Als er Sina gegenübergesessen war, hatte er gespürt, wie dieser sein Leid erkannt hatte, und zu seiner Überraschung, völlig unerwartet, hatte er dessen Leid erkannt. Und beider Leiden, so wirkte es, waren absolut. Gleichwertig. Er wusste zwar nicht, woran Menschen in Europa litten, aber es konnte objektiv gesehen nicht so schlimm sein wie das, was einem an einer Kriegsfront widerfuhr. In diesem Augenblick hatte jedoch nichts Objektives existiert. Zwei Menschen waren einander begegnet.

Und er hatte es aussprechen können: »I'm not Ali Najjar. My name is Ali-Reza Bayati.«

Eine Frage hätte dieses stille Einverständnis zerstört.

Aber nun dachte Ali-Reza, dass es schon interessant gewesen wäre zu erfahren, in welchem Verhältnis dieser Sina zu dem anderen stand.

»Was haben Sie ihm denn erzählt?«, riss ihn Kamran aus den Gedanken.

Ali-Reza sah von der Seite zu ihm auf. Er überlegte, ob er sich ihm offenbaren sollte. Etwas in ihm verspürte Lust dazu. In Dubai war eine Vertrautheit zwischen ihnen entstanden, wie er sie mit sehr wenigen Menschen, eigentlich nur mit Maryam gekannt hatte. Und ja, auch ein wenig mit Dina. Aber irgendetwas hielt ihn zurück. Er fürchtete, wenn Kamran erführe, dass er unter falschem Namen lebte und dass er auch nicht mit seinem Namen, sondern mit dem Namen eines anderen in den Krieg gegangen war, dass er dann in dessen Augen gar nicht im Krieg gewesen war. Ali-Reza wusste am besten, dass man die Kraft von Namen nicht hoch genug einschätzen konnte. Und was wäre er ohne den Krieg? Dasselbe, was sein Land ohne den Krieg wäre; nicht mehr als kranke Materie, schon längst dem Untergang geweiht. Die Mullahs hatten ihre Herrschaft auf Hunderttausenden Kriegsleichen erbaut. Den Durst der Menschen nach Freiheit stillten sie mit dem Blut der Toten, und mit ihren Kriegs- und Opfergesängen trieben sie sie dazu, die Schlachten des Alltags zu schlagen. Der Iran und er, sie brauchten den Krieg.

»Davon, was ich an der Front erlebte. Nicht das Schlimmste. Aber genug für einen Westler.«

»Ach, er ist Europäer?«

»Iraner. Aber er muss schon lange in Deutschland leben. Er sprach mit Akzent.«

Kamrans Neugier schien gestillt. Er legte den Kulturbeutel in den Koffer, schloss den Deckel und zog den Reißverschluss zu. Er warte unten in der Lobby auf ihn, sagte er, den Türgriff schon in der Hand, in fünfzehn Minuten stehe das Taxi in der Einfahrt. Aus Gewohnheit zog er die Keycard aus dem Halter und schloss die Tür, ohne zu merken, dass alle Lichter im Zimmer erloschen.

Ali-Reza blieb im Dunkeln zurück. Er fühlte sich zu kraftlos, um Einspruch zu erheben. Er blickte hinüber zum Fenster, durch das diffuses Licht hereindrang. Es kam von unten, von der Straßenbeleuchtung, den anderen Häusern und den vorbeifahrenden Personenschiffen. Er meinte, Möwen zu hören. Er lauschte, bewegte sich auf das Fenster zu und schob die Vorhänge zur Seite. Von unten diffuses Licht, von oben nichts als gräuliche Düsternis. Keine klare Schwärze, sondern eine Düsternis, in deren Licht alles sinnlos erschien.

Was wollte er mehr, er hatte seine Geschichte erzählt, seinen Namen genannt, und er hatte eine Frau geliebt. In Zeitraffer zwar, aber immerhin. Er hatte sich befreit. In den Iran zurückfliegen zu müssen fühlte sich an, als müsste er zurück ins offene Grab steigen, wo er wieder auf dem Rücken liegen und aus der Tiefe hinauf auf den Nachthimmel blicken musste, den vor lauter Verschmutzung nicht einmal mehr die Sterne erhellen konnten.

Ruckartig drehte er sich um, rollte zum Bett, hob das Kissen hoch und nahm das halbe rote Kleid an sich. Es verströmte noch immer ihren Duft. Er schloss die Augen, drückte die Nase in den Stoff und sog ihr Parfüm ein. Er öffnete die Augen wieder. Mehr Glück stand ihm nicht zu, war er überzeugt, und begann, den Fensterrahmen nach einem Griff abzutasten.

Die Tür mit den Ziffern 341 öffnete sich. Ali Najjar blickte ihn an. Er sah anders aus. Zarter. An Sina schien auch etwas ungewöhnlich, denn Ali Najjar fragte sogleich: »Was ist los?«

Sina antwortete nicht. Stattdessen trat er in das Zimmer. Es wirkte, als sei es eben gerade erst bezogen worden. Nichts stand oder lag herum, von zwei leeren Bierflaschen auf dem Beistelltisch neben dem Drehsessel abgesehen. Das Bett hatte niemand mehr berührt, nachdem der Zimmerservice es am Morgen gemacht hatte. Die bordeauxroten Vorhänge waren akkurat zugezogen. Eine der beiden Leselampen am Kopfende des Bettes brannte, sonst keine der Lampen im Zimmer. Sina sah sich um, als prüfe er, ob die Luft rein sei. Dabei schaute er nur, wo er sich hinsetzen sollte. Er wollte aufrecht sitzen, aber ohne sich dabei anstrengen zu müssen. Er würde seine gesamte Aufmerksamkeit für das Gespräch brauchen. Sein Blick wanderte vom Bett zum Stuhl am Sekretär zum Drehsessel in der Zimmerecke. Binnen Sekunden entschied er, dass Letzterer eine angemessene Haltung und Distanz erlaubte. Hier musste bis eben Ali Najjar gesessen haben. Sina konnte sich jedoch auch gut vorstellen, wie dieser die ganze Zeit im Zimmer auf und ab gegangen war.

Ali Najjar schloss die Tür und setzte sich ans Bettende. Auf seinem grauen T-Shirt stand in weißen Lettern *No Pressure No Diamonds.* Sina fragte sich, ob er dieses T-Shirt schon einmal an Ali Najjar gesehen und ob es ihn damals schon peinlich berührt hatte. Oder ob es ihm erst jetzt, nach alldem, lächerlich erschien.

»Was ist los?«, wiederholte Ali Najjar.

Sina schwieg. Er spürte den Brief, den er in der Innentasche seines Blousons trug. Er überlegte, ob er ihn ihm einfach vor die Füße werfen und gehen sollte.

»Hast du den Brief?«, fragte Ali Najjar weiter.

»Ja.«

»Dann gib ihn mir.«

Sina verschränkte die Arme vor der Brust und lehnte sich zurück. Die Rückenlehne war zu niedrig. »Wieso bist du da nicht selber hingegangen?«

»Das spielt jetzt keine Rolle. Gib mir den Brief.«

»Doch, das spielt eine gewaltige Rolle.« Sinas Stimme bebte. »Du hättest da selber hingehen müssen.«

»Ok, dann spielt es eine Rolle. Aber das geht dich nichts an. Und jetzt den Brief, bitte.«

Sina richtete sich auf. »Das geht mich nichts an? Du hast überhaupt keine Ahnung! Ich saß dem Typen eine Ewigkeit gegenüber, ich habe ihm ins Gesicht gesehen und mir seine Geschichte angehört, ohne ein Wort zu verstehen. Das ist so bitter! Der Typ sitzt im Rollstuhl und ist ein armer Kerl. Er war im Krieg, so wie du. Der hatte dir echt etwas zu sagen. Der war übervoll mit Dingen, die er dir sagen wollte, verstehst du? Du hättest dir das anhören sollen. Anhören *müssen.*«

Ali Najjar legte seinen Arm um den Bettpfosten. »Sina, ich danke dir, dass du mir geholfen hast. Aber jetzt bist du raus. Gib mir den Brief.«

»So einfach ist das nicht. Du hast mich in eine echt beschissene Lage gebracht. Hast du da vorher eine Sekunde lang drüber nachgedacht?«

Ali Najjar schwieg. Es fiel ihm sichtlich schwer, den Blick nicht abzuwenden.

Sina lehnte sich vor. »Weißt du was? Irgendetwas sagt mir, dass du dich selbst mit dieser Aktion in eine noch viel beschissenere Lage gebracht hast. Der Typ, der Ali-Reza, dem hätte es echt etwas bedeutet. Es ging ihm um dich. Der hat jahre-, wenn nicht jahrzehntelang auf dieses Treffen gewartet. Und stattdessen tauche ich da auf. Spiele so ein lustiges Verwechslungsding mit dem armen Kerl. Hast du eine Ahnung, wie elend ich mich gefühlt habe? Wieso hattest du so eine Angst? Ausgerechnet du? Der große Furchtlose! Wie sagst du immer? ›Wenn man gesehen hat, wie es seinen besten Freund in tausend Stücke reißt, wovor soll man dann noch Angst haben?‹ Vor einem armen Mann im Rollstuhl vielleicht, hä? Wer ist er wirklich? Erzähl mir jetzt nicht wieder die Geschichte vom Waisenkind, das deine Mutter und so weiter. Woher kennt ihr euch? Wart ihr zusammen im Krieg? Was hast du verbrochen? Wer bist du eigentlich?«

Jetzt sah Ali Najjar weg. Sina hielt inne. Nach seinen bis dato geltenden Maßstäben war er zu weit gegangen. Nach Vor-dem-Treffen-Maßstäben. Aber diese zählten jetzt nicht mehr. Der Frust darüber, dass er sich von Ali Najjar hatte blenden lassen, und die Enttäuschung trieben ihn weiter an.

»Dein Getue und Gerede, das kommt mir jetzt alles unendlich lächerlich vor. Wie konnte ich nur so auf dich hereinfallen? Wie können wir alle nur so auf dich hereinfallen?«

»Ja, das solltet ihr euch ernsthaft fragen«, sagte Ali Najjar, leise, mehr zu sich.

»Stimmt. Aber jetzt wird mir klar: Nicht nur bei mir ist etwas krank. Sondern auch bei dir. Mindestens so sehr wie bei mir. Aber du schaffst es, mir das Gefühl zu geben, ein Versager zu sein.«

Ali Najjar ließ den Bettpfosten los und streckte ihm die Hand entgegen. »Bist du ja auch. Den Brief, sofort.«

Sina sprang auf, schrie »Wer bist du?«, griff nach einer der beiden leeren Bierflaschen und schmetterte sie auf den Boden. Der Flaschenhals brach scharfkantig ab. Sie sahen dem Flaschenkörper dabei zu, wie er unter den Sekretär rollte.

Ali Najjar erhob sich ebenfalls und näherte sich Sina einen Schritt. »Was habe ich damit zu tun, wie du dich fühlst? Du bist für dich selbst verantwortlich.«

»Das stimmt nicht!«, schrie Sina.

»Du bist ein echter Perser. Immer sind die anderen schuld.« Ali Najjar verzog das Gesicht und schlug den Jammerton an. »Sie haben uns das Öl weggenommen, sie haben uns das Parlament weggenommen, sie haben uns Mossadegh weggenommen, sie haben ...«

»Hör auf!«

»Werde endlich erwachsen, du Hosenscheißer!«

Sina ergriff eine Wut, wie er sie bisher nicht gekannt hatte. Es war, als hätte sich die Wut seines ganzen bisherigen Lebens angestaut. Die Wut über die Schwäche seiner Mutter, das Desinteresse seines Vaters, die Überheblichkeit seiner Frau. Sie brodelte in der Magengegend, stieg auf, erhielt in der Herzgegend weiteren Antrieb, schob sich unaufhaltsam, Magma gleich, in Kopf und in Arme, bahnte sich von dort aus einen Weg in die Hände und lud seine Finger mit Energie auf. Er musste irgendetwas greifen. Beim Versuch, die zweite Bierflasche zu nehmen, fegte er sie vom Tisch. Er ergriff das Telefon und schmiss es an die Wand. Das Gehäuse brach auseinander. Es klang nach einem billigen Fabrikat. Dann packte Sina Ali Najjars Oberarme und schüttelte ihn.

»Hör auf, hör endlich auf, mein Leben durcheinanderzubringen!«, schrie er.

Ali Najjar legte den Kopf in den Nacken und lachte laut auf. »Das ist jetzt echt lustig, merkst du selber, oder?«

»Ja!«, brüllte Sina, und er erinnerte sich, wie Katharina bei Anahitas Geburt gebrüllt hatte und dass er sie darum beneidet hatte, so brüllen zu dürfen. Und so enthemmt zu sein. »Ich bin ja nicht blöd!«

Er warf den Beistelltisch um. Die Tischplatte schlug hart auf den Teppichboden auf. Jetzt genoss er es beinah. Es war, als finge er an, sich selbst zuzusehen. Er schubste Ali Najjar aufs Bett, ohne vor seiner Kraft zu erschrecken. Wie ein Wilder blieb er vor ihm stehen, die Arme angespannt und leicht angewinkelt. Wie ein Wilder, der den Zustand seiner Beute bewertete, trat er näher. Ali Najjar stützte sich rücklings auf die Ellenbogen auf. Sie sahen einander an. Sina fand in Ali Najjars Blick nichts Spöttisches mehr, weder Provokation noch Arroganz. Er bemerkte eine Gegenwärtigkeit, wie er sie an diesem Tag schon einmal bemerkt hatte, davor jedoch sehr, sehr lange nicht.

Plötzlich wusste Sina nicht mehr, was zu tun war. Die Wut war klammheimlich durch eine Hintertür abgehauen und hatte ihn in dieser Pose zurückgelassen. Augenblicklich wich die Anspannung aus seinen Armen, aus seinem Nacken, aus seinem Gesicht. Er ließ sich bäuchlings neben Ali Najjar aufs Bett fallen. Er vergrub sein Gesicht in der Decke. Ihm fehlten die Haare, die ihm jetzt ins Gesicht gehangen hätten. Er schluckte mehrmals, um nicht weinen zu müssen. Nach einer Weile, als sich sein Puls normalisiert hatte, sagte er:

»Du hättest da selber hingehen müssen.«

»Ja, hätte ich. Aber ich hatte Angst.«

Sina hob den Kopf an und betrachtete Ali Najjar von der Seite. Es stimmte, er sah ihm die Furcht an. Ali Najjar schien sogar vor seinem Blick zurückzuweichen. Sina konnte ihn jedoch nicht lösen, er tastete weiter dessen Gesicht ab. Er sah, dass Ali Najjars Augenbrauen schmaler waren als heute Morgen. Seine Gesichtszüge wirkten sanfter. Und seine Lippen weich. Sie waren es auch.

Jemand klopfte an die Tür.

»Is everything ok, sir?«, drang es dumpf zu ihnen. In der Stimme lag ernsthafte Besorgnis.

Ali erhob sich, ging zur Tür und öffnete sie. Sina hörte nur ihn reden.

»Yes, everything ok, the side table just fell over and hit my foot, thanks for asking, yes, yes, no problem, thanks, bye.«

Er schloss die Tür wieder. Kam zurück zum Bett. Blieb stehen. Legte sich eine Hand auf den Kopf. Blickte Richtung Fenster, ohne hinauszuschauen. Sagte:

»Ich muss jetzt den Brief lesen.«

Sina schluckte. Er stand auf, zog das Kuvert aus der Innentasche seines Blousons und hielt ihn Ali hin. Als er die Zimmertür hinter sich zuzog, saß Ali zusammengekauert am Bettende, den Brief in den Händen betrachtend wie etwas Bitteres, von dem man weiß, dass man es gleich schlucken muss.

Mein Sohn.

Mâmân.

Ich schreibe diesen Brief noch ganz lebendig, aber wenn du ihn liest, spreche ich aus dem Reich der Toten zu dir. Es macht mich traurig, denn ich weiß, dass wir uns nicht werden voneinander verabschieden können, wenn ich an der Schwelle stehe. Aber meine Trauer hat keine Bedeutung mehr, wenn du von ihr liest, sie ist mit meinem Tod ausgelöscht. Ich frage mich, ob sie jetzt, in diesem Moment, in dem ich sie empfinde, Bedeutung hat. Ob sie überhaupt jemals Bedeutung hatte.

Ich hoffe jedenfalls, dass wir uns nicht mehr voneinander verabschieden konnten, dass du nicht so dumm warst und in den Iran eingereist bist. Wenn die Geschichte die Mullahs eines Tages weggefegt haben wird, dann kannst du mir die letzte Ehre erweisen und Blumen auf mein Grab legen.

Dahlien werden es sein.

Ich spreche also zu dir aus dem Reich der Toten, und ich habe dir viel zu erzählen. Es wird dir nicht alles gefallen, aber es wird dich befreien. So, wie es mich jetzt befreit, da ich diese Zeilen schreibe.

Mein Sohn.

Ich habe dich lange nicht mehr so genannt, richtig? Wenn ich dich in Deutschland besuche, wirkst du so unabhängig und weit weg, als hättest du nie eine Mutter gehabt. Als seist du nie Sohn gewesen. Mir kommt es fast seltsam vor, »mein Sohn« zu sagen.

... ich mochte es so sehr ...

Du wirkst wie ein Deutscher. Auch die Deutschen wirken, als hätten sie keine Eltern und als bräuchten sie nur sich selbst. Sich selbst und eine Kaffeemaschine.

Deine kleinen Beobachtungen über die Deutschen, ich liebte sie. Sagte ich dir das jemals?

Du warst schon immer ein wenig so, aber wir hier haben dich nie verstanden. Du bist im Herzen ein Deutscher, der im falschen Land geboren wurde.

Ich ein Deutscher? So sahst du mich?

Bei den Deutschen kannst du endlich du selbst sein. Losgelöst von allem und frei. Es freut mich zu sehen, dass du angekommen bist und dazugehörst. Mehr noch, dass sie deine Meinung schätzen und dich respektieren. Gleichzeitig schmerzt es.

Dass du dir so viel aufbaust in Europa, hätte ich nie zu hoffen gewagt, als ich dich damals in der Abenddämmerung in Täbris einem fremden Mann übergab. Im Hinterhof einer Autowerkstatt. Ich weiß, ich darf mich nicht beschweren, es gibt schlimmere Schicksale. Aber schon das wünsche ich niemandem; den vierzehnjährigen Sohn alleine in ein fremdes Land schicken, ihn irgendwelchen halbseidenen Menschen anvertrauen und hoffen müssen, dass alles gut geht. Glaub mir, das war die schwierigste Entscheidung meines Lebens. Und wenn ich dieses Regime und die Mullahs hasse, wenn ich ihnen, wenn sie mir in der U-Bahn selbstgefällig gegenübersitzen, am liebsten an die Gurgel springen, ihnen an den Barthaaren reißen und sie mit ihrem Turban schlagen würde, dann nicht wegen der hunderttausend Kinder, die sie auf die Minenfelder schickten und die dort starben, sondern vor allem, weil sie mich in diese Situation brachten. Weil ich dich weggeben musste. Du weißt, weshalb? Du müsstest es wissen, ja.

Die Klassenfahrt an die Front, die hatte alles in Gang gesetzt. Wir hatten mit Soldaten in den Schützengräben hocken und die AK-47 halten dürfen. Ich erinnere mich genau an die Euphorie im Bus auf der Rückfahrt. Wir Jungs bestärkten einander darin, uns freiwillig melden zu wollen, sobald wir vierzehn Jahre alt sein würden. Das war wenige Tage – oder wenige Wochen? –, jedenfalls kurze Zeit vor meinem vierzehnten Geburtstag. Ich erinnere mich, wie ich dir, noch voll euphorisch, von alldem erzählte, und an deinen entsetzten Gesichtsausdruck erinnere ich mich auch. Ich laberte so Zeug wie »Die Welt hat sich gegen uns verbündet und versorgt Saddam mit Waffen, um uns zu vernichten« und »Wir sind allein auf der Welt, aber wir werden siegen, selbst mit bloßen Händen werden wir die dreckigen Araber bezwingen, nur mit der Kraft unseres Glaubens und unseres Stolzes, Iraner zu sein.« Die ganze Zeit so Zeug. Und dann die Märtyrerfeier in der Schule. Wir feierten den

Tod zweier Schüler. Oh Mann, wie krank das alles war. Sie hatten den Turnsaal mit iranischen Flaggen zugehängt und mit Khomeini-Bildern, und in der Mitte, riesengroß, die Portraits der beiden Jungs aufgestellt. Sie verteilten Zuckerwatte und Cola. Sie sagten, dass zwei Straßen nach ihnen benannt werden sollten, weil sie besonders tapfer gewesen waren. Sie hatten sich angeblich mit Handgranaten vor irakische Panzer geworfen. War es diese Geschichte gewesen oder eine andere? Ich war so naiv, erzählte dir alles brühwarm, glaubte wohl, du fändest das toll. Und ja, an diesem Abend muss ich auch die Unterschriftenliste für die Freiwilligen erwähnt haben. Ich war inzwischen vierzehn geworden. Gott, wie dumm war ich gewesen? Was hatte mich geritten? Ich weiß nur noch, dass sich das Ganze für uns anfühlte wie ein Spiel, ein aufregendes Spiel, bei dem wir unbedingt dabei sein mussten. Endlich sollte es mal um etwas gehen im Leben, endlich sollten wir zeigen können, was wir draufhatten. Die Typen, die Basidschis in ihren Uniformen sahen aus wie echte Männer, und sie behandelten uns wie echte Männer, nicht wie Kinder. Wir standen voll drauf. Ich glaube, ich hatte schon Angst, aber diese Angst verstärkte den Kitzel nur noch. Als ich von der Liste anfing, bist du ausgetickt. Du hast mich an den Schultern gepackt, mich geschüttelt, mir ins Gesicht geschrien und mich tausendmal gefragt, ob ich unterschrieben hätte. »Nein, Mâmân«, sagte ich. Ich sah weg. Seither weiß ich, dass man auf keinen Fall wegsehen darf, wenn man lügt. Ich merkte, dass du mir glauben wolltest, es aber nicht vollends konntest. Du hast mich tagelang mit deinem Blick traktiert.

Nachdem du deinen vierzehnten Geburtstag gefeiert hattest und diese Unterschriftenlisten im Umlauf waren, plagten mich die Gedanken mit jedem Tag mehr. Du hattest noch nie auf mich gehört, wer garantierte mir, dass du dich nicht bald freiwillig für den Kriegsdienst melden würdest? Ich schlief die darauffolgenden Wochen nicht und aß kaum noch etwas. Ich war kurz davor, wahnsinnig zu werden. Nachdem du morgens die Wohnung verlassen hattest, bildete ich mir ein, dich nie wiederzusehen. Manchmal zog ich mir dann panisch den Mantel über das Nachthemd, ein Kopftuch über das ungekämmte Haar und rannte dir hinterher. Dann wurde der Moment, in dem du das Schulgebäude betratest, der schrecklichste des Tages. Ich wartete nachmittags viel zu früh am Tor auf dich und fixierte den Haupteingang. Ich steigerte mich in den Gedanken hinein, dass du schon längst auf dem Weg an die Front warst und statt dir der Schulleiter auf mich zukommen würde, um mir die Neuigkeit mitzuteilen. Dein Schulleiter war ein Fanatiker. Er hatte es sich zum Ziel gesetzt, an seiner Schule die meisten Freiwilligen landesweit zu rekrutieren.

Dann kam der Tag, an dem wir zusahen, wie sie einen Bus mit Schülern verabschiedeten. Unser Nachbar war dabei, erinnerst du dich? Der schmächtige. Ich habe seinen Namen vergessen. Er sah immer traurig aus, es war schon unter normalen Umständen kaum auszuhalten, wie traurig seine Augen aus dem knöchernen Gesichtchen herauslugten. Er sah aus wie ein Spatz. Ali, mir zerreißt es das Herz, wenn ich an seinen Blick denke, als er sich umdrehte, kurz bevor er einstieg, und versuchte, seine Eltern anzulächeln. Sie lächelten mit zittrigen Lippen zurück. Er setzte sich auf einen Fensterplatz, aber man sah nur die obere Hälfte seines Kopfes, und mir war, als läge er schon halb unter der Erde. Er hat nicht überlebt, vielleicht ist heute eine Straße nach ihm benannt, aber ich würde es nicht einmal merken, wenn ich durch sie hindurchführe, weil ich seinen Namen vergessen habe. Damals verlor ich vollkommen die Nerven und beschimpfte die anderen Eltern, die Islamische Republik, Khomeini, alle. Ich ließ meine ganze Wut an den armen Eltern aus.

Der Schulleiter hatte mich damals bei meiner Schimpftirade beobachtet. Habe ich dir das je erzählt? Vom Fenster aus grinste er mich an. Sein Grinsen sagte: jetzt erst recht. Mir lief ein Schauer über den Rücken, ein heftiger Schauer. Von dem Tag an ließ ich dich nicht mehr vor die Tür. Ich sperrte dich ein und plante deine Flucht. Als Vierzehnjährigen ließen sie dich nicht mehr auf legalem Weg aus dem Land, also musstest du über die Türkei flüchten. Ich verkaufte die Wohnung und besorgte dir gefälschte Papiere. Ich organisierte Fluchthelfer. Und während alldem ahnte ich bereits: selbst wenn alles wie geplant liefe, ich würde dich dennoch verlieren. Nicht an den Krieg, aber an den Westen. Es war eine schreckliche Zeit.

Eine krasse Zeit. Der Krieg, die Parolen, der erste Samenerguss. Ich war vollkommen mit mir selbst beschäftigt. Ich hatte keine Ahnung, wie sehr du gelitten hast. Dass du dir um mich Sorgen gemacht hast – ja. Aber das … du hast immer so stark gewirkt, so unzerstörbar, wie eine Löwin. Hätte ich dich bei unserem letzten Abschied am Flughafen doch länger gedrückt, wäre ich länger stehen geblieben, um länger winken, dich noch länger betrachten zu können, dabei, wie du deine Schuhe ausgezogen und in die Plastikwanne gelegt hast, wie du mit deinen paar

Brocken Deutsch mit dem Sicherheitspersonal gescherzt hast, so wie immer. Ausgerechnet bei diesem letzten Abschied war ich schnell gegangen, vermutlich wegen irgendeines Termins, irgendeines Kunden, an den ich mich jetzt nicht einmal mehr erinnere. Ich bin so dumm gewesen. Ich bin so dumm.

Das war alles so verdammt schräg damals. Ich durfte nicht mehr in die Schule. Du hast den ganzen Tag auf meinem Bett gesessen und auf mich eingeredet. Du sagtest, du müsstest mich von der ganzen Propaganda reinwaschen. Du kamst mir bald selbst vor wie eine Predigerin. Eine Predigerin des westlichen Lifestyles und des Konsums. In den buntesten Farben hast du mir mein künftiges Leben als Autodesigner oder Profifußballer ausgemalt. Mir vorgerechnet, wie viel ich einmal verdienen und was ich mir davon würde leisten können. Du hast amerikanische Komödien auf dem Schwarzmarkt besorgt, und wir sahen tagelang Filme mit blonden Mädchen in kurzen Röcken. Ich weiß sogar noch, wie ich mich anfangs wehrte, abspulte, was sie mir in der Schule eingetrichtert hatten. »›Das Leben auf der Erde ist ohne Bedeutung. Allein das Paradies zählt, und das müssen wir uns verdienen‹.« Aber ich wankte schon recht bald. Du erklärtest mir, dass das Gerede vom Paradies ein Trick sei, mit dem die Mächtigen überall auf der Welt die Menschen gefügig machten. Du hämmertest mir ein, dass das Leben auf Erden das einzige sei, das ich besitze, dass ich es mir nehmen und es nutzen sollte, dass danach nichts mehr kommen würde. Nichts, rein gar nichts. Wie klug du warst. Wie geschickt du vorgegangen bist. Nachdem du mich für diese neuen Verheißungen geöffnet hattest, hast du begonnen, die Propaganda des Feindes zu entlarven. Du hast sogar Fotos von Kriegsleichen aufgetrieben, keine Ahnung, wo du die herbekommen hattest, und sie mir gezeigt. Ausdruckslose Gesichter, schlaffe Körper auf dem Boden, im Staub liegend aneinandergereiht, kaum von den Sandsäcken zu unterscheiden und höchstens noch für die Aasgeier interessant. Mir schauderte. Ich wandte mich ab. Mir waren die Highschool-Komödien doch lieber. Du hattest es geschafft: Ich wollte gehen.

Mein Sohn. Ich habe dich lange nicht mehr so genannt, aber aus der Ferne, aus Teheran dachte ich immer an dich als »mein Sohn«.

Wieso schreibe ich dir das alles? Du bist so deutsch geworden, du hast deine iranische Vergangenheit dermaßen gründlich ausgelöscht und sagst selbst, du erinnerst dich an kaum etwas. Aber es ist wichtig, dass du dich erinnerst. Manchmal, wenn ich dich besuche und wir über irgendetwas Vergangenes aus dem Iran sprechen, gleich was, sehe ich so ein Flackern in deinen Augen. Eine Verletzlichkeit, wie du sie sonst nie zeigst. Wie sie nur Mütter sehen. Du sagst dann immer, dass du dich nicht erinnerst und wechselst das Thema, fragst, in welches Restaurant ich am Abend gehen oder ob ich die Schuhe in dem Laden um die Ecke noch einmal anprobieren wolle. Inzwischen verstehe ich, warum.

Du zweifelst daran, dass ich dich weggab, um dein Leben zu retten. Etwas in dir hält an dem Gedanken fest, dass ich dich loswerden wollte. Du bist intelligent und dein Verstand schüttelt es immer wieder ab, aber dieses Etwas wirst du einfach nicht los. Es ist sehr geschickt, es manipuliert deine Erinnerungen, lässt dich Dinge vergessen, macht andere größer, als sie waren und alles, was du neu erfährst, nimmt dieses Etwas für sich in Beschlag.

Zum Beispiel, dass ich nicht zu dir nach Deutschland ziehen kann.

...will. Wolltest. Du hättest gekonnt, wolltest es aber nicht. Immer diente dir dieser Waisenjunge als Vorwand. Angeblich wegen dem hast du mich nie länger als drei Wochen besucht. Wie oft habe ich dir vorgeschlagen, bei mir zu bleiben, einfach herzuziehen? Deine ganzen Ausflüchte: du seist zu alt, Deutschland zu kalt, die Sprache zu schwer und so weiter. Und dann am Ende kamst du mir immer mit diesem Waisenjungen, den du nicht im Stich lassen konntest. Mâmân, er ist 18, sagte ich, er ist 22, er ist 25, er ist ein erwachsener Mann.

Und jetzt bist du tot und er kommt ohne dich klar. Oder etwa nicht?

Dazu später.

Ich wünschte, ich hätte es einmal geschafft, mit dir darüber zu reden.

Es ist, es war nicht einfach zwischen uns. Auch für mich nicht. Oft denke ich, dass du nicht nur im falschen Land, sondern auch von der falschen Mutter geboren wurdest. Ich wünschte, ich hätte dich besser verstehen, geduldiger mit dir sein können. Aber ich war nun einmal ich, und du, und du hast mich an den Rand der Verzweiflung getrieben. Das weißt du. Aber was ich dir vielleicht nicht oft genug gesagt habe: Ich liebe dich trotz allem und das war nie anders, in keiner Sekunde. Ich hätte mein Leben für dich gegeben. Es stimmt, ich habe gelitten mit dir, aber noch mehr ohne dich.

Und dann ist da noch ein weiterer Grund, weshalb du

am liebsten so tust, als seist du mit vierzehn Jahren in Deutschland zur Welt gekommen.

Du hast Ali-Reza kennengelernt. Eben gerade, vermutlich habt ihr euch vor wenigen Minuten erst voneinander verabschiedet.

Mâmân, du hast mich überschätzt. Du hast meine Feigheit unterschätzt. Sogar noch nach deinem Tod enttäusche ich dich.

Wow. Hat das schon jemand vor mir geschafft?

Er ist ein lieber Junge. Ich kümmere mich seit fast dreißig Jahren um ihn. Er ist, er war der Grund, weshalb ich nicht zu dir nach Deutschland ziehen kann. Konnte.

Wollte …

Du wirst jetzt »wollte« denken, aber nein, ich konnte ihn nicht alleine zurücklassen.

Besser, ich fange von vorne an.

Nachdem ich dich in Täbris an die Fluchthelfer abgegeben hatte, konnte ich mich nicht dazu durchringen, zurück nach Teheran zu fahren. Zurück in unsere Wohnung, in der deine Stimme nie wieder erklingen, in der ich mich von nun an mit den Wänden unterhalten sollte. Und ich wollte dir noch so lange wie möglich so nah wie möglich bleiben. Ich wollte nicht, dass wir uns in gegensätzliche Richtungen bewegten, du nach Nordwesten, ich nach Südosten. Wenigstens ich wollte noch ein wenig verharren. Ich besuchte Farah, meine Cousine, die in Täbris wohnte, erinnerst du dich an sie? Ich wollte ein paar Tage bei ihr bleiben. Sie hatte jedoch ihre eigenen Probleme. Sie war mit Zwillingen schwanger und ihr Ehemann hatte sich soeben als opiumabhängig entpuppt. Ich hielt die bedrückte Stimmung bei ihr nicht aus, verließ am Abend die Wohnung und fuhr ziellos durch Täbris. Nach einer Weile parkte ich vor einem Restaurant. Die Tische waren fast alle mit Großfamilien belegt. Ich setzte mich allein an einen Tisch für acht Personen und als der Kellner mir die Kababspieße brachte, tat ich so, als äße ich, aber in Wirklichkeit weinte ich, das Kopftuch wie eine dieser religiösen Fanatikerinnen tief ins Gesicht gezogen. Immer wieder rechnete ich mir aus, wo du gerade sein konntest und stellte mir dich dort vor. Der Kellner ließ mir die Spieße und den Reis ungefragt in Alufolie einpacken, er legte mir das Päckchen mit einem Lächeln auf den Tisch, als ich zahlte. Das gab mir ein wenig Kraft. Auf dem Weg zum Auto beschloss ich, am nächsten Morgen nach Teheran zurückzufahren. Ich hatte schon die Autotür geöffnet, da raschelte es hinter einer Mülltonne. Ich dachte an Ratten, und dass sie dem Geräusch nach sehr groß sein mussten, und wollte gerade einsteigen, da hörte ich etwas Metallenes fallen und einen unterdrückten Schmerzensschrei. Dass es sich um ein Kind handelte, war mir sofort klar. Ich blieb regungslos stehen und blickte auf die Mülltonne. Ich war wie erstarrt. Ich hätte einfach wegfahren können, aber eine Mutter kann nicht einfach wegfahren, wenn sie in einer kalten Nacht ein Kind hinter einer Mülltonne aufschreien hört. Vor allem dann nicht, wenn sie gerade ihr eigenes Kind weggeben musste. Doch gleichzeitig ahnte ich, irgendwo ganz tief in mir drin, dass mir eine Reihe herzzerbrechender Entscheidungen bevorstand, wenn ich stehen blieb. Es gibt nicht viele solcher

Momente im Leben. In denen wir an einer Weggabelung zögern, obwohl wir eigentlich nur einen kleinen Schritt setzen müssten, einen scheinbar unbedeutenden. So, wie wir sie täglich Hunderte Male setzen. Links oder rechts, stehen bleiben oder ins Auto setzen und losfahren. Eine scheinbar unbedeutende Entscheidung, aber aus irgendeinem Grund erkannte ich die Schicksalshaftigkeit. Du wirst einwenden, dass ich das nur rückblickend so deute. Das stimmt, dennoch bin ich mir absolut sicher, dass in dieser Sekunde bereits eine Ahnung in mir war. Und mehr noch: Ebenso wie die Schicksalshaftigkeit erkannte ich, dass ich bei der Wahl meines Weges nicht frei bin. Sondern dass ich den Weg gehen werde, den ich als einzigen gehen kann. Und dass bereits feststand, welcher das sein würde, noch bevor ich an die Gabelung gelangte. Lange davor. Vielleicht sogar schon bei meiner Geburt.

Ich konnte also nicht anders als stehen bleiben. Starr, mit der Autotür in der Hand, abwartend. Ein Junge lugte hinter einem Karton hervor. Unsere Blicke trafen sich. Er richtete sich auf. Ich stieß einen Schrei aus und hielt mir die Hand vor den Mund. Er war in deinem Alter und ähnlich groß wie du, aber deutlich magerer. Sein Mantel hing an ihm herunter und die Knöpfe fehlten. Auf der Wange hatte er einen verkrusteten Kratzer und in den Augen zeigte sich eine andersgeartete, aber tiefere Verletzung. Er gehörte nirgends hin, daran bestand kein Zweifel.

In meinen schlimmsten Albträumen hatte ich mir dich so in Deutschland oder Schweden vorgestellt.

Ich fragte ihn:

»Mein Junge, was machst du um diese Uhrzeit hier?«

»Ich musste nur etwas für meine Mutter besorgen, ich

bin auf dem Weg nach Hause«, antwortete er und deutete schlaff in irgendeine Richtung. Seine Stimme war kindlicher als deine. Du hattest deinen Stimmbruch gerade hinter dir.

Wir schwiegen. Wir rührten uns nicht. Wir wussten beide, dass ich wusste, dass er log. Ich fragte ihn, ob er hungrig sei und hielt das Essen hoch. Er antwortete nicht. Ich schloss die Autotür und ging auf ihn zu. Er fixierte das Päckchen in meiner Hand. Die Alufolie streute das Licht der Straßenlaterne in alle Richtungen. Ich blieb vor ihm stehen und öffnete die Folie einen Spalt. Er riskierte einen Blick, und als hätte er etwas Unanständiges getan, sah er sogleich mich an. Ich hielt ihm das Essen vor die Brust, sodass er nicht anders konnte, als es zu nehmen.

Er drehte sich weg und aß erst das Fleisch mit den Fingern, dann den Reis, den er sorgfältig zu Bällchen verklebte, um kein Korn fallen zu lassen. Der Hunger hatte ihn schon halb in ein Tier verwandelt, aber noch nicht ganz, er bemühte sich, Anstand zu wahren. Dieses Dazwischen ist der mitleiderregendste Zustand. Wenn der Mensch noch an seiner Würde festhält.

Ich drehte mich ebenfalls weg. Ich hörte ihn schmatzen, so wie dich, wenn du nach dem Fußball nach Hause kamst, schnurstracks zu mir in die Küche, und mit ungewaschenen Fingern Fleischstücke aus dem Eintopf oder Tomaten aus dem Salat fischtest. Ich schimpfte jedes Mal, was dich naturgemäß nicht interessierte. Wieder rannen mir die Tränen aus den Augen. Warum hatte ich unsere gemeinsame Zeit mit so viel Schimpfen verbracht? War das Schmatzen wirklich so schlimm gewesen? Hattest du dir jemals etwas eingefangen, weil du mit schmutzigen

Händen gegessen hast? Dieser Junge hatte sich sicherlich seit Tagen nicht mehr die Hände gewaschen, aber das spielte jetzt keine Rolle. Und seine Schmatzgeräusche taten meiner Seele gut. Wie verbissen, wie verbohrt ich bei dir gewesen war. Jahrelang hatte ich unnötig die Stimmung vergiftet und dir vorgeworfen, genau dies zu tun.

Verzeih mir. Ich war zu nichts anderem in der Lage, dennoch, verzeih mir.

Der Junge musste mich schon mehrmals angesprochen haben, denn irgendwann drang ein lautes »Khanoom« an meine Ohren. Er hatte die Alufolie zerknüllt und wischte sich die andere Hand bemüht unauffällig am Hosenbein ab. Er bedankte sich bei mir, doch ich unterbrach ihn und erzählte ihm von dir. Ich erzählte ihm alles, denn ich hatte bis dahin mit niemandem über deine Flucht zu sprechen gewagt. Obwohl er noch jung war, ein halbes Kind, hatte ich das Gefühl, dass er mich verstand. Ich kann es dir nicht genau erklären, aber ich mochte ihn gleich. Er setzte sich in das leere Nest, das mein Herz geworden war, nachdem du weggeflogen warst.

Ich begann zu frieren und überzeugte ihn davon, mir im Auto seine Geschichte zu erzählen. Er fing zögerlich an, beinah misstrauisch. Er kannte es nicht, dass sich jemand für die Worte aus seinem Mund interessierte. Doch dann sprach er immer flüssiger, mit dem typischen Akzent der Aserbaidschaner.

Was er erzählte, stellte mir die Haare auf. Ali, ich weiß, du kommst viel herum und siehst so einiges, aber was der Iran für Geschichten hervorbringt, das ist unvergleichlich.

Er stammte aus einem Dorf nordöstlich von Täbris, sein Vater und seine beiden älteren Brüder waren Schaf-

hüter gewesen, bevor sie nacheinander an die Front mussten und nach wenigen Wochen fielen. Seine Mutter blieb mit drei kleinen Kindern zurück, mit ihm und seinen beiden jüngeren Schwestern. Ja, seine Mutter. Er war keine Vollwaise. Ich gab ihn vor dir nur immer so aus, um dir nicht die Wahrheit sagen zu müssen.

Die Pasdaran organisierten ihr als Kriegswitwe und zweifacher Märtyrermutter eine Wohnung in Täbris. Bald nahm sich ihrer ein Mullah an. Du warst damals zu jung, um das mitzukriegen, aber als der Krieg ausbrach, rieben sich die Mullahs im ganzen Land vergnügt die Hände: Sie suchten sich die hübschesten Witwen aus, schlossen etliche Zeitehen, machten die jungen Frauen körperlich und mental von sich abhängig und wurden so obendrein Nutznießer der großzügigen Prämien und Renten, die die Frauen erhielten. Eine selbst ernannte Islamische Republik erzeugt eine moralische Verkommenheit ohnegleichen. Normale Menschen halten diese Widersprüche nicht aus.

Die Mutter des Jungen war jedenfalls auch an solch einen Mullah geraten. Dieser unterzog sie einer Gehirnwäsche und stellte Gott weiß was mit ihr an. Er redete ihr ein, sie müsse auch ihren letzten Sohn in den Krieg schicken. Dieser war gerade erst dreizehn geworden. Aber er wollte nicht in den Krieg. Schon sein Vater und seine Brüder waren nicht mehr heimgekehrt. Seine Mutter und der Mullah schlugen und demütigten ihn … ach Ali, das möchtest du alles gar nicht wissen. Der Junge floh schließlich von zu Hause. Als er mir das erzählte, lebte er seit einer Woche auf der Straße. Er hatte keine Ahnung, wohin, gestand er mir schließlich schluchzend, und er war so verzweifelt, dass er bereits überlegte, sich freiwillig für den Kriegsdienst zu melden. Dann wäre er wenigstens für irgendetwas gut, sagte er. Ich legte meine Hand auf seine schmächtige Schulter, sagte, das dürfe er auf keinen Fall tun. Ich spürte, wie sich seine Nackenmuskulatur unter meiner Berührung erst verkrampfte, dann entspannte.

Dann saßen wir eine Weile in meinem Auto und schwiegen. Die Hand des Jungen lag auf dem Türgriff. Was sollte ich tun? Wo sollte ich ihn hinfahren? Ein Zuhause existierte für ihn nicht mehr. Ein Kinderheim hätte ihn zurück zu seiner Mutter geschickt. Ich konnte ihn auch unmöglich mit zu meiner Cousine nehmen. Sie stand bereits am Rande des Nervenzusammenbruchs. Das Letzte, das sie gebrauchen konnte, war ein verwahrlostes Straßenkind. Sollte ich ihn zurück in die dunkle, kalte Nacht entlassen? Er wäre ganz sicher an der Front geendet. Immer wieder schob sich dein Bild vor seines, seines vor deines, deines vor seines. Wenn du eines Tages in einem fremden Land an der Stelle dieses Jungen gesessen hättest, alleingelassen, hungrig und verzweifelt, was hätte ich mir von der Frau am Steuer erhofft, ersehnt, erwartet? Ich drehte den Zündschlüssel und trat aufs Gaspedal. Der Junge starrte mich an, wandte den Kopf nicht eine Sekunde ab. Ich legte einen kurzen Stopp bei meiner Cousine ein, sagte ihm, er solle im Auto warten, und holte meine Tasche. Es war schon sehr spät, als wir auf die Schnellstraße nach Teheran auffuhren. Wir fuhren die ganze Nacht. Aus Angst, einzuschlafen, riss ich die Augen auf, ermahnte mich jede Sekunde zu höchster Konzentration. Die Lastwagen und Busse, innen erleuchtet, donnerten die ganze Nacht an uns vorbei, hupten in ohrenbetäubender Lautstärke. Ich blieb stur auf meiner Spur, riskierte nichts. Ich hatte etwas Zerbrechliches geladen: Hoffnung.

Wir kamen am frühen Morgen in Teheran an. Die Sonne stand tief und blendete uns. Ich bog in unseren Block ein. Ich parkte, wir stiegen aus. In der Nacht war ein Haus zwei Straßen weiter zerbombt worden, erzählte mir ein Nachbar im Vorbeigehen. Viele waren auf dem Weg dorthin, andere standen zusammen und unterhielten sich aufgeregt. Als ginge uns das alles nichts an, schloss ich erst die Haus-, dann die Wohnungstür auf, ich gab dem Jungen deinen Pyjama, er legte sich in dein Bett, ich in meines, und wir schliefen, bis es dämmerte. Wir erwachten, ich putzte Kräuter, kochte deinen Lieblingseintopf und wir begannen ein neues Leben mit einer Routine, die mir anfangs noch unheimlich war. Bald jedoch nicht mehr.

Ich gab ihm nicht nur deinen Pyjama, sondern auch deine Identität. Ich meldete ihn unter deinem Namen an einer anderen Schule an. Ich dachte, das könnte sogar von Vorteil sein, weil ich annahm, sie würden dann nicht nach dir suchen. Es kursierten Gerüchte, nach denen Spione der Islamischen Republik iranischen Dissidenten sogar in Europa, in Deutschland auflauerten.

Aus Ali-Reza Bayati wurde auf dem Papier Ali Najjar. Über Nacht, könnte man sagen. Er schlief in deinem Bett, als hätte er nie irgendwo anders geschlafen, er trug deine Anziehsachen, als wären sie nur für ihn genäht worden, er legte sogar seinen türkischen Akzent ab und sprach bald wie ein waschechter Teheraner.

Ich habe dir das so nie erzählt. Ich fürchtete, du könntest denken, ich hätte dich einfach durch einen anderen

Jungen ersetzt. Es sieht alles danach aus. Und ich gestehe, ich liebe ihn wie einen Sohn. Aber du, Ali, du bist mein Sohn. Mein sturköpfiger, eigensinniger, ganz besonderer Sohn. Das Nest, in das sich Ali-Reza hineinsetzen konnte, war aus meiner Liebe zu dir gebaut.

Mâmân

Du fragst nie nach Ali-Reza. Es ist, als würdest du deine Gehörgänge verschließen, wenn der Name fällt. Du hast eine gute Intuition. Du behältst sie für dich, aber du hast sie. Vielleicht weißt du, weshalb du nie mehr wissen wolltest über Ali-Reza. Weshalb er im Rollstuhl sitzt zum Beispiel.

Es tut mir leid, aber du musst es wissen. Glaube mir, ich habe mir die Entscheidung nicht leichtgemacht.

Bei diesem Märtyrerfest damals in der Schule: Du hast unterschrieben. Du hast dich als Freiwilliger für den Krieg gemeldet. Weißt du das noch? Oder hast du das verdrängt, aus deinem Bewusstsein getilgt?

Sie haben mir deine Unterschrift gezeigt. Dass ich dich in diesem Moment nicht hasste, zeigt, wie sehr ich dich liebe.

Sie holten Ali-Reza mittags, direkt aus dem Unterricht. Er war nicht einmal vierzehn Jahre alt. Ich klapperte tagelang alle Kasernen ab, erzählte jedem, Ali-Reza sei der Falsche, nicht du, aber entweder, sie lachten mich aus, hielten mich für eine Wahnsinnige oder verfluchten mich, weil ich keine Freude darüber zeigte, dass mein Sohn demnächst als Märtyrer ins Paradies einzog. Ein Pasdaran erklärte mir wichtigtuerisch hinter seinem lächer-

lichen Schreibtisch sitzend, sie hätten Hunderttausende von Freiwilligen, die alle ihr Leben für den Imam opfern wollten, mein Sohn sei nur ein Tropfen in einem Ozean, darum solle ich nicht so ein Geschrei veranstalten, sondern lieber für ihn und alle Anderen beten. Ich fand Ali-Reza nicht. Eine große Offensive stand bevor, sie hatten die Kinder bereits alle an die Front transportiert.

Mein Sohn, verstehst du, was ich dir sagen will?

Ja, er musste für mich in den Krieg, aber wäre er nicht für mich in den Krieg gegangen, dann halt für sich. Es hat beinah jeden getroffen, der es nicht rechtzeitig aus dem Land rausgeschafft hatte. Oder etwa nicht?

Du hast aus einer dummen Laune heraus unterschrieben, und Ali-Reza haben sie deshalb in die Hölle geschickt. Hättest du nicht unterschrieben, wäre er vermutlich verschont worden. Er war noch so jung, seine Mutter hatte bereits Ehemann und zwei Söhne verloren, sie hätten ihn vermutlich verschont. Und freiwillig hätte er sich niemals gemeldet, seitdem er bei mir lebte. Er wäre vermutlich davongekommen. Verstehst du, was ich sage?

Hätte ich nicht unterschrieben … aber hättest du ihn nicht mitgenommen, dann wäre er vielleicht auch davongekommen, vielleicht hättest du einfach ins Auto einsteigen, wegfahren und ihn seinem Schicksal überlassen sollen, du hast mit deinem unerschöpflichen Mitleid in sein Schicksal eingegriffen oder es umgelenkt oder besiegelt – was weiß ich. Ich hätte niemals unterschreiben dürfen, aber ich hatte nicht einmal den Ansatz einer Ahnung, welche Konsequenzen das alles haben sollte. Für mich war es ein Spiel. Aber Ali-Reza schien schlauer gewesen zu sein als ich, oder weshalb warst du davon überzeugt, dass er sich niemals freiwillig gemeldet hätte? Und wer kann schon sagen, was mit ihm passiert wäre, wenn ich nicht unterschrieben hätte? Vielleicht hättest du mich dann nicht nach Deutschland geschickt, dann wäre er vermutlich als Straßenkind verhungert oder erfroren oder er wäre überfahren oder eingesperrt und misshandelt worden. Wer bitte kann schon sagen, was passiert wäre?

Ali, du trägst keine Schuld. Du warst ja noch ein Kind …

War ich das? War ich noch ein Kind? Was, wer war ich mit vierzehn? Bin ich heute reifer? Würde diese Gehirnwäsche heute bei mir nicht mehr ziehen?

… und in diesem Land kann man die Frage nach der Schuld ohnehin nicht mehr klären, denn wir wissen nicht, wo oben und wo unten ist, wo Himmel und wo Hölle. Ich will dir keine Schuldgefühle einreden, aber du musst wissen, welche Folgen dein Handeln hatte. Ich bin mir sicher, du ahnst es ohnehin. Und jetzt ist der Zeitpunkt, sich dem zu stellen.

Ich werde Ali-Reza bitten, dir diesen Brief persönlich zu überreichen, wenn ich gestorben bin. Ich werde ihn bitten, dir zu erzählen, welch unfassbares Grauen er erfuhr.

Mâmân, es tut mir so leid. Ich konnte ja nicht ahnen … ich mochte diesen Ali-Reza nicht. Er bekam deine ganze Liebe ab, für mich blieb nur ein kleiner Rest, mit dem du spärlich gehaushaltet hast, wenn du mich besucht hast. Du wirktest so distanziert. Und zugleich spürte ich, wie sehr du dich um ihn gesorgt hast. Ich beneidete ihn auf eine kindische Art. Ich wollte ihm wehtun. Ich wollte ihm zeigen: Du hattest vielleicht die Liebe meiner Mutter, aber ich habe den deutschen Pass und das Geld, zu tun oder zu lassen, worauf immer ich Lust habe.

Ich bin immer noch so dumm wie mit vierzehn.

Verzeih mir.

Sie setzten ihn und ein Heer anderer Kinder und Greise zum Räumen der Minenfelder ein. Die regulären Truppen mit ihren Waffen und Kriegsgeräten folgten ihnen mit einigem Abstand. Du hast sicherlich davon gehört, oder? Haben die Deutschen davon erfahren, was hier geschah? Oder haben sie nur die Waffen und das Gas geliefert? Ali-Reza wusste anfangs nicht, was er tat, er dachte, die Iraker schössen auf sie.

Ali-Reza sah, wie Köpfe und blutige Fleischfetzen durch die Luft flogen. Er musste über die toten Körper seiner Kameraden hinwegsteigen. Andere trampelten über ihn hinweg, wenn er gestolpert war, stampften seinen Kopf in den Wüstensand. Er wurde mit Soldatenstiefeln in den Rücken getreten, wenn er kurz stehen blieb, weil der Junge, mit dem er sich angefreundet und dem er am Morgen noch versichert hatte, dass er nicht sterben werde, nach einer Explosion plötzlich verschwunden war. Er blickte Sterbenden, Flehenden in die Augen. Er erlebte einen Giftgasangriff. Die völlige Verzweiflung, die qualvolle Ausdehnung der Zeit im Nebel. Und immer das Stöhnen, das Jammern, das Röcheln, die Schreie. Morgens weckten ihn die Gnadenschüsse, drei, vier hintereinander, manchmal mehr, während Bulldozer Gräben für diejenigen aushoben, die die Nacht nicht überlebt hatten. Nach drei Wochen wurde er schwer verletzt, fiel auf einem Feld, umringt von Leichen, ins Koma, im Glauben, dass er gerade starb.

Er musste zigmal operiert werden. Die Ärzte konnten ihn wieder einigermaßen zusammenflicken, aber er sitzt im Rollstuhl und leidet unter den Spätfolgen des Giftgases. Von seinen seelischen Verletzungen abgesehen … es vergeht kaum eine Nacht, ohne dass er Albträume hätte. Mehrmals am Tag, meist, weil ihn irgendetwas an den Krieg erinnert, tränen seine Augen und er sieht doppelt.

Hast du mir das geschrieben, weil du ahntest, dass ich mich davor drücken würde, ihn zu treffen?

Ich bemühe mich seit dreißig Jahren, ihm das Leben so angenehm wie möglich zu machen. Er ist ein dankbarer Mensch, eigentlich. Er hat erst recht spät verstanden, weshalb sie ihn damals holten. Das war vor einigen Jahren. Er fing an, Fragen zu stellen. Ich beantwortete sie ihm einsilbig. Irgendwann hatte er alle Puzzleteile zusammengesetzt und erkannte die Wahrheit. Nämlich, dass er nicht nur unter deinem Namen, sondern dass er für dich im Krieg war. Weil du es gewollt hattest.

Er konfrontierte mich nie damit. Aber ich weiß, ich spüre, dass er es weiß. Denn er hat sich verändert. Er ist fordernder geworden. Ja, auch egoistischer. Wenn ich aus Deutschland zurückkomme, ist er wochenlang gereizt und spricht kaum mit mir. Ich muss mir seine Zuneigung erst wieder erarbeiten. Aber wer will ihm das verübeln? Es ist, als habe er sein Leben lang anderen dabei zugese-

hen, wie sie Kuchen essen, und als beanspruche er nun einen Krümel für sich.

Mein Sohn, ich muss mich korrigieren.

Du trägst keine Schuld, und du trägst sie doch. Ich schätze, das heißt es zu leben. Zu überleben. Damit muss ich dich jetzt allein lassen. Ich weiß, du bist nicht gut darin, Dinge hinzunehmen. Aber selbst wenn ich noch lebte, könnte ich dir nicht helfen, das zu verarbeiten.

Ich kann dir nur einen Rat geben, oder nein, ehrlich gesagt ist es ein dringender, letzter Wunsch: Schieb Ali-Reza nicht aus deinem Leben. Nimm dich seiner an. Kümmere dich aus Deutschland so gut es geht um ihn. Schick ihm regelmäßig Geld. Er braucht es. Er verdient es. Wer weiß, wie lange er noch leben wird. Er soll es schön haben. Ich kann es dir nicht genau erklären, aber bin überzeugt davon, dass es dir nicht gut gehen kann, wenn es ihm schlecht geht. Sieh ihn als dein zweites Ich.

In Liebe
Deine Mutter

(Mein Lieblingsfoto von uns beiden habe ich dir in diesen Brief gelegt. Du hattest die Idee, dass wir uns von unten fotografieren lassen. Schau, wie schön das Relief des Freiheitsturmes über unseren Köpfen!)

Du warst schön. Gegen deine Liebe ist alles nichts.

Es musste in einem vorherigen Leben gewesen sein, dass er versucht hatte, seinen Vater zu kontaktieren. So kam es ihm vor. Er starrte auf den Bildschirm, der das vergrößerte Foto seines Vaters vor der Bücherwand zeigte und daneben den grünen Telefonhörer. Sina hatte offenbar den Ton abgedreht. Er sah dem grünen Hörer dabei zu, wie er pulsierend, aber geräuschlos auf und ab hüpfte. Dass sein Vater ausgerechnet jetzt zurückrief, jetzt, da er ihn vielleicht das erste Mal in seinem Leben überhaupt nicht gebrauchen konnte, erschien ihm wie ein Witz. Wenn es so etwas wie einen Gott gab, dachte Sina, dann zeigte er sich darin, dass er einem Dinge erst spendierte, wenn man sie nicht mehr ersehnte. Es war ein disziplinierender Gott mit Hang zu Psychospielchen.

Nach sehr langer Zeit schließlich blieb der Hörer erschöpft am Boden liegen. Das Profilfoto seines Vaters schrumpfte wieder und verschwand in der Liste links. Sina fuhr mit der Maus hin, markierte das Foto und klickte auf Löschen. Es gefiel ihm, dass am Ende er der Unerreichbare war.

Er griff nach seinem Handy und schaltete den Flugmodus aus. Katharina hatte ihm noch gestern Nacht, um 3:54 Uhr, zurückgeschrieben:

»Was du schreibst, macht mir Angst, ich bitte dich, komm einfach zurück und lass uns in Ruhe über alles reden. Bitte. Wir brauchen dich hier jetzt.«

Sina antwortete:

»Ich warte morgen ab 16 Uhr auf der Couch auf dich. Ich werde dir zuhören. Und obwohl du eine andere Sprache sprichst als ich, werden wir uns verstehen. Wir werden die Sonnenbrillen abnehmen und sehen, dass wir zusammengehören. Ob wir uns nun trennen werden oder auch nicht. Alles gehört zusammen, und alles wird gut.«

Er tippte diese Worte, ohne nachzudenken. Erst als er sie bereits abgeschickt hatte, las er sich seine Nachricht noch einmal durch. Seine Worte balancierten auf dem schmalen Grat zwischen Erleuchtung und Wahnsinn, das wusste er. Es war nicht ganz fair, er hatte Katharina die Beunruhigung nicht genommen, im Gegenteil, er spielte mit ihr. Aber er mochte es, wieder ein Rätsel für sie zu sein, wenn er es überhaupt schon einmal für sie gewesen war. Und was, bitte, war beruhigender als die Aussage, dass alles zusammengehörte? Wenn sie sich darauf einließ, konnte es ihr Trost spenden. Aber sie ließ sich vermutlich nicht darauf ein. Vermutlich arbeitete sie sich jetzt in diesem Moment schon mit ihren Instrumenten der Resilienzforschung daran ab, überschlug sie gerade im Kopf, wie viele Krisen welcher Härte er bereits hatte überstehen müssen, und mit welcher Wahrscheinlichkeit er auch diese noch unbeschadet überstehen würde. »Wie elastisch ein Stoff ist und wie gut er nach einer Verformung wieder in den Ausgangszustand zurückkehren kann«, so hatte sie ihm damals Resilienz erklärt. Doch das wollte er gar nicht, er wollte nicht zu sich zurück.

Vorsichtshalber überprüfte er sich auf Wahnsinn. Nein, er war nicht wahnsinnig geworden, davon war er überzeugt, denn er fühlte sich auch nicht erleuchtet. Er hatte nichts anderes getan, als zwei Menschen ins Gesicht zu sehen.

Sina schaltete den Flugmodus wieder ein. Er fand, diese Nachricht bereitete einen guten Boden für ihr Wiedersehen morgen. Jedes weitere Wort war überflüssig.

Er stand auf, schritt durch das Zimmer. Einmal hin, einmal her. Was sollte er nun tun? Es war gleich zweiundzwanzig Uhr, also noch zu früh, um schlafen zu gehen. Außerdem war er noch zu aufgewühlt. Er blieb stehen und tastete mit dem Mittelfinger seine Lippen ab.

Er hatte nur einen Drink einnehmen wollen, als er wenige Minuten später in der Hotelbar stand und Ali an der Theke entdeckte. Wieder hielt er inne, blieb einige Meter entfernt stehen, wie in der Schnitzelhütte damals. Damals, dachte Sina, dabei war es erst wenige Wochen her. Beim ersten Mal hatte er vor lauter Ehrfurcht nicht weitergehen können, dieses Mal lähmte ein anderes Gefühl seine Beine. Er wartete, bis es vorbei war und setzte sich dann wortlos auf den Barhocker neben ihn. Ali blickte nicht auf. Sina wünschte sich einen Cowboyhut oder irgendeine andere Kopfbedeckung, die er hätte auf den Tresen legen können, etwas, das ihm eine Aktion ermöglicht hätte, die die Sprachlosigkeit überspielte. Aber er besaß nicht einmal mehr Haare. Seine Hand strich kurz über den Kopf wie ein Wind über ein Stoppelfeld. Er seufzte und bestellte ein Bier. Ali nahm den Brief, der neben seinem Whiskyglas stand, und reichte ihn ihm, noch immer, ohne ihn anzusehen.

»Hier«, sagte er, »du hast ein Recht darauf, es zu verstehen.«

Sina öffnete das Kuvert, zog die Seiten heraus, aber faltete sie nicht auseinander. Stattdessen trank er einen Schluck Bier aus der Flasche.

»Das kann ich nicht lesen«, sagte er.

»Ach. Hätte ich mir denken können. Du kannst auch sonst kein Persisch, stimmt's?«

»Ich habe mir selbst ein paar Wörter beigebracht.«

»Warum?«

»Ich wollte auch Iraner sein.«

»Weshalb? Iraner sein ist ein Scheißschicksal. Kriegst für kein Land ein Visum, musst aber sehen, dass du irgendwo anders unterkommst und der Stammbevölkerung in den Arsch kriechen. Bleibst ein halber Terrorist. Was daran ist cool?«

»Ich sehe aus wie einer, bin aber keiner. Mein Name ist persisch. Dauernd fragen mich die Leute, wo ich herkomme, ob ich die Sprache spreche. Und dann antworte ich immer, und die Gesichter gehen in die Länge. Ich bin eine wandelnde Enttäuschung für meine Mitmenschen.« Sina wischte die Kondenströpfchen auf der Bierflasche einzeln weg.

»Also du hast gelogen«, stellte Ali nüchtern fest. Ohne einen vorwurfsvollen Ton fuhr er fort: »Hättest du die Wahrheit gesagt, vielleicht hätte ich mich dann selbst durchgerungen und wäre hingegangen.«

Sina schwieg.

»Nein, wäre ich vermutlich nicht.«

Sina schwieg.

»Das heißt, du hast nichts von alldem verstanden, was Ali-Reza dir erzählt hat?«

Sina schwieg.

Ali drehte sich auf dem Hocker zu ihm hin. »Ich hatte mich vor meiner Flucht freiwillig für den Fronteinsatz gemeldet. Aber ich war nie im Krieg.«

Sina hielt die Luft an. Er sah Ali-Reza vor sich. »I'm not Ali Najjar.« In seinem Kopf fügte sich in dieser Sekunde alles zusammen.

»Ich weiß«, sagte er, »Ali-Reza war für dich im Krieg, stimmt's?« Ohne eine Antwort abzuwarten, fragte er weiter: »Warum hast du dich freiwillig gemeldet?«

»Interessiert dich nicht eher, weshalb ich jedem das Kriegsmärchen erzählt habe?«

»Nein. Das kann ich mir denken. Aber warum hast du dich freiwillig für den Fronteinsatz gemeldet?«

Ali schien nachzudenken. Er schüttelte den Kopf. »Einfach so. Weil ich konnte.«

»Einfach so?«

»Ja.« Ali drehte sich wieder Richtung Theke.

Sina versuchte sich vorzustellen, wie man einfach so seinen Namen auf solch eine Liste setzen konnte. Es dauerte, und es gelang ihm nicht ganz. Aber Menschen machten einfach so noch viel ungeheuerlichere Dinge, dachte er.

»Und was wirst du jetzt tun?«, fragte er.

»Ich ziehe mir die Schuld an wie eine zweite Haut. Und freue mich, dass ich am Leben bin.«

Sina fiel der Harlekinanzug ein, der noch immer in seinem Hotelzimmer auf dem Bett lag, und unwillkürlich schlüpfte er in Gedanken hinein.

Ali hob die Hand und bestellte zwei Bier.

Die Maschine begann zu sinken, Ali-Reza spürte das in der Magengegend. Unter ihm leuchteten einzelne Lichter in der Dunkelheit. Das Flugzeug auf dem Monitor flog gerade über Ghom. Im Krieg hatte er Freundschaft mit einem Jungen aus Ghom geschlossen, Amir hatte er geheißen. Er hatte ihn aus seiner Feldflasche trinken lassen, nachdem er seine an einem vernichtenden Tag verloren hatte. Aber die Freundschaft hatte nur zwei Tage gehalten, dann war Amir plötzlich weg gewesen und nicht wieder aufgetaucht. So viele Freundschaften hatte er geschlossen, so viele Jungen- mit dazugehörigen Städtenamen gespeichert, und zu jedem ein Detail. Eine bemerkenswerte Tat, ein markantes Gebiss, ein seltener Dialekt, ein aufmunternder Satz. Ein besonders grausamer Anblick. Als wer war er in die Gedächtnisse der Überlebenden eingegraben? Er wusste es nicht. Es gab so viele Möglichkeiten. Und wusste er, wer er war? Wer gleich in Teheran aus dem Flugzeug rollen würde? Nicht mehr der jedenfalls, der wenige Tage zuvor hineingerollt war.

Bei dem Gedanken stach es im Brustkorb. Ali-Reza richtete sich auf, massierte die Stelle, an der er sein Herz vermutete.

»Alles in Ordnung?«, fragte Kamran.

Ali-Reza ließ ab und nickte.

Unter ihnen jetzt die Vorstädte Teherans. Lichter, so weit das Auge sah. Jedes ein Schicksal, mindestens.

Das Fenster hatte sich nicht öffnen lassen.

Er war geneigt, »Gott sei Dank« zu denken, aber das stimmte nicht. Es war nicht Gottes Verdienst gewesen.

Und wenn es irgendeinen Grund zur Freude gab, am Leben zu sein, dann waren das Dina. Und Sina. Dina und Sina. Das klang wie eine Fernsehsendung für Kinder. Wie zwei Cartoon-Pinguine. Oder Pandabären. Er lächelte kurz in seine Traurigkeit hinein.

Er dankte nicht Gott, und er wusste, nach alldem, was er getan hatte, um zu überleben, nicht einmal, ob es gut war, dass er noch lebte. Er dachte an Amir aus Ghom und Hamid mit den schiefen Schneidezähnen und Ali, der statt A immer O sagte, und den anderen Ali, der stets davon geredet hatte, dass sie in Teheran einmal zusammen Eis essen gehen würden, er wüsste, wo es das beste gebe. Er war an seinem letzten Tag an der Front morgens einfach nicht mehr aufgewacht. Er dachte an Babak, über dessen Torso er bei einem Rückzug gestolpert war, und in dessen staubiges Gesicht er geblickt hatte, während er sich aufgerappelt hatte. Es hatte ausgesehen wie das Gesicht einer Marmorstatue. Alle diese Gesichter zogen vor Ali-Rezas geistigem Auge vorbei, wie in seinen Albträumen, aber etwas war anders. In seinen Albträumen streckten sie alle die Hand nach ihm aus, selbst Babak, den er als Torso in Erinnerung behalten hatte. Jetzt schien es, als reichten sie ihm die Hand. Und er empfand erstmals wieder dieselbe tiefe Zuneigung wie damals, als sie alle noch lebendig waren. Allein wegen dieser Zuneigung, dachte er, war es vielleicht notwendig weiterzumachen.

Wie hatten sie immer gesagt? »Solange ihr den Glauben im Herzen traget, werdet ihr siegen.«

Die Flugzeugreifen setzten hart auf.

Einer von ihnen könne ein Upgrade in die Business Class erhalten, sagte die blonde Asiatin am Lufthansa-Schalter. Ali machte eine Geste mit der flachen Hand in Richtung Sina.

»Danke dir. Genieß den Flug. Und überhaupt«, sagte Ali, als sie das Gate erreicht hatten. Eine Frauenstimme forderte die Passagiere der Economy Class auf, die Boardingpässe bereitzuhalten.

Ali trat auf Sina zu und klopfte ihm mit beiden Händen auf den Rücken. Sina konnte nicht anders, er musste die faustgroße Distanz der Männerumarmung überwinden und zog Ali an sich heran. Ali ließ es geschehen, löste sich jedoch nach wenigen Sekunden mit einem »Ciao mit Au«.

Es klang anders als vorgestern Nacht im Aufzug.

Sina betrachtete Ali. Seine Tränensäcke zeichneten sich ab, als wäre darin all der Kummer der Reise verstaut. Ali erinnerte Sina an einen Darsteller nach der Show in der Garderobe, allein, erschöpft, abgeschminkt. Sina fiel das Harlekinkostüm für Ramtin ein. Er zögerte. Er stellte sich vor, wie es wäre, es jetzt auszupacken, sich zu entschuldigen für die seltsame Wahl. Etwas hemmte ihn.

Da hielt ihm Ali ein Foto hin. Er nahm es. Es zeigte Ali mit einer Frau. Er schätzte Ali auf zwölf, dreizehn Jahre und die Frau musste die Mutter sein. Das Foto war aus einer ungewöhnlichen Perspektive aufgenommen. Jemand musste sich dafür hingekniet und die beiden von unten fotografiert haben. Über ihnen sah man einen Torbogen, eine Sattelfläche von unten, orientalisch anmutend, aber nicht nur, es hatte auch etwas sehr Universelles. Das Relief war aus Stein, Marmor vielleicht, und bestand aus Rhomben mit türkiser Füllung, die über die gesamte geschwungene Fläche verliefen, sich ausbreiteten wie ein Schall.

»Woran denkst du?«, fragte Ali.

»An die Boxen«, antwortete Sina.

Ali nickte, lächelte. Er hievte sich die Reisetasche auf die Schulter, drehte sich um und hob im Gehen eine Hand. Sina sah, wie er sich in die Schlange einreihte. Er hörte, wie es piepste, als sie seine Bordkarte einscannten. Er reckte den Hals. Ali verschwand in der Gangway. Sina wusste nicht genau, weshalb, aber er hatte das Kostüm nicht auspacken können.

Er drehte sich um, suchte nach einem leeren Sitzplatz. Die anderen Passagiere der Business Class sahen ihn an. Manche offen, manche verstohlen hinter ihrer Zeitung. Er setzte sich ans Fenster und blickte hinaus. Eine Maschine von China Air beschleunigte auf der Startbahn, hob ab und kreuzte die Sonne, die seit dem frühen Morgen wie ein pochiertes Ei auf dem diesigen Himmel klebte.

Sina spürte wieder diesen Sog in sich. Er hatte dieses seltsame Gefühl im Bauchraum schon beim Aufwachen bemerkt, aber erst, als sie mit dem Taxi auf dem Weg zum Flughafen an diesem Ring vorbeigefahren waren, hatte dieses Gefühl Gestalt angenommen: Es war wie dieser Ring. Und der Ring in ihm führte ebenso ins Nichts wie dieses Gebäude, und Sina konnte auch nicht sagen, was mit den Dingen, die er ansog, geschah. Der Ring ähnelte der Öffnung eines Staubsaugerschlauches, nur ohne Schlauch und ohne Staubsauger. *Nichtsdestotrotz* sog er alles derart gewaltvoll an, dass es schmerzte. Der Ring sog die Stimme von

Fairuz an, deren CD der Taxifahrer auf dem Weg zum Flughafen eingelegt hatte, ihre leicht belegt klingende Stimme, als finge sie jeden Moment zu weinen an. Ebenso die Violinen, das gesamte Orchester, üppig und orientalisch, alles konzentrierte sich in Sinas Körpermitte. Katharina hatte damals in einem kleinen Laden im sunnitischen Viertel Beiruts eine CD von Fairuz gekauft. Katharina. Der Ring entriss ihm den Gedanken an sie und für einen Moment tat es weh, als entrisse er ihn ihr unabänderlich.

Eine Frauenstimme säuselte etwas durch die Lautsprecher. Alle um ihn herum standen auf. Er folgte als Letzter.

Acht Stunden später saß Sina auf der Couch in seinem Wohnzimmer. Der Harlekinanzug für Anahita lag ausgebreitet wie ein riesiger Strampler neben ihm, von der Narrenkappe gekrönt. Er hatte das Kostüm ausgepackt und überlegt, ob er es gleich in den Mülleimer werfen sollte. Doch seine Gedanken waren abgeschweift, hatten sich in einem unbekannten Raum zwischen der letzten Nacht in Dubai und der ersten Zeit nach Anahitas Geburt verfangen, in der sie nichts anderes als Einteiler getragen und Katharina ihn noch gebraucht hatte.

Die Januarsonne strahlte kurz vorm Untergehen ins Wohnzimmer hinein, tauchte alles in ein strahlendes Apricot und warf den Schatten des Fensterkreuzes wie eine Antwort an die gegenüberliegende Wand. Dieselbe Sonne wie die in Dubai am Morgen, dachte Sina und hörte, wie Katharina die Wohnungstür aufschloss. Der Ring in ihm zog sich zusammen und gab mit einem Mal alles preis. Alles, was er zuvor aufgesogen hatte, flutete Sinas Innerstes und erzeugte einen Kurzschluss. Er griff nach der Harlekinkappe neben sich. Katharina erschien im Türrahmen. Sie hatte ihre Stiefel, ihren Mantel und Schal anbehalten.

Sina erhob sich und setzte sich die Kappe auf.

»Da bin ich«, sagte er.

Dank an

Martina Klüver & Susanne Krones; Denis Pfabe, Manuel Niedermeier & Filiz Penzkofer; Katja Bohnet; Katrin Lange & Hotel Laudinella; Kateřina Černá; Thorsten Frackenpohl & Noto Design; Georg Sampl; Tobias Linus Kestel; Daniela Altmanninger; Freidoune Sahebjam & Reza Behrouzi; Matthias, meine Mutter & Schwester, meine Klein- & Großfamilie hier und in Übersee.

Nava Ebrahimi

Sechzehn Wörter

Roman

320 Seiten, btb 71754

Ingeborg-Bachmann-Preisträgerin 2021

Als ihre Großmutter stirbt, diese eigenwillige Frau, die stets einen unpassenden Witz auf den Lippen hatte, beschließt Mona, ein letztes Mal in den Iran zu fliegen. Gemeinsam mit ihrer Mutter wagt sie die Reise in die trügerische Heimat. Die Fahrt wird für Mona zu einer Konfrontation mit ihrer eigenen Identität und ihrer Herkunft, über die so vieles im Ungewissen ist.

»Grandioser Debütroman.«

taz

»In Zeiten aufgeregter Kulturkampf-Rhetorik ist diese neue Erzählstimme eine Wohltat.«

DLF Büchermarkt